KB078557

칠마선문(七魔仙門) 7

허담 新무협 판타지 소설

초판 1쇄 찍은 날 § 2023년 5월 24일
초판 1쇄 펴낸 날 § 2023년 5월 31일

지은이 § 허담
펴낸이 § 서경석

총괄팀장 § 황창선
편집책임 § 김우진
디자인 § 스튜디오 이너스

펴낸곳 § 도서출판 청어람
등록번호 § 제387-1999-000006호
등록일자 § 1999. 5. 31
어람번호 § 제2-2919호

본사 § 경기도 부천시 부일로 483번길 40 서경B/D 3F (우) 14640
편집부 § 서울특별시 구로구 디지털로 272 한신IT타워 404호 (우) 08389
전화 § 02-6956-0531 팩스 § 02-6956-0532
http://www.chungeoram.com
E-mail § chungeorambook@daum.net

ⓒ 허담, 2022

ISBN 979-11-04-92489-7 04810
ISBN 979-11-04-92472-9 (세트)

도서출판 청어람

허담

新무협 판타지 소설

7

七魔仙門

칠마선문

FANTASTIC ORIENTAL STORY

목차

제1장
—
불타는 신검산

　시월이 뭔가 잘못되었다는 것을 깨달은 시점은 이가검문의 구원대가 마련 진영 북쪽 경계로 막 진입하려는 순간이었다.

　당연히 있어야 할 마련의 저항이 없었다. 저항이 없을 뿐 아니라 마련 마인들이 그림자도 보이지 않았다.

　시월이 걸음을 멈췄다.

　그러자 그의 뒤를 따라 마련 진영으로 진입한 이가검문과 요동의 무인들도 전진을 멈췄다.

　시월이 한쪽 무릎을 꿇고 눈 속으로 손을 넣어 차가운 땅에 손바닥을 댔다. 그런데 이런 큰 싸움이 벌어지면 당연히 느껴져야 할 땅의 진동이 느껴지지 않았다.

　귀를 활짝 열어도 마련 진영 안쪽에서는 싸우는 듯한 소리가 들리지 않았다.

조금 전에 들렸던 천지를 진동시키는 폭음 역시 그 이후로는 들리지 않고 있었다.

"뭔가 이상해……!"

시월이 중얼거렸다.

그러자 그의 곁으로 다가온 이화검이 물었다.

"무슨 일이에요?"

"너무… 조용해요. 지키는 마인들도 없고."

그러자 이화검이 눈을 들어 폭설 속에 가려진 마련의 진영을 뚫어지게 바라봤다. 정말 시월의 말대로 큰 싸움이 벌어지는 곳이라고는 생각할 수 없을 만큼 조용했다.

"벌써 싸움이 끝났을 리는 없겠죠?"

이화검이 물었다.

"그럴 리는 없죠. 전장이 다른 곳으로 옮겨졌을 가능성은 있어도… 어?"

말을 하다 말고 시월이 놀란 듯 벌떡 몸을 일으켰다.

"왜요?"

이화검이 갑작스러운 시월의 행동에 놀라 황급히 물었다.

그러자 시월이 손을 들어 신검산 월문 장원을 가리켰다.

"저거… 월문이 불타는 것 아닌가요?"

시월의 말에 이화검도, 또 어느새 그들 곁에 다가온 이장룡과 이광검도 신검산 월문 장원으로 시선을 돌렸다.

그러자 폭설 속에서도 확연하게 볼 수 있는 거대한 화염이 월문 장원 위쪽에서 일어나고 있는 것이 보였다.

"대체 어찌 된 일이죠? 싸움은 마련 숙영지에서 벌어졌는데, 월문 장원이 불타고 있다니……?"

이화검이 이해할 수 없다는 듯 중얼거렸다.

그러자 이장룡이 두려운 표정으로 입을 열었다.

"아무래도 만계지마의 계책에 당한 것 같다. 그자가 월문과 구원대를 자신의 진영으로 끌어들인 후, 그 틈을 노려 오히려 월문 장원을 기습한 것 같구나."

"하지만 어떻게요? 월문 문도들은 장원에서 출발한 후 곧바로 마련 진영을 공격했어요. 마련이 기습을 하려면 그들과 마주쳤어야 하잖아요?"

이화검이 되물었다.

그러자 시월이 눈을 들어 월문의 장원 뒤쪽으로 우뚝 솟은 신검산 봉우리를 보며 말했다.

"아마도 산을 넘은 것 같아요."

"산을요? 하지만 신검산 북벽은 깎아지르는 절벽이잖아요. 사람이 오를 수 없는 지형이라고요. 더군다나 폭설까지 오는 마당에……."

불가능한 일이라며 이화검이 고개를 저었다.

"보통 사람에게는 불가능하지만 상대는 만계지마니까요. 장원 북쪽에서 불길이 일어난 것으로 봐서는 분명히 산을 넘었어요. 폭설은 산을 오르는 데는 방해가 되지만 경계가 거의 없는 신검산 북벽을 은밀히 오르는 데는 큰 도움이 되었을 거예요."

"가능하기만 하다면 치명적인 전략이지."

이장룡이 고개를 끄떡였다.

"그럼 이제 어쩌면 좋겠습니까? 월문 장원으로 가야 할까요?"

이광검이 이장룡에게 물었다.

"어렵구나."

이장룡이 말꼬리를 흐렸다.

보통 때라면 당장 월문으로 달려가 월문을 구원해야 하지만 한밤중의 폭설 속에서는 월문의 장원 사정을 정확히 알 수 없었다.

더군다나 마련 진영을 공격한 의천무맹과 월문의 무인들도 월문을 구원하기 위해 장원으로 향했는지 확인되지 않았다.

이런 상황에서 이가검문의 구원대가 홀로 월문의 장원으로 달려가면 자칫 전멸당할 수도 있었다. 이장룡으로서는 진퇴양난, 이럴 수도 저럴 수도 없는 상황에 빠져 있었다.

이장룡이 고민하자 시월이 입을 열었다.

"일단 구서령 숙영지로 퇴각하시지요. 구원대의 안전을 확보하는 것이 무엇보다 중요합니다. 전세를 정확히 알 수 없으니 우리만 단독으로 움직이는 것은 너무 위험합니다."

"아무래도 그렇겠지?"

이장룡도 같은 생각인지 시월에게 되물었다.

"적어도 의천무맹 구원대가 움직인 후에 우리 행보를 정하는 것이 좋겠습니다. 의천무맹이 월문 장원을 포기하는데 우리만 장원으로 가는 것은 전멸을 자초하는 일일 겁니다."

"알겠네. 그렇게 하세."

이장룡이 결정을 내렸다.

그러자 이광검이 걱정스러운 표정으로 물었다.

"나중에 문제가 되지 않을까요? 바로 구원하러 가지 않았다고 비난받을 수도 있을 텐데……."

"작은 비난이 무서워서 문도들을 위험에 빠뜨릴 수는 없다. 그리고 본문을 믿고 문도들을 파견해 준 요동 각파의 문도들을 지킬 의무도 있고."

"어쩌면 월문주조차 돌아가지 않을 수 있습니다."

시월이 이제는 폭설 속에서도 확연하게 보이는 월문 장원의 화염을 보며 말했다.

"설마 그가 장원을 포기할까요?"

이화검이 물었다.

"벌써 걷잡을 수 없이 불타고 있어요. 저 정도라면 월문은 이미 마련의 손에 들어갔다고 봐야죠. 신검산은 난공불락의 요지예요. 그동안 만계지마가 공격을 미룬 것도 정면 공격으로는 월문을 함락할 자신이 없었기 때문이죠. 하지만 이제 반대로 자신이 월문을 되찾아야 하는 상황이 되었으니 신검산이 견고하단 사실을 누구보다도 잘 아는 월문주가 무리를 해서 장원을 되찾으려 할까 싶어요. 그랬다가는 월문의 손실이 너무 커질 테니까요."

"하지만 장원에는 월문의 식솔 수백이 있잖아요?"

이화검이 되물었다.

"…그는 어떤 경우라도 월문의 정예 무인들을 지키려 할 거예요."

"식솔들을 포기한단 말이에요?"

"……."

이화검의 물음에 시월은 대답하지 않았다. 침묵은 곧 긍정이다.

시월은 백문보가 월문 전력을 보존하기 위해 식솔들을 포기하고도 남을 사람이라는 것을 잘 알고 있었다.

"듣고 보니 역시 월문주와 의천무맹의 행보를 먼저 확인하는 게 좋겠다. 정말 월문주가 장원을 포기한다면… 더더욱 우리가 월문으로 갈 이유가 없지."

이장룡이 무거운 표정으로 말했다.

"구서령에 가 계십시오. 전… 남아서 전세를 살피고 돌아가겠습니다."

시월이 이장룡에게 말했다.

"남는다고요?"

이화검이 놀란 표정으로 시월에게 물었다.

"지금은 전세가 너무 혼란스러워서 누군가 상황을 지켜볼 필요가 있어요."

시월이 담담하게 말했다.

"당신 설마… 월문 장원으로 가려는 건 아니죠?"

이화검이 두려운 표정으로 물었다.

그런데 그 질문에 시월이 대답을 망설였다.

그러자 이화검이 화가 난 표정으로 다시 물었다.

"이제 보니 정말 갈 생각이었군요?"

"누님을 홀로 놔둘 수는 없어요."

"하지만 그녀는 월문의 사람이에요. 그녀를 지킬 사람은 당신이 아니라 월문과 월문신룡이라고요!"

이화검은 시월이 설우담을 지키기 위해 월문 장원으로 가는 일은 절대 용납할 수 없다는 듯 소리쳤다.

"그들은 누님을 지켜주지 않을 거예요. 난 죽어가는 누님을 외면할 자신이 없어요. 만약 그렇게 되면 평생 자책 속에서 살게 될 거예요. 사형들 얼굴을 볼 수도 없고요."

"죽기는 누가 죽는다고 그래요. 그녀도 장원을 탈출할 정도의 무공은 있잖아요?"

"다른 때라면 그렇겠지만 오늘은… 모르겠어요. 만계지마가 신검산을 넘게 했다면 그들은 마련의 마인 중에서도 최고의 고수들일 거예요."

"좋아요! 그럼 나도 가요!"

이화검이 절대 시월 혼자 보낼 수 없다는 듯 말했다.

그러자 시월이 이화검의 손을 잡으며 말했다.

"알잖아요. 내가 혼자 가는 것이 덜 위험하다는 걸. 그리고… 내가 설마 죽겠어요?"

"그녀를 구하려면 무리할 수밖에 없잖아요!"

"약속할게요. 어떤 일도 일어나지 않을 거라고. 누님만 찾으면 바로 돌아올 거예요."

"…정말 꼭 가야겠어요?"

이화검이 다시 묻자 시월이 대답 대신 고개를 끄떡였다.

그러자 이화검이 한숨을 쉬며 말했다.

"후, 정말 당신들 사형제들은 하나 같이… 에잇! 알겠어요. 대신 약속해요. 정말 설 언니만 찾으면 그 즉시 돌아오겠다고. 절대 다른 싸움에는 관여치 않겠다고요."

"알았어요! 약속할게요."

시월이 얼른 대답했다. 그러고는 이장룡을 보며 말했다.

"제가 돌아올 때까지는 움직이지 마십시오. 월문의 상황을 정확하게 파악한 후에 구원대를 움직여야 합니다."

"알겠네. 조심해서 다녀오게."

이장룡이 고개를 끄떡였다.

그러자 시월이 다시 이화검의 손을 잡은 후 말했다.

"다녀올게요. 정말 걱정하지 말아요. 내가 어떤 상황에서도 살아남는 사람이란 걸 알죠? 그러니까 마음 졸이지 말고 숙부님과 함께 기다려요."

시월의 말에 이화검은 차마 대답하지 못하고 시선을 돌렸다.

그런 이화검의 모습에 시월이 잠시 머뭇거리다가 이내 폭설 속으로 달리기 시작했다. 시월의 모습은 순식간에 사람들 시야에서 사라졌다.

시월이 사라지자 장내에 잠시 침묵이 흘렀다. 사락거리며 내리는 함박눈이 이곳이 치열한 싸움이 벌어지는 전장이란 것을 잊게 했다.

"돌아가자!"

이광검이 넋을 잃은 사람처럼 서 있는 이화검의 소매를 당기며 말했다. 그러자 이화검이 퍼뜩 정신을 차리고 대답했다.

"가요. 사실 저 사람보다 우리가 더 위험할지도 몰라요. 서둘러 구서령 숙영지로 가야 해요."

"이제 정신이 돌아왔구나. 우리 막내!"

이광검이 가볍게 미소를 지었다.

그러자 이장룡이 명을 내렸다.

"구서령 숙영지로 퇴각한다. 적의 기습이 있을지도 모르니 모두 각별히 조심하라!"

이장룡의 명이 떨어지자 이가검문과 요동 중소 문파의 구원대들이 서둘러 그들이 내려온 산길을 다시 오르기 시작했다.

*   *   *

불타는 월문 장원으로 가장 먼저 달려온 사람들은 당연히 월문 삼장로와 그들 곁에 남았던 소수의 월문 무사들이었다.

그들은 백문보의 명에 따라 신검산 주변에 흩어져 있는 중소 문파 구원대에 마련을 총공격해 달라는 말을 전하려 월문 장원이 화염에 휩싸이는 것을 보고는 방향을 틀어 월문 장원을 향해 달려왔던 것이다.

그렇게 월문 장원에 접근하던 세 장로가 월문 장원에서 탈출하는 일단의 월문 무인들을 만난 것은 정문에서 삼십여 장 앞에서였다.

"멈춰라!"

장로 고태의 입에서 노성이 터져 나왔다.

"누구냐?"

월문 장원을 탈출하던 문도들이 길을 막는 고태 등을 향해 소리쳤다.

"이놈들! 아무리 정신이 없다고 우릴 몰라보느냐?"

마건이 월문도들이 자신들을 알아보지 못하자 호통을 쳤다.

그제야 정신을 차린 월문도들이 언뜻 화염에 비친 장로들을 알아봤다.

"아! 장로님!"

"죄송합니다. 정신이 없어서!"

월문도들은 삼장로를 알아보지 못한 것을 사죄하면서 한편으로는 안도의 표정을 지었다. 삼장로라면 이 위기를 벗어날 수 있을 거라 생각하는 모양이었다.

"대체 어찌된 일이냐?"

고태가 서늘한 음성으로 물었다.

"마인 놈들이 신검산 북벽을 넘어 기습을 해왔습니다. 염초와 기름을 들고 와서 장원에 불을 지르는 바람에 한순간에 장원을 놈들에게 빼앗겼습니다!"

"적의 숫자는?"

"일백은 넘어 보였습니다."

"겨우 백 명의 적에게 장원을 빼앗겼다는 말이냐?"

"그것이… 한 놈 한 놈이 모두 대단한 고수들이라서……."

월문의 문도가 변명하듯 말했다.

"주모님은 어디 계시느냐?"

고태가 대부인 홍은의 행방을 물었다. 그러자 문도들이 고개를 푹 숙이며 대답하지 못했다.

그 모습에 고태의 얼굴에 분노의 빛이 서렸다.

"이놈들! 감히 주모님을 모시지도 않고 너희들만 살겠다고 도주를 했단 말이냐? 저 소리를 들어 봐라. 아직 장원 안에는 적과 싸우는 문도들이 많지 않으냐? 그런데 너희들만 살겠다고 도주를 해?"

"……."

고태의 호통에 도망쳐 나온 월문 문도들이 겁에 질려 입을 열지 못했다.

"당장 네놈들을 베어야겠지만, 주모님과 문도들을 구하는 일이

급하니 다시 살 기회를 주겠다. 당장 장원으로 돌아가 주모님을 구한다! 내가 앞장설 테니 모두 날 따르라!"

호랑이 같은 목소리로 명을 내린 고태가 불타는 장원을 향해 달리기 시작했다.

*　　　　*　　　　*

삼장로의 복귀가 순식간에 전세를 바꿨다.

삼장로의 복귀 소식은 빠르게 월문 문도들 사이로 퍼져 나갔다. 소식을 들은 월문 문도들은 자연스럽게 삼장로가 있는 곳으로 모여들었다.

터무니없이 이뤄진 갑작스러운 기습에 놀라 저항할 생각조차 못 하고 후퇴하던 월문 문도들이 드디어 제대로 싸우기 시작한 것이다.

화염에 휩싸인 북쪽 장원은 포기하더라도 아직 불타지 않은 남쪽 장원만은 지켜내겠다는 삼장로의 투지는 죽어가던 월문 무사들의 전의를 되살렸다.

그러자 화염을 사이에 두고 남쪽 장원에 치열한 전선이 형성되었다.

화염 속에서 날뛰는 마인들도 점차 장원 남쪽으로 몰려가 삼장로를 상대하는 데 힘을 모으기 시작했다.

삼장로의 무위는 대단했다.

나이가 들었다고 월문주에게 홀대받기는 했지만, 그들은 평생 한 자루 검에 의지해 월문의 영화를 위해 강호를 종횡한 노 무인들이었다.

오늘날 월문이 십대천문의 위치에 오를 수 있게 만든 주인공들이 바로 그들이었다. 그런 사람들이었으므로 그 저력은 절대 만만치 않았다.

하지만 그들 역시 인간이어서 시간이 지나자 서서히 힘이 빠져가기 시작했다.

"후욱 후욱!"

고태가 거친 호흡을 뱉어내며 눈을 들어 주변을 살폈다.

번쩍거리는 검과 짐승 같은 비명, 쓰러져 가는 무인들… 그리고 무엇보다도 불타 무너지는 장원의 건물들이 월문을 아비규환의 장소로 만들고 있었다.

그 속에서 월문을 지키기 위해 고군분투하던 삼장로의 입에서 단내 나는 거친 숨소리가 흘러나왔다.

"이대로는 힘들 것 같습니다."

천중한이 다가와 고태에게 말했다.

아직 불타지 않은 건물들을 이용해 적을 막아서던 월문의 문도들도 더는 버티기 힘들어 장원의 남쪽 지역까지 완전히 빼앗길 위기에 처해 있었다.

"대체 문주께선 뭘 하고 계신단 말인가!"

고태가 화가 나 소리쳤다.

이미 돌아왔어도 벌써 돌아왔어야 할 백문보였다. 그런데 아직 백문보가 이끄는 월문 정예의 모습은 강 근처에도 보이지 않았다.

아무리 폭설이 내리는 어둠 속이라도 백문보가 회군하고 있다면 멀리서도 알아볼 수 있었다.

"만계지마가 발목을 잡고 있을 수도 있습니다."

마건이 말했다.

세 명의 장로 중 그래도 그나마 월문주에게 가장 우호적인 사람이 이장로 마건이었다.

"그렇다고 해도 소문주만큼은 벌써 돌아왔어야 합니다."

천중한이 화를 넘어 분노가 느껴지는 눈빛을 드러내며 말했다.

"…그렇긴 하네만."

천중한의 기세에 마건도 더 이상 백문보 부자를 위해 변명을 하지 못했다.

"이러다 마련의 후군이 먼저 도착하면 장원의 문도들이 전멸할 수도 있네."

고태가 무겁게 말했다.

"그럼 어쩌면 좋겠습니까?"

마건이 물었다.

"어쩔 수 없지. 장원을 포기해야지. 자네는 대부인을 모시고 먼저 장원을 떠나게. 나는 최대한 문도들을 모아 물러날 테니."

고태가 말했다.

그러자 마건이 잠시 망설이다가 이내 고개를 끄떡였다.

"알겠습니다. 그럼!"

마건이 고태에게 고개를 숙여 보인 후 장원에 돌입한 즉시 구출하여 안전한 곳에 피신시킨 대부인 홍은을 데리러 남쪽 객방을 향해 달려갔다.

그러자 천중한이 걱정스러운 표정으로 물었다.

"형님! 우담을 어찌해야 할지… 동별당으로 가는 길이 열리지 않습니다."

설우담이 머무는 동별당은 월문의 장원에서도 동쪽에 치우쳐
있었다.

그곳으로 가려면 작은 숲도 지나야 하는데 그 숲은 이미 마인
들이 점령하고 있었다. 몇 번이나 그 길을 뚫으려 했지만, 끝내 동
별당으로 가는 길은 열리지 않았다.

그리고 전황으로 봐선 설우담은 이미 죽었거나 마련의 마인들
에게 잡혔을 것이 분명했다.

"안타깝지만 어쩔 수 없네. 동별당으로 가는 길을 열려면 적어
도 소문주 정도의 고수가 있어야 하네. 우리 힘으로는 역부족일
세."

"마건 형님이 안 계시니 하는 말입니다만, 정말 너무 하는 것
아닙니까. 대부인과 우담이 있는데 어떻게 오지 않을 수 있단 말
입니까. 유겸! 소문주의 무공이라면 충분히 돌아올 수 있었을 텐
데 말입니다."

"글쎄, 나도 화는 나네만 무슨 사정이 있지 않겠나. 설마… 아
무 일도 없는데 돌아오지 않았을 거라고는 생각하고 싶지 않네.
정말 그렇다면……"

고태가 생각하기도 싫다는 듯 고개를 저었다.

그 모습을 보고 천중한이 단호하게 말했다.

"만약 정말 싸워보지도 않고 장원과 문도들을 포기한 것이라
면, 그래서 돌아오지 않는 것이라면… 형님, 전 이번에는 아예 월
문을 떠나겠습니다."

"자네!"

고태가 놀란 눈으로 천중한을 바라봤다.

"형님과 마건 형님! 그리고 저는 어려서부터 월문의 사람이었지요. 길들여진 짐승은 고삐를 풀어놓아도 그 집을 떠날 수 없는 것처럼, 그동안 우린 월문에 몸과 마음이 길들여져 이곳을 떠날 수 없었던 겁니다. 그동안 문주가 한 일들 중 몇 가지는 우리가 월문을 떠날 충분한 이유가 되었지요. 그럼에도 월문에 대한 애정 때문에 남아 있었지만, 이렇게 된 이상은… 솔직히 전 월문에 더 이상 미련이 없습니다."

천중한이 지친 목소리로 말했다.

"하지만 그건… 음, 일단 그 이야기는 이곳을 벗어난 후에 하세."

천중한과 논쟁을 벌일 때가 아니라는 듯 고태가 말했다.

"알겠습니다."

천중한도 사태가 급박한 것을 알기에 더 이상 말을 이어가지 않았다.

그러자 고태가 그들 주위에서 마인들의 공격을 막아내고 있는 월문도들을 향해 소리쳤다.

"전하라! 살아 있는 월문의 형제들은 즉시 장원의 정문 앞으로 모인다!"

고태의 명이 떨어지자 그의 명이 사람과 사람을 통해 사방으로 전해지기 시작했다.

*   *   *

커억!

헉!

곳곳에서 토하는 소리가 들려왔다.

음식을 잘못 먹었거나, 혹은 독에 중독되어 토하는 것이 아니었다.

적의 포위망을 뚫고 겨우 목숨을 건져 도주한 문도들이 힘에 겨워 헛구역질을 하는 소리였다.

백문보는 망연자실한 표정으로 헛구역질해대는 문도들을 바라봤다. 그는 분노와 절망조차 느끼지 못한다는 듯 넋이 나간 사람처럼 무심한 표정을 짓고 있었다.

"아버님!"

넋이 나간 백문보 곁으로 백유검이 다가왔다.

"음… 왜 그러느냐?"

백유검의 부름에 그나마 정신을 차린 백문보가 백유검을 바라보며 물었다.

"빨리 장원으로 돌아가야 하지 않겠습니까?"

백유검이 화염에 휩싸인 신검산 장원을 보며 말했다.

백유검은 백문보와 달리 여전히 싸울 투지와 힘이 남아 있는 듯 보였다.

사실 백문보를 따라 만계지마 추격에 나섰던 일백여 명의 월문 정예 무인들이 전멸당하지 않고 그나마 삼십여 명이라도 살아나올 수 있었던 것은 오로지 백유검의 놀라운 무공 때문이었다.

그가 아니었다면 아마도 백문보는 물론 월문의 문도들도 전멸을 면치 못했을 것이다.

"돌아간다고?"

백문보가 마치 다시 싸우기 두려운 사람처럼 백유검을 보며 말했다.

"어머님이 계십니다. 적어도 어머님은 구해야지요!"

백유검이 말했다.

"음… 그, 그렇구나. 그런데 맹의 구원대는 어찌 되었느냐? 왜 보이지 않은 것이지?"

백문보가 물었다.

그러자 백유검이 어이없는 표정으로 백문보를 보며 언성을 높였다.

"잊으셨습니까? 그들이 가장 먼저 도주한 것을 말입니다. 그들은 우리 월문의 형제들이 적의 포위망에 갇혀 있는 걸 알면서도 뒤로 물러나지 않았습니까? 그들만! 그들만 물러나지 않고 같이 싸워줬으면 본문이 이렇게까지 당하지는 않았을 겁니다."

빠드득!

백유검이 이를 갈며 분노했다.

마련의 마인들이 진영을 버리고 퇴각했을 때, 월문주 백문보와 의천무맹 구원대는 서로 경쟁하듯 만계지마 추격에 나섰다.

그 경쟁에서 백문보가 조금 앞서, 구원대를 추월해 추격전의 선봉에 선 그때 그들은 만계지마가 준비해 놓은 함정에 빠졌다.

그순간 만계지마의 반격이 시작됐다.

괴진(怪陣)에 빠져 당황하는 월문의 문도들과 의천무맹 구원대를 만계지마와 흑화수 금사, 그리고 마검림의 림주 마검 오립이 급습했다.

세 명의 절대마인이 이끄는 마련의 전력은 강력하기 이를 데 없었다. 진법에 빠져 가야 할 방향조차 가늠하지 못하는 의천무맹의 구원대가 도저히 감당할 수 없는 강력함이었다.

그 위급한 상황에서 의천무맹 구원대는 앞쪽에서 적의 공격을 집중적으로 받고 있던 월문의 문도들을 버리고 후퇴를 선택했다.

백유검의 말처럼 그때 무맹의 구원대가 월문도들과 함께 싸워 줬다면 월문이 이렇게 궤멸적인 참패를 당하지는 않았을지도 모른다.

때문에 백유검으로선 의천무맹 구원대가 원망스러울 수밖에 없었다.

그런데 그렇게 배신당한 사실조차 백문보는 잊고 있었던 것이다.

"그렇지. 그들은 먼저 물러났지. 그럼 구원대에 사람을 보내 같이 장원으로 가자고 하면 안 될까? 그들은 크게 손실을 보지 않았으니 말이다."

백문보가 백유검에게 물었다.

그로서는 서 있기도 힘든 삼십여 명의 생존자들을 데리고 불타는 장원으로 돌아가 다시 마련의 마인들과 싸울 엄두가 나지 않는 모양이었다.

평소의 백문보라면 절대 상상할 수도 없는 모습이었다.

"적진에 빠진 우리를 남겨두고 도주한 자들입니다. 그런데 그들이 불타는 장원으로 함께 가주겠습니까?"

백유검이 차갑게 말했다.

"그래도… 한 번 사람을 보내봐라."

백문보가 고집을 피웠다.

그러자 백유검이 한숨을 쉬며 대답했다.

"알겠습니다. 그럼 잠시 쉬고 계세요. 서홍!"

백유검은 뒤로 물러나 창천검대의 심복 서홍을 불렀다.

"부르셨습니까. 소문주님!"

창천검대 최고수라는 젊은 무인 서홍이 온몸에 피칠을 하고도 바람처럼 백유검 앞으로 달려왔다.

"의천무맹의 구원대를 찾아봐라. 찾거든 우린 장원을 구하기 위해 갔으니 도움을 바란다고 전하거라."

"…그들에게 말입니까?"

서홍이 되물었다. 그의 얼굴에 의천무맹 구원대에 대한 불신과 원망이 떠올랐다.

"나도 그들이 우릴 도울 거라는 기대는 하지 않는다. 그래도 아버님이 원하시니 일단 말을 전하라. 자기들도 부끄러움이라는 것을 알고 있다면 혹 일말의 가능성이 없는 것은 아니니 어서 그들을 찾아봐라."

"…알겠습니다."

"오겠다면 자네가 길을 안내하고."

"예, 소문주님! 다녀오겠습니다."

서홍이 대답한 후 즉시 어둠 속으로 사라졌다.

그러자 백유검이 지쳐 쓰러져 있는 월문의 문도들을 보며 소리쳤다.

"정확히 일각 후에 출발한다. 장원에서 너희들의 형제자매들이 마인들의 손에 죽어가고 있다. 그러니 힘들어도 조금만 더 힘을 내자!"

"예, 소문주!"

백유검의 외침에 대답한 월문의 문도들이 하나둘 자리를 잡고 운기를 하며 휴식을 취하기 시작했다.

문도들을 독려한 백유검이 다시 백문보 곁으로 돌아왔다.

"일각 후에 출발하겠습니다."

"음."

백문보가 고개를 끄떡였다.

"장원은… 포기해야 할지도 모릅니다."

"그래. 네 어머니만 구하면 일단 물러나자. 만계지마도 멀리까지 추격하지는 못할 것이다. 그리고 설혹 의천무맹 구원대가 오지 않더라도 그들이 후방에 머물러 있다는 것 자체가 적어도 우릴 안전하게 후방까지 물러나게는 해줄 것이다."

백문보가 모든 진기가 사라진 사람처럼 중얼거렸다.

＊　　　　＊　　　　＊

"보고드립니다! 의천무맹 구원대는 남쪽 삼십 리 밖으로 물러났습니다. 명하신 대로 추격은 멈췄습니다."

"보고드립니다! 월문주 백문보와 월문신룡 백유검이 서른 명의 생존자를 이끌고 신검산 장원으로 향했습니다."

"보고드립니다! 신검산 장원의 구 할을 점령했습니다. 월문 삼장로가 이끄는 장원 내 무인들은 장원 밖으로 후퇴하고 있습니다."

"보고드립니다! 이가검문 등 중소 문파의 구원대는 모두 전장에서 물러나 전세를 살피고 있습니다!"

끊임없이 밀려드는 전황을 초로의 노인이 묵묵히 듣고 있었다.

거침없이 내리던 폭설이 서서히 그치고 있었다.

그동안 밝히지 않았던 횃불이 타올랐다.

만계지마 중산은 작은 체구에도 불구하고 그 횃불 아래서 압도적인 존재감을 드러내고 있었다.

그의 주위에 있는 흑화수 금사 등 세 명의 삼십육마조차도 그의 기운에 압도된 느낌이었다.

사방에서 들어오는 승전보는 만계지마가 얼마나 무서운 인물인지를 여실히 보여주고 있었다.

한 달 넘게 월문을 공격하지 않아 싸움을 두려워한다는 비난까지 받았던 만계지마는 단 하룻밤 한 번의 공격으로 십대천문 월문에 완벽한 승리를 거두고 있었다.

그 승리가 몇 달 전부터 준비한 계획의 성과라는 사실을 알고 있는 자들은 만계지마의 지략과 끈기에 공포심을 느낄 수밖에 없었다.

"세 분께 부탁을 좀 드려야겠소이다."

사방에서 들려온 승전보를 들은 만계지마 중산이 흑화수 등을 돌아보며 말했다.

"말씀하시구려. 무슨 일이든 돕겠소이다."

마검 오림이 그 어느 때보다 정중하게 만계지마 중산의 부탁을 수락했다.

"고맙소이다. 일단 마검께서는 남쪽으로 물러난 의천무맹의 구원대가 다시 싸움에 관여하지 않도록 마검림의 형제들과 함께 남쪽 경계를 맡아주시오. 그들이 다시 싸움에 뛰어들면 이 싸움의 승패는 생각보다 어려워질 수 있소."

"알겠소이다. 저들이 전의를 상실했으니 공격은 몰라도 방어는 충분히 할 수 있을 것이오."

마검 오립이 대답했다.

"고맙소이다. 마검의 도움은 결코 잊지 않을 것이오. 그리고 두 분은 나와 함께 월문으로 갑시다. 이 싸움은 결국 월문 장원을 완벽하게 장악하고 월문주와 월문신룡의 목을 베야 완전히 끝나는 싸움일 것이오. 그러려면 두 분의 도움이 필요하오."

"그렇게 하지요."

"월문주의 목을 베는 것은 생각만 해도 즐거운 일이지요."

흑화수 금사와 소수마녀 적천홍이 동시에 대답했다.

그들에게 이제 이 싸움은 더 이상 승패를 가늠할 수 없는 싸움이 아니었다. 그들은 이미 승리한 싸움에서 마지막 사냥의 유희를 즐길 일만 남아 있었다.

"고맙소! 그럼 내일은 월문의 장원에서 함께 식사를 하도록 합시다. 불타기는 했지만 쓸 만한 건물 몇 채는 남아 있을 테니."

"하하하! 그럽시다. 그럼 내일 뵙겠소이다!"

마검 오립이 호탕하게 웃음을 터뜨리고는 마검림의 마인들을 향해 다가가며 큰 소리로 명을 내렸다.

"남쪽으로 간다. 의천무맹의 쥐새끼들이 어떤 꼴인지 구경이나 하자꾸나!"

*   *   *

월문신룡 백유검이 무서운 속도로 신검산을 치달아 올랐다. 그의 뒤를 따르는 문도들은 그의 속도를 따라잡지 못하고 있었다.

그럼에도 백유검은 문도들을 기다리지 않았다. 한시라도 빨리 가서 어머니 대부인 홍은을 구해야 하기 때문이었다.

그런데 그렇게 신검산 중턱에 다다랐을 때, 문득 앞쪽에서 일단의 사람들이 달려 내려오는 것이 보였다.

백유검이 적인가 싶어 급히 걸음을 멈추고 검을 들어 올렸다.

그때 신검산을 내려오던 사람들도 백유검을 발견했다.

"누구냐?"

무리 중 한 사내가 앞으로 나서며 소리쳤다. 순간 백유검의 눈빛이 번쩍였다.

자신의 정체를 묻는 사내 뒤쪽에 있는 사람 중 서너 명의 정체를 알아볼 수 있었기 때문이었다.

아무리 폭설과 어둠 속이라도 어머니 홍은과 이장로 마건을 알아보지 못할 리 없었다.

"어머니! 저 유검입니다!"

백유검이 자신의 정체를 묻는 사내를 지나쳐 무리 가운데 서 있는 대부인 홍은을 향해 달려가며 소리쳤다.

백유검의 앞을 막았던 월문의 무사가 놀라서 본능적으로 검을 휘두르려다가 뒤늦게 상대가 백유검임을 깨닫고 급히 검을 거둬들였다.

"유검! 정말 유검이니?"

대부인 홍은이 앞으로 달려 나와 백유검을 부둥켜안고 소리쳤다.

"무사하셨군요. 정말 다행입니다. 이제 안심하세요. 제가 왔으니까요."

"그래그래! 그런데 아버님은?"

홍은이 백문보의 상황을 물었다.

"뒤에 오고 계세요."

"무사하시니?"

"예, 다친 곳은 없으니 걱정 마세요."

백유검이 홍은을 안심시켰다.

그러자 두 사람을 지켜보고 있던 마건이 앞으로 나서며 백유검에게 물었다.

"소문주, 싸움은 어찌 되었나?"

"그것이……."

백유검이 말꼬리를 흐렸다.

"패한 건가?"

마건이 다시 물었다.

"마련의 반격이 시작되자 의천무맹 구원대가 후퇴하는 바람에……."

백유검의 패전의 책임을 의천무맹 구원대에게로 돌렸다.

"간사한 작자들!"

마건이 화를 냈다.

"일장로님과 삼장로님은 어디 계십니까?"

백유검이 물었다.

"장원에서 나머지 문도들을 모아 후퇴할 준비를 하고 있네. 더이상 싸울 수 없는 지경이라……."

"…어렵겠습니까?"

백유검이 장원을 포기하는 것이 아쉬운 지 되물었다.

"문주께서 몇 명이나 데리고 오시는가?"

마건이 대답 대신 백문보가 거느린 문도 수를 물었다.

"서른 명 정도입니다."

백유검이 대답했다.

"후… 그 정도로는 장원을 지키기 어려울 것 같군. 더군다나 문주께서 물러나셨다면 놈들의 주력이 곧 이곳으로 들이닥칠 것이네. 의천무맹의 구원대도 쉽게 움직이지 않을 것이고. 역시 물러나 전력을 보존한 후 후일을 도모하는 것이 나을 것 같군."

마건이 냉정하게 정세를 판단했다.

그러자 백유검이 입술을 깨물며 고개를 끄떡였다. 그 역시 지금으로서는 그 방법이 최선이라는 것을 알고 있기 때문이었다.

"그럼 일단 장로님은 어머님을 모시고 아버님께로 가십시오. 전 두 분 장로님과 함께 문도들을 후퇴시키겠습니다."

백유검이 마음을 다잡으며 말했다.

"알겠네. 아! 그리고……."

"말씀하십시오."

백유검이 말을 망설이는 마건에게 말했다.

"동별당이 고립되었네. 우담은 탈출하지 못했고! 동별당으로 가는 길을 놈들이 막고 있어서 구하러 갈 수 없었네. 소문주가 가봐야 할 것 같은데……."

마건의 말에 백유검이 살짝 눈살을 지푸렸다.

"대체 그 사람은 그 안에서 뭘 하고 있었단 말입니까? 적이 공격했으면 당연히 동별당에서 나와야지!"

"너무 급작스러운 공격이라 기회가 없었던 것 같네. 놈들은 신검산 북쪽 산을 넘은 후 장원 동북쪽을 파고들었으니 순식간에 길이 막혔을 것이네."

"후… 일단 알겠습니다. 제가 가보지요."

백유검이 대답했다.

그러자 마건이 걱정스러운 표정으로 말했다.

"반드시 구해야 하네. 이미 죽었다면 어쩔 수 없지만 우담을 구하지 못하면 두고두고 강호인들의 구설수에 오르내릴 수 있어. 소문주의 미래를 위해서라도 꼭 구하시게."

"…알겠습니다."

백유검이 어쩔 수 없다는 듯 대답했다.

"그럼 난 주모를 모시고 문주께 가겠네."

"어머님을 잘 부탁드립니다."

"걱정 말고 어서 가게."

마건의 재촉에 백유검이 살짝 고개를 숙여 보인 후 다시 월문 장원을 향해 달리기 시작했다.

*   *   *

'쉽지 않겠어…….'

시월이 월문이 불타는 와중에도 깊은 어둠에 싸인 동별당을 바라보며 생각했다.

동별당에 접근하기가 만만치 않아 보였다. 동별당 주변을 마련의 마인들이 장악하고 있어서 조용히 설우담은 구하는 것은 불가능한 일이었다.

더군다나 지금은 설우담의 생사조차 알 수 없었다. 생사를 확인할 수 없는 사람을 구하기 위해 사지로 뛰어드는 일은 시월이라 해도 쉬운 일이 아니었다.

그런데 시월이 동별당을 앞에 두고 고민에 빠진 사이 갑자기 월문 장원 정문 쪽에서 커다란 함성이 들려왔다.

와아아!

장원 앞쪽에서 들려오는 함성은 지금까지와는 전혀 다른 성격의 것이었다. 더군다나 함성의 뒤를 이어 마련의 마인들이 장원 안으로 물러나는 것이 보였다.

'문주가 돌아왔나?'

누군가 구원을 오지 않았다면 일어날 수 없는 상황이었다.

그런데 그때 갑자기 마인 중 한 사람이 동별당 입구로 이어진 작은 숲으로 달려와 누군가에 소리쳤다.

"오 검마께서 최소한의 인원만 남기고 모두 정문 쪽으로 오라십니다."

"무슨 일이 일어난 거냐?"

"월문신룡이 나타났습니다. 그로 인해 본궁의 형제들이 밀리고 있습니다."

"월문신룡! 놈이 나타났군. 좋아! 모두 가자! 드디어 대어가 나타났다. 월문을 쳐부순 날 월문신룡 정도의 대어는 잡아야 기념이 되지. 모두 날 따라와!"

보고받은 중년의 마인이 명을 내리고 월문 정문을 향해 달렸다.

그러자 그 뒤를 따라 마련의 마인들이 늑대 떼처럼 몰려가기 시작했다.

'됐어! 이정도면!'

시월이 썰물처럼 빠져나가는 마인들을 보며 움직일 준비를 했다.

잠시 후 시월이 월문 장원의 동쪽에 높이 자란 나무 위에서 몸을 날렸다. 그러자 그의 몸이 한순간에 허공을 날아 동별당 동남쪽 안으로 내려섰다.

장원 안쪽 작은 숲에 내려선 시월이 동별당을 향해 은밀히 전진했다.

시월은 채 일각이 되지 않아 동별당 바로 앞에 이르렀다. 그곳에서 시월이 다시 나무를 타고 올랐다. 그러자 동별당 안쪽의 상황이 한눈에 들어왔다.

설우담은 시녀 항이와 함께 동별당 대청에 나와 있었다.

동별당 앞마당에는 다섯 명의 마인이 설우담을 지키고 있었는데, 그중 한 명은 대청에 엉덩이를 붙이고 앉아서 설우담에게 뭔가를 말하고 있었다.

그러다 그 말을 듣던 설우담이 갑자기 마인을 향해 큰 소리로 소리쳤다.

"차라리 날 죽여라!"

설우담의 목소리가 시월의 귀를 파고들었다.

그리고 뒤를 이어 마인의 목소리도 들려왔다.

"젠장, 나도 당신을 죽이고 싶어! 당신 때문에 꼼짝없이 이곳에 묶여 있으니 말이야. 이 장원에서 약탈할 게 한두 개가 아닌데. 그런데 그럴 수가 없어! 림주께서 당신을 꼭 사로잡으라는 명을 내리셨거든! 그래서 나도 함부로 당신을 건드리지 못하는 거야. 동별당 마님 당신은 부모님께 고마워해야 해. 림주 같은 대마인께서 관심을 가질 미모를 물려주었으니까. 그 덕에 월문 놈들 멱을 따고 있어야 하는 내가 이곳에 잡혀 있는 거고. 겨우 계집이나 지키려고 말이야. 이게 말이 돼?"

설우담을 잡아두고 있는 마인이 소란스러운 밖으로 시선을 돌리며 투덜거렸다.

제 2장

—

몰락

"칠 검마님! 월문신룡이 나타났습니다."

설우담이 잡혀 있는 동별당으로 마인 한 명이 뛰어 들어오며 소리쳤다.

"뭣? 월문신룡?"

설우담을 잡아두느라 싸우지 못해 투덜대고 있던 마인이 자리를 박차고 일어나며 되물었다.

설우담 역시 눈을 크게 뜨고 고개를 들었다. 설우담에게도 월문신룡 백유검이 자신을 구하러 온 것은 예상 밖의 일이었던 모양이었다.

그도 그럴 것이 최근 들어 설우담은 백유검에게 장애물 같은 존재였다.

그녀의 존재가 백유검의 정략혼을 어렵게 만들기 때문이었다.

명문가로서는 아무리 정략혼이라도 두 번째 혼인은 꺼려지는 일이 었다.

그래서 설우담은 문주 백유검이 자신을 구하려고 위험을 감수할 거란 기대는 애초부터 하지 않았다.

그녀는 기회를 보아 스스로 마인들의 손에서 벗어날 궁리를 하고 있던 차였다.

그런데 기대치 않게 백유검이 자신을 구하러 온 것이다.

"어디까지 왔느냐?"

칠 검마라 불린 마인이 물었다.

"동별당으로 이어지는 숲길 입구까지 이르렀습니다."

"음… 누가 막고 있느냐?"

"오 검마께서 막고 계십니다."

"적의 숫자는?"

"월문신룡과 그를 따르는 자 대여섯 정도입니다."

소식을 전한 마인이 대답하자 칠 검마라 불린 자의 얼굴이 금세 풀렸다.

"그럼 됐다. 아무리 월문신룡이라도 다섯으로는 결코 이곳까지 올 수 없다. 그리고, 이제 곧 림주님과 다른 십대천마님들도 오실 테니 오히려 월문신룡 그놈을 잡을 기회가 될 거다."

"그렇기는 하지만……."

그래도 월문신룡에 대해 두려움이 느껴지는 듯 전갈을 가져온 자가 말꼬리를 흐렸다.

"글쎄 걱정하지 말라니까. 설혹 그분들이 오지 않는다 해도, 걱정할 것 없다. 너도 보지 않았느냐? 마정사들이 어떻게 싸우는지.

그들에게도 월문신룡은 놓치고 싶지 않은 사냥감일 거야."

"하긴 듣고 보니 칠 검마님의 말씀이 맞는 것 같습니다. 마정사들이라면……."

소식을 가져온 마인이 그제야 마음이 놓이는 지 한결 편해진 표정을 지었다.

그러자 칠 검마라 불린 마인이 설우담에게 시선을 돌리며 말했다.

"동별당 마님, 월문신룡이 나타났다고 큰 기대는 하지 마. 아무리 월문신룡이라도 이 지경에서 당신을 구할 수는 없으니까."

"흥, 네놈들은 그를 잘 모르는구나. 그가 네놈들 정도를 상대하지 못할 것 같으냐?"

"흐흐, 물론 나도 일대일로 싸우면 그가 두렵지. 하지만 이미 월문의 문도들은 모두 장원을 빠져나갔단 말이지. 그런 상황에 그 혼자서 뭘 할 수 있겠어. 죽지 않으면 다행이지."

"두고 봐라. 그가 곧 네 앞에 서 있을 테니."

"흐흐흐, 그래? 그럼 우리 내기 한번 할까? 난 그가 오지 못한다는 데 걸지. 당신은 그가 오는 쪽이고. 이 내기에서 당신이 이기면 당신을 장원 밖으로 보내주겠다. 대신 내가 이기면… 주께서 오시기 전에 널 한번 품어 보겠다. 어차피 처녀도 아니고……."

칠 검마라 불린 마인이 음욕을 드러냈다.

"네놈에게 치욕을 당하느니 차라리 죽고 말겠다."

"흐흐. 자신이 없군. 당신도 역시 월문신룡이 결국 널 포기할 거란 걸 아는 거야. 소문에 듣자 하니 둘 사이가 요즘 아주 좋지 않다던데, 그런 마누라를 구하려고 설마 그가 큰 위험을 감수하겠어?

그냥 뭐… 구하려는 시늉만 하다 도망가겠지. 본래 정파 놈들이란 다 그렇거든."

칠 검마가 비웃으며 말했다.

설우담은 더 이상 대꾸하지 않았다. 그녀도 백유검이 충분히 그 럴 사람이라는 것을 알기 때문이었다.

그런데 과연 불길한 예감은 틀리지 않아서 얼마 지나지도 않았 는데 다른 마인이 달려와 새로운 소식을 전했다.

"칠 검마님! 월문신룡이 물러났습니다."

"하하하! 역시 그렇지! 그가 아무리 대단해도 오 검마님과 마정 궁의 마정사들을 당해낼 수는 없지. 하하하!"

자신의 예상이 맞았다는 것에 쾌감을 느끼는지 칠 검마라 불린 자가 호탕한 웃음을 터뜨렸다.

그러자 소식을 전해온 마인이 입을 열었다.

"그런데 월문신룡은 애초에 제대로 싸울 생각이 없었던 것 같 습니다. 마정사들이 오기도 전에 물러났습니다."

"뭐? 사실이냐?"

"그렇습니다. 오 검마님조차 그와 제대로 검을 섞지 않으셨습니 다."

마인이 대답했다.

"크크크, 요런 간교한 놈을 보았나! 그러니까 세상눈이 무서워 서 자기 마누라를 그냥 버리진 못하겠고, 구하는 시늉만 하다 떠 났다는 거네? 흐흐, 제 아비를 닮아서 아주 간교하구만."

칠 검마가 월문주 부자를 싸잡아 비난했다.

그러다가 절망적인 표정을 짓고 있는 설우담에게 시선을 돌렸다.

"이봐. 설 부인. 당신도 들었지? 그러니까 이제 다른 생각 말고 순순히 우리 림주님이나 기다리도록 해.. 림주님을 따르면 적어도 고생은 하지 않을 테니까."

"그만 날 죽여라!"

설우담이 차갑게 대답했다.

"후후, 아직 기가 살았군. 하지만 림주님을 만나서도 그런 식이면 곤란해. 림주님은 무척 거친 분이거든. 괜한 고생 하지 말라고. 그나저나 내기에 동의하지 않았으니 설 부인을 안을 수는 없고. 너, 이리 와봐라. 너라도 내 무료함을 달래줘야겠다."

칠 검마가 설우담의 뒤쪽에서 겁에 질려 몸을 떨고 있는 시녀 항이에게 손짓했다.

"마, 마님!"

항이가 놀라서 설우담 뒤로 몸을 숨겼다.

"이년아! 지금 네 주인 코가 석 자인데 널 구해줄 수 있을 것 같으냐? 그러니 쓸데없는 고집 피우지 말고 이리 오너라. 날 잘 모시면 네년도 죽지 않을 테니."

칠 검마가 당장이라도 항이를 끌어낼 기세로 말했다.

순간 설우담이 허리춤에 숨겨 두었던 연검을 뽑아 들었다.

창!

"이놈! 이렇게 된 이상 네놈을 죽이고 이곳을 떠나겠다!"

설우담의 갑작스러운 행동에 놀란 칠 검마가 자신도 모르게 서너 걸음 뒤로 물러났다.

그러고는 차가운 살기를 드러내며 말했다.

"젠장, 검을 숨기고 있었군. 처음부터 이상하기는 했어. 소문에는 뛰어난 무공을 가지고 있다고 했는데 전혀 반항하지 않아서 말이야. 그런데 이제 보니 내가 방심할 기회를 노리고 있었군. 간교한 년 같으니……!"

검을 뽑아 든 설우담에게 칠 검마가 화를 냈다.

그러자 설우담이 걸치고 있던 장삼을 벗어버렸다.

펄럭!

설우담이 벗어 던진 장삼이 마루 아래로 떨어졌다. 장삼을 벗어 던지자 청색 무복을 입은 설우담의 모습이 드러났다.

청색 무복을 입고 검을 든 설우담은 지금까지와는 완전히 다른 모습이었다. 서늘한 안광과 강렬한 내공이 만들어내는 아우라가 그녀의 몸에서 일렁였다.

"이것 봐라! 이거 정말 보통 계집이 아니었구나!"

설우담의 기세에 놀란 칠 검마가 검을 고쳐 잡으며 경계 어린 시선으로 설우담을 응시했다.

"항아. 이젠 어쩔 수 없게 되었다. 우리 힘으로 장원을 벗어날 수밖에. 그래도 한 가닥 기대를 걸고 기다렸건만……."

아마도 설우담은 백유검이 자신을 구하러 오기를 기다렸던 모양이었다.

그녀는 스스로 탈출을 시도하기 전 백유검이 자신을 구하러 온다면 자신과 백유검의 관계에 대해 다시 한번 희망을 가질 수 있다고 생각했었다.

그러나 결국 백유검은 그녀를 구하려는 시늉만 하고 장원을 떠났다.

그렇다면 위기에서 벗어나는 것도, 또 앞으로의 그녀의 삶에 대해서도 더 이상 백유검에게 기대할 것은 아무것도 없었다.

이젠 정말 오롯이 그녀 스스로 이 난관을 헤쳐 나가야 할 때였다.

"후후후, 처음에도 불가능했던 일이 지금이라고 가능할까. 괜히 사람 힘들게 하지 말고 검을 내려놔라."

칠 검마가 설우담을 설득했다. 검을 뽑아 든 설우담의 기세가 만만찮아서 굳이 싸우고 싶지 않은 칠 검마였다.

그런데 그 순간 갑자기 설우담이 칠 검마를 향해 검을 뺐었다.

"핫!"

차르릉!

설우담의 연검이 투명한 파공음을 만들어내며 무서운 속도로 칠 검마를 찔렀다.

"이년이!"

칠 검마가 갑작스러운 설우담의 공격에 놀라 뒤로 몸을 날리며 재빨리 검을 휘둘렀다.

차앙!

설우담의 연검과 칠 검마의 검이 허공에서 비스듬히 교차하며 신경을 긁는 마찰음을 만들었다.

"그동안 날 모욕한 대가를 받겠다!"

설우담이 재차 도약해 칠 검마의 머리 위로 날아오르면서 외쳤다.

파파팟!

설우담이 연검으로 작은 검기들을 만들어내 화살처럼 칠 검마에게 날려 보냈다.

월문을 대표하는 성하검법이었다.

"빌어먹을!"

생각보다 무서운 설우담의 무공에 놀란 칠 검마가 어지럽게 검을 휘두르며 재차 뒤로 물러났다.

따다당!

설우담이 만들어낸 검기와 칠 검마의 검이 부딪히며 요란한 소음을 만들어냈다.

설우담은 자신의 검기를 막아내며 뒤로 물러나는 칠 검마에게 여유를 주지 않고 계속해서 밀고 들어갔다.

그러자 계속 수세에 몰려서는 승산이 없다고 생각한 칠 검마가 소리쳤다.

"뭣들 하느냐? 모두 이년을 공격해!"

백유검을 막기 위해 수하들 대부분이 동별당을 떠난 상태지만, 그래도 서너 명의 수하들은 여전히 동별당에 남아 있었다.

그들은 칠 검마의 명이 떨어지자 검을 휘두르며 설우담을 향해 달려들려 했다.

그런데 그 순간 갑자기 검은 그림자 하나가 동별당 마당 안에 떨어져 내리더니 설우담을 공격하려는 마인들 사이로 바람처럼 스며들었다.

파팟!

"컥!"

"우욱!"

갑자기 나타난 불청객의 투명한 검기가 마인들 사이를 빠르게 스치고 지나가자 마인들이 베어진 짚단처럼 땅바닥에 쓰러졌다.

"웬 놈이냐?"

갑작스러운 괴인의 등장에 놀란 칠 검마가 검 끝을 괴인에게 돌리며 소리쳤다.

순간 상대의 빈틈을 본 설우담이 칠 검마의 옆구리에 연검을 꽂아 넣었다.

퍽!

"억!"

칠 검마의 입에서 억눌린 신음 소리가 흘러나왔다. 그의 시선이 본능적으로 검에 찔린 옆구리로 향했다.

순간 설우담이 칠 검마의 옆구리에서 검을 뺐다.

팟!

검이 빠지자 피분수가 솟구쳤다.

"이… 년이!"

칠 검마가 터져 나오는 핏줄기를 보고 분노에 휩싸여 설우담을 향해 검을 휘두르려는 순간, 어느새 다가온 불청객의 검이 그의 가슴을 베고 지나갔다.

쿵!

가슴을 베인 칠 검마가 비명도 지르지 못하고 그대로 땅바닥에 무너졌다.

그러자 그의 시신을 날아 뛰어넘은 불청객이 설우담에게 다가서며 말했다.

"가요!"

"결국 네가 왔구나!"

설우담이 우울한 표정으로 시월을 보며 말했다.

"지금 가야 해요. 곧 마인들이 몰려올 거예요."

"알아. 그래도 잠깐만 기다려."

설우담이 대답하고는 급히 자신의 방으로 뛰어 들어갔다.

"뭘 하는 거야?"

시월이 화가 난 얼굴로 중얼거렸다. 일촌의 시간도 낭비할 수 없는 상황이었기 때문이었다.

설우담은 금세 방에서 다시 나왔다. 그녀의 등에 처음에는 없었던 작은 걸망이 매달려 있었다. 아마도 미리 이곳을 떠날 준비를 해둔 모양이었다.

"됐어. 가!"

설우담이 시월을 보며 말했다. 그러자 시월이 고개를 끄덕이고는 시녀 항이에게 물었다.

"따라올 수 있겠어요?"

"마, 마님이 가르쳐 주셔서 경공은 조금 배웠어요."

항이가 대답했다.

"좋아요. 그럼 가죠."

시월이 고개를 끄덕인 후, 동쪽 담장을 향해 달리기 시작했다.

*   *   *

슥!

옷자락에 묻은 피가 채 마르지도 않은 검은 무복의 중년인이 마겸림 칠 검마라 불린 자의 몸에 손을 댔다.

"얼마 되지 않았군."

아직 굳지 않았고 온기가 느껴졌다. 칠 검마가 죽은 지 얼마 되지 않았다는 뜻이다.

"아무도 없습니다."

그사이 동별당을 훑어보고 나온 수하가 중년 사내에게 말했다.

"쫓는다. 도주한 지 얼마 되지 않았고, 신검산 아래는 강이니 충분히 따라잡을 수 있을 것이다."

"하지만……."

명을 받은 수하가 말꼬리를 흐렸다.

"괜찮다. 이미 이 장원은 마련의 것이 되었다. 우리가 떠난다고 해도 달라질 것은 없다. 더군다나 지금쯤이면 림주님과 다른 천마님들도 이곳으로 오고 있을 테니 걱정할 일은 없다. 우린 그년을 잡는다. 도대체 어떻게 칠 검마를 죽이고 달아날 수 있었는지 궁금해서 참을 수가 없구나."

"알겠습니다."

"폭설은 발자국을 남기지만, 시간이 지나면 그 발자국을 덮는다. 서둘러라!"

"예, 오 검마님!"

대답을 한 수하가 즉시 몸을 날려 동별당 동쪽 담장을 향해 달리기 시작했다.

*　　　　*　　　　*

숲을 뚫고 나오자 검은 강이 앞을 막았다. 불타는 월문 장원이 눈이 내림에도 불구하고 강물을 붉게 물들이고 있었다.

"이젠 어쩌죠?"

강이 앞을 막자 시녀 항이가 걱정스러운 표정으로 시월에게 물었다.

평소라면 설우담에게 물었을 질문이었지만 그녀도 지금 그들의 목숨을 지켜줄 수 있는 유일한 사람은 설우담이 아니라 시월임을 알고 있었다.

"강을 건너야죠."

시월이 담담하게 말했다.

"물이 너무 차가운데……."

항이가 중얼거렸다.

죽느냐 사느냐 하는 마당에 차가운 물을 문제 삼을 때가 아니었다. 그쯤은 항이도 알고 있었다. 다만 이런 초겨울에 물속에 들어가 강을 건너다 체온이 떨어지면 강을 건넌다 해도 몸이 굳어 죽거나 도주할 힘을 잃을 수도 있다는 게 걱정이었다.

"가진 내공을 모두 써야 해."

듣고 있던 설우담이 냉정하게 말했다. 그녀 역시 강을 건너는 것 말고는 이곳을 빠져나갈 방법이 없다는 것을 알고 있었다.

그들의 강변에 도착할 즈음에는 유일하게 강을 건널 수 있는 월문의 석교에선 큰 싸움이 벌어지고 있었다.

그건 곧 마련의 본대가 석교까지 밀려왔다는 의미였다.

장원을 떠난 월문도들이 그 석교에서 과연 마련 본대의 공격을 뚫고 도주할 수 있을지도 의문스러운 상황이었다. 그런 상황에서 싸움이 벌어지는 석교로 달려갈 수는 없었다.

"일단 강을 건너면 몸을 녹일 곳을 찾을 수 있을 겁니다. 내가 앞장설 테니 조심해서 따라오세요."

시월이 항이를 안심시키고 강물 속으로 들어가려는 순간 갑자기 그들이 지나온 숲 쪽에서 살기 가득한 목소리가 들려왔다.

"너희들은 살아서 그 강을 건널 수 없다!"

경고와 함께 눈 덮인 숲에서 일단의 마인들이 늑대 무리처럼 몰려나왔다.

"후······!"

시월이 가볍게 한숨을 내쉬었다.

적이 두려운 것은 아니지만 조용히 떠날 수 있는 기회를 놓친 것에 대한 아쉬움이었다. 이젠 어쩔 수 없이 칼부림을 할 수밖에 없는 상황이었다.

그사이 숲에서 몰려나온 마인들이 시월 등을 강 쪽으로 밀어붙이며 둥글게 포위했다.

그러자 시월이 검을 뽑아 들고 적과 싸울 준비를 하며 설우담에게 말했다.

"먼저 강을 건너가요. 제가 갈 때까지 강을 벗어나지는 말고 추워도 강물 안에서 기다리고요."

"같이 싸울게."

적의 숫자가 십여 명에 이른다. 한 사람의 힘이라도 더 필요한 상황이었다.

그런데 시월에게는 그렇지 않은 모양이었다.

"누님이 있으면 방해돼요. 그러니까 먼저 가세요."

"······?"

냉정한 시월의 말에 설우담이 시월을 바라봤다. 그러고는 시월의 말이 그저 자신을 먼저 떠나보내려고 일부러 한 말이 아니라는 것을 깨달았다.

시월은 정말 설우담과 항이가 남아 있으면 적과 싸우는 데 방해가 될 거라 생각하고 있었던 것이다.

"알겠어. 그럼 먼저 갈게. 조심해!"

"내가 어떤 놈인지 누님이 더 잘 알잖아요. 설혹 누님이 죽는다해도 난 살아남아요."

시월이 덤덤하게 말했다.

그런 시월의 말에 설우담이 고개를 끄떡였다. 서운한 기색도 없었다.

"맞아. 너희 사형제 중에서 가장 마지막까지 살아남을 사람이 누구냐고 물으면 다들 너라고 말했으니까. 네 생존력은 본능이나 다름없지."

"그러니까 얼른 떠나요. 그럴 리는 없겠지만 싸우다 어려워지면 내 살길은 내가 알아서 찾을 테니까."

"알았어. 항이야. 날 잘 따라와!"

설우담이 항이의 손을 잡고 차가운 강물 속으로 몸을 날렸다.

풍덩!

"계집들! 갈 수 없다!"

설우담의 뒤를 이어 시녀 항이까지 강물로 뛰어들자 시월을 포위하고 있던 십여 명의 마인 중 세 명이 설우담과 항이를 잡기 위해 강 쪽으로 달려왔다.

순간 시월이 가볍게 한 발을 내디디며 허공에 대고 가볍게 검을 그었다.

사각!

허공을 벤 시월의 검이 내리던 눈송이 몇 개를 반으로 갈랐다.

그리고 그 순간 누구도 예상치 못한 일이 벌어졌다.

"왜……?"

설우담을 잡기 위해 강 쪽으로 달리던 마인들에게서 당혹스러운 음성이 흘러나왔다. 갑자기 자신들의 몸이 의지와 다르게 움직이지 않았던 것이다.

그리고 뒤를 이어 그들이 갑자기 피를 뿌리며 눈밭에 무너져 내렸다.

이유도 모른 채 즉사한 마인들에게서 흘러나온 피가 눈밭에 붉은 꽃처럼 번져나갔다.

"네놈… 누구냐?"

시월을 추격해 온 마검림의 고수 오 검마가 경악스러운 표정으로 물었다.

마검림은 마검 오립이 세운 마문으로 현 마련에서 손에 꼽히는 검문이었다.

특히 마검림 백대 검객은 이름이 없어도 그들 앞에 붙는 숫자만으로도 강함을 증명할 수 있는 인물들이었다.

앞서 죽은 칠 검마도 사실 시월이 나타나지 않았다면 절대 그렇게 허무하게 죽을 인물이 아니었다.

당연히 칠 검마의 복수를 위해 마인들을 몰고 온 오 검마 역시 마검림에서 손꼽히는 고수였다.

하지만 그조차 시월의 무공에는 경악할 수밖에 없었다.

검기가 만들어진 것도 아니고, 비도를 날린 것도 아니었다. 그럼에도 시월이 가볍게 휘두른 검에 거짓말처럼 몇 장 밖에 있던 세 마인이 비명도 지르지 못하고 죽은 것이다.

이런 믿을 수 없는 검법을 쓰는 검객이 강호에 있다는 소문을 칠 검마는 들어본 적이 없었다.

"못 알아보는군. 며칠 전 당신들 진영 앞을 가로질러 월문에 들렸던 사람인데……."

시월이 담담하게 말했다.

"설마 그 칠선문의 젊은 놈……?"

"말이 거칠군. 놈이라니."

시월이 가볍게 투덜댔다. 적에 대해 전혀 긴장한 모습이 아니다.

"……."

시월의 신분을 확인한 오 검마가 침묵을 지켰다.

그 역시 칠선문에 믿기 힘든 무공을 지닌 젊은 검객이 있어 그가 삼십육마인 화중마 백우양을 베고 혼천마 모용의 일월문을 패배시켰다는 사실은 알고 있었다.

하지만 실제로 보게 된 시월의 무공은 그가 상상했던 것 이상으로 놀라웠다.

단순히 강하다는 말로는 표현할 수 없는 기이함, 검기가 만들어진 기척도 없이 적을 베는 이 검법은 그로서는 한 번도 생각지 못했던 검법이었다.

"이게 대체 무슨 검법이냐?"

정사 양도를 막론하고 신묘한 무공에 대한 호기심은 무인이라면 누구나 갖는 법, 오 검마가 시월이 자신의 수하들을 벤 검법에 대해 물었다.

"이름은 없다. 다만 누군가는 무형검이라고 하더군."

"무형검……! 사술인가?"

오 검마가 다시 물었다.

"역시 마인이라 그런가. 이 검법을 사술로 보다니. 이 검법에 대해 제대로 알고 싶다면 나와 겨뤄보면 된다. 그리고 내겐 시간이 별로 없어. 당신들 말고 더 많은 자들이 몰려오면 나도 곤란해질 수 있으니까. 선택권을 주겠다. 숲까지 물러나던지, 생사결을 하던지. 장담컨대, 난 반각이면 이 승부를 끝낼 수 있다."

시월이 검을 들어 오 검마를 겨누며 말했다.

순간 오 검마가 침을 꿀꺽 삼켰다. 보지 않았으면 모를까 이미 자신의 눈으로 시월의 무공을 보았기에 그는 시월의 말이 허언이 아니라는 것을 알고 있었다.

그리고 마도의 무인들은 누구보다 삶에 대한 욕구가 강한 자들이다.

"좋아. 오늘은 보내주지. 하지만 나중에 반드시 널 죽이겠다. 물러난다!"

오 검마의 결정은 빨랐다. 수하들에게 명을 내린 오 검마가 먼저 몸을 날려 자신이 온 길을 따라 숲으로 되돌아갔다.

그러자 그의 수하들 역시 황급히 오 검마의 뒤를 따라갔다.

어떻게 죽었는지도 모르게 죽은 동료들과 같은 신세가 되고 싶지는 않기 때문이었다.

"목숨을 아끼는 자들과는 확실히 거래하기 편하지."

시월이 물러가는 오 검마 무리를 보며 중얼거리고는 망설이지 않고 몸을 돌려 강물 속으로 뛰어들었다.

　　　　*　　　　　*　　　　　*

"여기!"

눈 내리는 강을 헤엄쳐 삼 분지 이쯤 전진하자 물속에서 설우담
이 손을 흔들어 시월을 불렀다.

옆에는 시녀 항이가 있었는데 두 사람의 몸이 움직이지 않은 걸
로 봐서 강바닥에 발을 딛고 설 수 있을 만큼의 수심인 듯 보였다.

시월이 재빨리 설우담이 있는 곳으로 헤엄쳐 갔다.

"어떻게 됐어?"

시월이 다가오자 설우담이 급히 물었다.

"더 이상 추격은 없을 거예요. 추격하는 자들 몇 명을 베니까
추격을 포기하고 되돌아갔어요."

"아!"

질문을 한 설우담보다 옆에 있던 시녀 항이가 더 긴장하고 있었
던 듯 시월이 대답에 안도의 한숨을 내쉬었다.

"그럼 이제 걱정하지 않아도 되는 건가?"

설우담이 불타는 월문 장원을 보며 중얼거렸다.

"일단은요. 구서령으로 가요."

"구서령으로?"

설우담의 조금 불편한 표정으로 물었다.

"왜요?"

"그냥… 사람들이 어떻게 볼까 해서."

"그야 뭐… 어쩔 수 없이 월문의 사람들과 헤어지게 되었다고

하면 되죠. 자세한 건 다들 모르니까."

"그렇긴 한데, 이 여협이 뭐라지 않겠어?"

"화검요?"

"응. 날 불편해할 것 같은데. 나와 너희들 사연을 알고 있을 것 아냐."

"알고는 있지만 그렇다고 누님을 외면하지는 않을 거예요. 우리와 달리 호탕한 사람이에요. 성격이……."

시월이 말했다.

"음… 소문은 들었어. 역시 큰 고난을 겪지 않고 자란 사람이라 그렇겠지? 그 밝고 호탕한 성격은?"

"그냥 타고난 거 같아요. 이가검문 사람들이 모두 그렇더라고요. 그래서 사형들이 모두 화검을 좋아해요. 함께 있으면 항상 우리 사형제들을 웃게 만드니까요."

"그렇구나. 네 말을 들으니 보지 않아도 좋은 사람이라는 걸 알 것 같다. 나와 다르게……."

설우담이 우울한 표정을 지으며 말했다.

"쓸데없는 생각 말고 일단 구서령까지 가요. 그곳에서 이 싸움이 어떻게 진행되는지 확인한 후에 앞으로 일을 생각해 봐요."

"알았어. 뭐 어쩌겠어. 몰락한 가문의 며느리가 그 정도 눈칫밥은 견뎌야지."

설우담이 애써 얼굴에 미소를 지었다.

*　　　　*　　　　*

흑화수 금사와 소수마녀 적천홍이 싸움에 뛰어들자 전세는 급격하게 기울어지기 시작했다.

두 사람은 삼십육마에 속했던 고수들이다. 그런 절대마인을 감당할 수 있는 월문 고수는 거의 없었다.

문주 백문보는 겨우 동수를 이룰 정도고, 세 장로들도 근근이 목숨을 부지할 수밖에 없는 고수들이다.

그나마 두 사람을 꺾을 수 있는 고수라면 월문신룡 정도. 그러나 월문신룡은 아직 월문 장원에서 내려오지 않은 상태였다.

더군다나 만계지마가 몰고 온 마련 마인들의 숫자는 월문 문도들을 압도하고 있었다.

자칫 하다가는 전멸을 면치 못할 상황에 빠진 백문보는 그답지 않게 당황해 정신을 차리지 못하고 있었다.

"문주님! 퇴각해야 합니다."

삼장로 중 뒤늦게 월문도들을 데리고 합류한 고태가 백문보에게 달려와 말했다.

"어디로 간단 말이오?"

백문보가 되물었다.

순간 고태는 당황했다. 자신에게 행보를 묻는 백문보가 지금까지 그가 알고 있던 문주와는 너무 다른, 마치 어린애가 된 것 같은 모습이어서였다.

멸문의 위기에 처하자 평소 냉철하기 이를 데 없던 백문보의 두뇌도 더는 그 능력을 발휘하지 못하는 것 같았다.

그제야 고태는 그가 지금까지 모셨던 주군이 지모에는 뛰어나지만, 심장은 생각보다 강하지 않은 사람이란 것을 깨달았다.

그리고 겨우 이정도 인물에게 충성을 다했는가 하는 자괴감이 들었다.

하지만 지금 와서 그가 살아온 인생을 바꿀 수는 없었다.

"남쪽으로 가시죠."

"남쪽으로?"

"의천무맹의 구원대가 구원을 오지는 않았지만, 아주 전장을 떠나지는 않았을 겁니다. 그들과 합류한다면 그나마 남은 문도들을 지킬 수 있을 겁니다."

"하지만 어떻게……?"

백문보가 사방을 포위한 마련의 마인들을 보며 절망적으로 중얼거렸다. 도저히 뚫고 나갈 엄두가 나지 않았던 것이다.

그리고 그런 절망감은 고태도 마찬가지였다.

그 역시 남쪽 포위망을 뚫고 의천무맹의 구원대가 있는 곳까지 가자고는 했지만 포위망을 뚫고 나갈 엄두를 낼 수 없었다.

그런데 그때 백문보에게 희망의 빛이 찾아왔다.

갑자기 석교 위쪽이 시끄러워지더니 한 사람이 마련의 마인들을 파도처럼 가르며 달려오기 시작했던 것이다.

한 번 검을 휘두를 때마다 허공에 휘황한 만월이 떠오른다. 그 만월의 빛이 닿는 곳에선 어김없이 마련의 마인들이 비명을 토하며 쓰러져 갔다.

유성처럼 허공을 가르는 검기들을 뿌려대기도 했는데, 그때마다 화살처럼 날아가는 검기가 마련의 마인들을 죽음으로 몰고 갔다.

어느새 그의 앞을 막아서려는 마련의 마인은 더 이상 존재하지 않았다.

월문신룡 백유검이 그렇게 포위망을 뚫고 들어와 아버지 백문보 앞에 섰다.

"아버님! 제가 왔으니 이제 걱정 마세요."

"유검! 네가 왔구나. 이제 되었다!"

백문보가 평소의 그답지 않게 백유검의 어깨를 얼싸안았다. 그런 그의 행동이 백문보가 지금 얼마나 심약해져 있는지를 말해주고 있었다.

그러자 고태가 백유검에게 말했다.

"소문주, 더 이상 문도들이 버틸 여력이 없네. 남쪽으로 길을 열어 의천무맹 구원대가 있는 곳까지 퇴각해야 하네."

고태의 말에 백유검이 고개를 끄떡였다.

"알겠습니다. 제가 길을 열지요. 아버님을 부탁드립니다."

"알겠네."

고태가 대답했다.

그러자 백유검이 사자후를 터뜨렸다.

"월문의 문도들은 들어라. 남쪽에 의천무맹의 구원대가 기다리고 있다. 내가 길을 열 테니 모두 날 따르라!"

"예, 소문주!"

백유검이 나타나는 순간 다시 사기가 오르기 시작한 월문의 문도들이 일제히 대답했다.

그 후, 백유검이 남쪽 적들을 향해 몸을 날리려는데, 천중한이 다가와 급히 물었다.

"우담은?"

"…구하지 못했습니다."

"음······."

"놈들이 동별당을 수 겹으로 에워싸고 있어서 접근할 수가 없었습니다. 더군다나 이곳 상황이 급박해서 장원에 오래 머물 수도 없는 상황이었고······."

백유검이 변명하듯 말했다.

그러자 천중한이 고개를 끄떡였다.

"알겠네. 그럼 일단 문주님을 모시고 퇴각하게. 난 몸을 숨기고 있다가 장원으로 올라가서 혹시 살아남은 문도들이 있으면 구해보도록 하겠네."

말은 그렇게 했지만 설우담을 구해보겠다는 뜻이었다.

"···알겠습니다. 그럼!"

백유검은 천중한의 행동이 못마땅한 듯 보였지만 그렇다고 반대를 할 수도 없었다.

천중한에게 가볍게 고개를 숙여 보인 백유검이 남쪽에 포진한 적들을 향해 달려갔다.

카카캉!

백유검의 무위는 군계일학이었다.

월문 조사 이후 그 누구도 완성하지 못했다는 만월검의 위력 역시 전율스러워서 백유검의 앞을 막아설 마련의 마인은 없었다.

그건 삼십육마에 속했다가 이제는 마련십천마로 불리는 흑화수 금사나 소수마녀 적천홍도 마찬가지였다.

물론 두 사람의 합공을 하면 백유검을 막을 수도 있겠지만, 두 사람은 군이 그렇게까지 하면서 백유검을 막을 생각이 없었다.

왜냐하면 이 싸움은 자신들이 참여하고 있기는 하지만, 결국 만계지마 중산의 싸움이기 때문이었다. 물론 두 사람도 이 싸움에서 약간의 이득과 명성을 얻게 되겠지만, 만계지마 중산이 얻는 이득에 비할 바는 아니었다.

그렇다면 백유검을 막는 사람은 자신들이 아니라 만계지마 중산이어야 했다. 그런데 중산은 백유검과 싸울 생각이 없는 듯했다.

아니 처음부터 그는 뒤에 남아서 마련의 마인들을 지휘할 뿐 제대로 전장에 뛰어들어 검을 휘두르지도 않았다.

당연히 그런 중산의 모습에 흑화수 금사와 소수마녀 적천홍은 불만을 가질 수밖에 없었다.

마련 내에서 두 사람은 만계지마 중산과 동등한 지위를 가진 마련십천마였다. 그런데 지금 중산은 마치 두 사람이 자신의 수하인 것처럼 대하고 있었다.

그런 대우를 받으면서 위험을 무릅쓰고 월문신룡을 막을 이유가 없었다.

"와아아!"

아무도 막는 사람이 없자 길은 순식간에 열렸다.

열린 길을 따라 월문의 문도들이 썰물처럼 빠져나갔다.

만계지마는 그렇게 포위망을 뚫고 나가는 월문의 문도들을 그냥 지켜볼 뿐 그들을 막으라는 명을 내리지 않았다.

하지만 그는 이대로 백문보와 월문 문도들을 보낼 생각이 없었다.

월문의 문도들이 거의 포위망을 벗어났을 때, 만계지마 중산이 드디어 명을 내렸다.

"사냥을 시작한다. 앞을 막을 생각은 말라. 대신 측면과 후미를 공격해 최대한 놈들을 죽여라. 월문주가 살아도 다시는 월문이라는 이름으로 재기할 수 없도록!"

만계지마 중산의 명이 떨어지자 마련의 마인들이 도주하는 월문의 문도들을 추격하기 시작했다.

그렇게 추격의 명을 내린 만계지마 옆으로 다가온 소수마녀 적천홍이 의아한 표정으로 물었다.

"왜 처음부터 그들의 탈출을 막지 않으신 건가요?"

"막으라 명을 내렸던들, 월문신룡을 막을 수 있었겠소?"

만계지마 중산이 적천홍에게 되물었다.

"…어렵긴 했겠지요."

"물론 모든 전력을 쏟아부으면 그를 죽일 수 있었을 것이오. 하지만 그렇게 하면 마련의 형제들도 큰 희생을 감수해야 했을 것이오. 난 굳이 그런 희생을 감수하면서까지 백유검이나 백문보를 죽일 생각은 없었소."

"하지만 그들을 살려두면 후환이 될 텐데요?"

적천홍이 물었다.

그러자 만계지마 중산이 싸늘한 미소를 지으며 고개를 저었다.

"후후후, 난 생각이 다르오. 아마 오늘 이후 월문은 절대 재기하지 못할 것이오. 그동안 월문의 갑작스러운 성장을 달가워하지 않던 의천무맹 십대천문이 그들의 재기를 돕지 않을 테니 말이오. 그리고 그것보다 더 중요한 사실은… 문주인 백문보가 장원에 남은 식솔들을 포기하고 도주를 선택했다는 사실이오. 우리 마련의 마인들도 아니고 정파 무림에서 식솔을 버리고 도주한 우두머리를 따를 자가 있을 것 같소?"

"…그렇군요. 듣고 보니 그는 재기하기 힘들겠군요."

적천홍이 고개를 끄떡였다.

"재기는커녕, 오늘 함께 도주한 문도들을 지키는 것도 버거울 것이오. 그들은 이제 더 이상 백문보가 월문의 이름으로 자신들을 지켜주지 못할 것이란 걸 알게 되었으니 말이오."

만계지마가 냉정하게 백문보와 월문의 몰락을 예언했다.

"하지만 월문신룡이 있으니 조금 다르지 않을까요?"

듣고 있던 흑화수 금사가 얼굴을 가린 면사 뒤에서 말했다.

그러자 만계지마 중산이 다시 고개를 저었다.

"아니, 그는 오히려 더 심각한 추락을 맞볼 것이오. 그의 무공이야 어디 가는 것이 아니니 여전히 대단하겠지만, 자기 아내를 버리고 도주한 자가 정파의 그 누구에게 신뢰를 얻을 수 있겠소. 아마도… 그는 남은 평생 얼마간의 금자에 자신의 무공을 팔아 월문의 명맥이나 유지하는 신세가 될 것이오."

만계지마 중산이 백유검에 대해선 백문보보다도 더 혹독한 예언을 남겼다.

흑화수 금사와 소수마녀 적천홍도 그런 중산의 예언을 반박하지 못했다. 오늘 백문보와 백유검 두 사람이 죽지는 않았지만, 죽음보다 더 비참한 삶이 기다리고 있을 거란 걸 알고 있기 때문이었다.

두 사람의 반응에 만족했는지 만계지마가 손을 들어 신검산을 가리키며 말했다.

"이 신검산은 북방의 요지 중 요지요. 이런 곳에서 패배당했다는 것은 백문보가 작은 계책에는 능해도 큰 전략은 다룰 줄 모르는 소인배란 뜻이오. 난 이 신검산에 마정궁의 본거지를 세울 생각이오."

희미한 새벽빛 속에서 월문 장원의 내리던 폭설도, 불타던 화염도 조금씩 잦아들고 있었다.

"처음부터 이곳에 마정궁의 터를 잡을 생각이셨군요?"

소수마녀 적천홍이 왜 만계지마 중산이 다른 십대천문을 놔두고 가장 변방에 있는 월문을 공격했는지 이제야 알겠다는 듯 물었다.

"꼭 그랬던 것은 아닌데, 이곳을 공격할 계획을 짜다 보니 이 신검산의 가치를 알게 되었소. 이곳에 마정궁을 세우면 그야말로 난공불락의 요새가 될 것이오."

중산이 앞으로의 일이 기대된다는 듯 그답지 않게 흥분한 기색을 드러냈다.

"만계지마께서 드디어 마정궁이 뿌리 내릴 곳을 찾으셨다니 축하드려야겠군요."

흑화수 금사가 말했다.

그녀의 말속에는 그런 만계지마의 욕심에 자신들이 이용당했다는 씁쓸함이 배어 있었다.

그런 흑화수 금사의 마음을 읽었을까. 중산이 흥분을 가라앉히며 다시 입을 열었다.

"이 싸움을 도와주신 두 분과 마검림주께 월문에 있는 모든 재물을 드릴 생각이오. 그러니 세 분께서 얻는 이득도 적지 않을 것이오. 하지만 이 싸움을 통해 우리가 얻은 것은 단지 마정궁의 터전이나 재물만이 아니오."

"그럼 달리 얻으신 것이 있으신가요?"

금사가 물었다.

"신검산에 난공불락의 마정궁을 세우면, 이제 마련은 장성을 경계로 의천무맹과 무림을 양분할 수 있는 기회를 얻을 수 있을 것이오. 사실 그동안 많은 노력에도 불구하고 강호 전역은 여전히 의천무맹의 세상이었소. 우리 마련의 형제들은 늘 어둠 속에서만 활동할 수 있었소. 하지만 이젠 달라질 것이오. 장성 이북의 땅을 완벽한 마련의 세력권으로 장악한다면 무림을 실질적으로 이분(二分)할 수 있을 테니 말이오. 아마도 그것이야말로 이 싸움의 가장 큰 성과일 것이오."

만계지마 중산이 설원으로 변한 신검산 남쪽 평야를 바라보며 말했다.

제 3장

—

동행(同行)

　날이 밝았다. 폭설도 잦아들었다. 폭설을 쏟아내던 구름조차
사라지기 시작했다.

　눈부신 햇살이 구름 사이로 쏟아져 내렸다. 하지만 따스한 햇
살에도 쌓인 눈은 녹지 않았다. 드디어 북방에 본격적인 겨울이
찾아온 것이다.

　이번에 쌓인 눈은 내년 봄이 되어야 녹게 될 것이다. 그때까지
는 어젯밤 설원에 뿌려진 무림인들의 피를 간직한 채 남아 있을
것이다.

　눈이 그치고 날이 밝자 마련의 마인들의 움직임도 사라졌다. 그
들의 퇴각은 워낙 빠르고 급작스러워서 어젯밤 격렬했던 혈전이
하룻밤 꿈처럼 느껴질 정도였다.

　그렇게 눈부신 햇살이 반짝이는 설원을 백문보과 백유검이 어

깨를 나란히 한 채 걷고 있었다.

그들의 뒤에는 삼십여 명 정도의 월문 식솔들이 따르고 있었는데, 그마저도 대부인 홍은을 비롯해 월문의 적통 혈족이 대부분이었고 일반 문도들은 거의 보이지 않았다.

그나마도 아녀자들과 아이들을 제외하면 검을 들고 싸울 수 있는 무인의 숫자는 이십여 명이 채 되지 않았다.

사라진 문도들이 모두 마련의 마인들 손에 죽은 것은 아니었다.

폭설이 내리는 어두운 밤중에 정신없이 후퇴하는 통에 이리저리 흩어져 버린 문도도 적지 않았다.

그렇게 흩어진 문도들이 다시 백문보를 찾아올 것이라고는 장담할 수 없었다.

하룻밤의 싸움에서 백문보는 그의 치부를 여실히 드러냈다.

패배가 문제가 아니라 그 패배를 받아들이는 백문보의 모습은 그간 무림에서 손꼽히는 강심장의 소유자로 알려졌던 그가 아니었다.

일생일대의 패배를 당한 그는 혼백이 나간 사람처럼 정신을 차리지 못했고, 오히려 그동안 무공에 비해 성품이 유약한 것으로 평가되었던 소문주 백유검이 나서서야 그나마 퇴로를 열 수 있었다.

만약 백문보가 패배의 순간에도 평소와 같은 냉정함을 유지했다면 지금보다 훨씬 많은 문도가 그의 곁에 남았을 것이다.

하지만 이제 돌아갈 터전도 없는 신세가 된 그에게 흩어진 문도들이 다시 모일 가능성은 거의 없었다.

비록 정파의 문파라 해도 무림은 냉정한 곳이다. 신뢰할 수 없는 문주에게 충성을 바칠 무인은 없었다.

결국 이 한 번의 싸움으로 백문보의 월문은 완전히 몰락했다고 해도 과언이 아니었다.

두두두!

갑자기 설원 남쪽에서 말발굽 소리가 들렸다.

백문보와 월문 식솔들이 걸음을 멈췄다. 다시 마련의 공격이 시작된 것이 아닌가 하는 두려움이 그들의 얼굴에 떠올랐다.

그러나 다행스럽게도 남쪽에서 말을 달려오는 사람은 한 명이었다.

그리고 곧 그 사람의 정체가 드러났다.

"문주님!"

말을 달려 설원을 가로지른 자가 월문 무리 앞에 도착하자 말에서 날아내려 백문보 앞에 부복했다.

"서홍! 자네군."

말을 달려온 사람은 월문 창천검대의 무인 서홍이었다. 그는 지난밤, 마련의 반격이 시작되고 월문 장원이 불타자 후퇴한 의천무맹 구원대에 구원을 청하기 위해 떠났었다.

그런데 의천무맹의 구원대에 구원을 청하러 간 서홍이 싸움이 다 끝난 후에 모습을 나타낸 것이다.

"죄송합니다! 행방을 찾지 못해 시간이 걸렸습니다."

"무슨 상관인가. 자네 한 명 있다고 전세가 바뀌었을 것도 아닌데. 그런데 역시 의천무맹의 구원대는 오지 않았군."

"……"

백문보의 말에 서홍이 말없이 고개를 푹 숙였다.

의천무맹의 구원대를 데려오지 못한 것이 자신의 죄인 것 같은 모습이다.

"일어나게. 그자들은 애초에 본문을 구할 생각이 없었던 자들이니까. 어쩌면 우리의 몰락을 즐기고 있을지도 모르지. 의천무맹 내에서 강력한 경쟁자가 사라진 것이니까."

백문보가 씁쓸한 표정을 지으며 말했다.

그러자 서홍이 어렵게 입을 열었다.

"구원대의 고수 일백 명이 삼십 리 밖에서 기다리고 있습니다. 그곳까지 오시면 안전한 곳까지 호위하겠답니다."

"후후, 거지 적선하듯 하는군. 아니면 좋은 구경거리라고 생각하는 것일까?"

백문보가 냉소를 흘렸다.

그러자 백유검이 말했다.

"그래도 가야 합니다. 적어도 장성을 넘을 때까지는 그들의 도움이 필요합니다."

"그렇겠지. 비참한 일이지만……."

백문보가 고개를 끄덕였다.

그러자 백유검이 월문의 식솔들을 보며 소리쳤다.

"삼십 리 밖에 무맹의 구원대가 있다. 모두 힘을 내라. 그곳까지만 가면 안전할 것이다."

패배의 비참함에도 불구하고 살 수 있다는 희망에 월문도들의 표정이 한결 밝아졌다.

그런데 그때 일장로 고태가 백문보에게 다가와 뜻밖의 말을 했다.

"문주님! 의천무맹의 구원대와 합류하시면 더 이상 위험한 일은 없을 테니 전 신검산으로 돌아가 보겠습니다."

"다시 신검산으로 간다니 그게 무슨 말이오?"

백문보가 이해할 수 없다는 듯 되물었다.

"천 아우가 돌아오지 않았으니 찾아봐야 할 것 같습니다."

삼장로 천중한은 백문보가 후퇴를 결정했을 때 월문의 생존자를 찾아 데려오기 위해 뒤에 남았었다. 그런데 그 천중한이 아직도 돌아오지 않고 있었다.

"…아마 다른 길로 몸을 피했을 것이오. 날이 밝았는데 아직 신검산에 남아 있겠소?"

백문보가 쓸데없는 일이라는 듯 말했다.

하지만 고태는 자신의 결심을 꺾지 않았다.

"그래도 한번 다녀와야 할 것 같습니다. 혹시 위험에 처해 있을 수도 있으니……."

"후… 고집도 참. 알겠소. 꼭 가봐야겠다면 조심해서 다녀오시오."

"걱정 마십시오. 저 혼자 움직이면 오히려 위험하지 않습니다. 신검산 지형을 훤히 알고 있으니까요."

"그렇긴 하겠구려. 난 의천무맹의 구원대와 합류할 테니 그리로 찾아오시구려."

"알겠습니다. 그럼!"

고태가 백문보에게 고개를 숙여 보이고 신검산을 향해 되돌아가기 시작했다.

"저 고집들! 내가 저 고집들이 싫어서 그동안 자신들을 멀리했

건만, 아직도 그걸 모르니⋯ 저 성격들 때문에 언젠가 큰 곤욕을 치를 거야. 쯔쯔!"

백문보가 멀어지는 고태를 보며 혀를 찼다.

"그만 가시죠."

백유검이 백문보의 발길을 재촉했다. 아직은 언제라도 마련의 마인들이 나타날 수 있는 지역이었다.

*　　　*　　　*

"여기요!"

조심스럽게 산길을 오르던 시월의 귀에 반가운 이화검의 목소리가 들렸다.

시월이 시선을 돌리자 이화검이 산길 옆 높은 나무 위에서 몸을 날려 땅에 내려서더니 시월을 향해 달려왔다.

그러고는 거침없이 시월을 끌어안았다.

"다친 곳은 없어요?"

시월을 안은 이화검이 손으로 시월의 몸을 만지며 물었다.

그녀가 얼마나 시월을 걱정하고 있었는지 고스란히 드러나는 행동이었다.

그런 이화검의 마음이 고마운 시월이 가만히 이화검을 안으며 말했다.

"한군데 긁힌 곳도 없으니 안심해요."

시월의 농담에 이화검이 시월에게서 떨어지며 다시 시월의 몸 이곳저곳을 살폈다.

"정말 멀쩡하다니까요."

시월이 다시 말하자 이화검이 고개를 끄덕였다.

"겉은 멀쩡하네요."

"속도 멀쩡하니 걱정 말아요."

"알았어요. 별 탈 없이 돌아와서 다행이에요. 그리고… 우담 언니시죠?"

이화검이 한쪽에서 이화검을 바라보고 있는 설우담에게 먼저 말을 건넸다.

"이 여협이시군요. 역시 들은 대로 아름답고 유쾌하시군요."

설우담이 미소를 지으며 말했다.

그녀는 이화검이 시월의 여자라는 것만으로도 그녀에게 호감을 느꼈다.

"하하, 저야 언니에 비하면 달빛 아래 반딧불 같은 존재예요. 아무튼… 이 상황에 어울리지는 않지만 환영해요! 어디 다치신 곳은 없으세요?"

이화검이 설우담의 몸 상태를 물었다.

그러자 설우담이 고개를 저었다.

"조금 지치긴 했지만 다친 곳은 없어요. 그리고… 불편한 손님인데 이렇게 환대해 줘서 고마워요."

"불편하다니 무슨 말씀이세요! 전혀 불편하지 않으니까 걱정하지 마세요. 언니께서 피곤하시다니 일단 숙영지로 가서 휴식을 취하도록 해요."

이화검이 시월에게 말했다.

"그렇게 하죠. 가요, 누님!"

시월이 설우담에게 말하고 앞서서 산길을 오르기 시작했다.

*   *   *

타탁타탁!

작은 모닥불이 천막 안에서 타올랐다. 시월과 이화검 그리고 설우담과 그녀의 시녀 향이가 모닥불 주위에 둘러앉아 몸을 녹이고 있었다.

천막 입구는 신검산을 향해 열려 있었다.

초겨울 냉기가 밀려들었지만, 모닥불이 만들어내는 온기 덕에 금세 기세가 잦아들었다.

이가검문의 인솔자인 이장룡과 이광검은 잠깐 설우담과 인사를 나눈 후에는 모습을 보이지 않았다.

그들 역시 지난밤 일어난 일과 앞으로 설우담의 행보에 대해 궁금한 것이 많았지만, 설우담의 휴식을 방해하지 않으려고 막사에는 얼씬도 하지 않았다.

네 사람 중에서 대화를 주도하는 사람은 이화검이었다. 그녀는 언제 어느 때든 보석처럼 빛나는 사람이었다.

그녀는 설우담이 우울한 현실을 잠시나마 잊게 해줄 수 있는 재능을 가지고 있었다.

그래서 시월 등 네 사람은 간간이 웃음을 터뜨리며 대화를 나누고 있었다.

"아무튼 그래서 이 사람이 이렇게 대단한 고수가 될 거라고는 생각지 못했다는 거죠?"

이화검이 설우담에게 물었다.

"그랬어요. 워낙 마르고 왜소해서. 사실 처음에는 검이나 제대로 휘두르려나 했었죠. 그런데 그 유약함 속에 불굴의 생존력을 감추고 있을 줄 누가 알았겠어요."

설우담이 웃으며 대답했다.

"흠… 남자가 얼마나 허약했길래… 쯔쯔……."

이화검이 시월을 보며 혀를 찼다.

"외유내강인 거죠."

시월이 미소를 지으며 대답했다.

"이런 식의 농담도 제대로 하지 못했었어요. 어릴 때는……."

설우담이 말했다.

"에이, 그건 누님이 모르셔서 하는 말이에요. 잠룡동에서 수련할 때 사형들과 얼마나 장난을 많이 쳤는데요."

"오? 그래? 부리나 곽부에게 매일 당한 것으로 아는데?"

"당하다뇨? 절대 그렇지 않아요. 겉으로는 그렇게 보여도 사실은 내가 사형들을 이용한 거죠. 내가 힘든 척하면 사형들이 알아서 귀찮은 일을 대신해 줬거든요."

시월이 어깨를 으쓱하며 말했다.

"하긴… 칠랑은 네게 힘든 일을 시키지 않으려고 했지. 수련이 아닌 이상은."

설우담이 고개를 끄떡였다.

그러고는 아련한 눈으로 천막 밖 풍경을 바라봤다. 그 시절에 대한 그리움이 새삼스레 밀려드는 모양이었다.

그런 설우담을 바라보다가 시월이 불쑥 말했다.

"그러지 말고 칠선문으로 가요."

"또 그 소리네."

설우담이 질린 표정으로 투덜댔다.

"잠깐 어색할 뿐 금세 예전으로 돌아갈 거라니까요."

시월이 설우담을 설득했다.

그러자 설우담이 고개를 저었다.

"물론 그렇게 될 거라는 걸 나도 알아. 너희들 칠랑은 사실은 무척 마음이 여린 친구들이니까. 하지만 나도 자존심이라는 게 있어. 이렇게 실패한 모습으로 그들을 만나고 싶지 않아."

설우담이 단호하게 말했다.

그러자 이화검이 조심스럽게 물었다.

"그럼 앞으로 어떻게 할 생각이세요? 다시 월문 일행을 찾아가실 건가요?"

이화검의 물음에 설우담이 고개를 저었다.

"아니. 이젠 내가 그들을 찾아가는 일은 없을 거예요. 그들이 날 찾아오면 모를까."

"…계획이 있으시군요?"

"장사를 해볼까 해요. 본래 상인의 딸이었으니까."

"갑자기 장사라뇨? 그건 또 무슨 말이에요?"

시월이 걱정스러운 표정으로 물었다.

"갑자기가 아니야. 이미 오래전부터 생각하고 있었어. 월문에서 내 자리를 확고하게 잡으면 북방의 상권을 장악해 보고 싶었어."

"하지만 지금은 월문의 힘을 이용할 수도 없잖아요?"

시월이 되물었다.

"그렇긴 하지만 따로 도움을 줄 사람이 있어. 연경까지 가면 제대로 장사를 시작할 수 있을 거야."

구서령에 오를 때까지만 해도 의기소침했던 설우담이 기운을 차렸는지 새삼스럽게 삶에 대한 열정을 드러내고 있었다.

                    *   *   *

만계지마 중산은 또다시 예상과 다른 행보를 보였다.

신검산 일대에서 엄청난 승리를 거둔 만계지마는 물러나는 월문과 의천무맹 구원대를 추격하지 않았다.

그렇다고 신검산 주변에 산재해 있던 정파의 중소 문파 구원대를 공격하지도 않았다.

그는 처음부터 신검산 월문 장원을 차지하는 것이 목적이었다는 듯, 신검산 주변 십 리 안쪽의 경계만 강화할 뿐 더 이상의 확전을 자제했다.

그래서 월문을 구원하기 위해 신검산으로 달려온 각 문파의 구원대들은 안전하게 신검산에서 물러날 수 있었다.

그중에는 당연히 이가검문을 중심으로 형성된 요동 무림의 구원대도 포함되어 있었다.

그런데 구서령의 숙영지를 정리하고 요동으로 물러날 준비를 하는 이장룡에게 시월이 뜻밖의 말을 전했다.

"떠난다고?"

이장룡이 놀란 눈으로 시월을 바라봤다.

"예, 숙부님! 만계지마가 더 이상 공격할 것 같지 않으니 저도 그만 칠선문으로 돌아가려고 합니다."

시월이 대답했다.

"그건 알겠네만, 그렇다고 해도 본문으로 함께 간 뒤, 배를 타고 칠선문으로 가는 게 좋지 않겠나? 이번 싸움의 영향으로 장성 이북으로 마인들이 몰려들 텐데……."

"걱정 마세요. 이 사람 실력 알잖아요."

곁에서 이화검이 이장룡에게 말했다.

"그야 그렇다만……."

이장룡이 말꼬리를 흐렸다. 그로서는 장성을 넘어 육로로 산동까지 가려는 시월의 계획이 아무래도 위험하게 느껴지는 모양이었다.

"제가 아직 연경이나 개봉 같은 큰 성을 구경해 본 적이 없습니다. 이 기회에 그런 곳도 구경하면서 가려고요."

"그것도 나쁘지는 않은데 여행하기에 좋은 시기는 아니라서 말일세."

이장룡이 다시 걱정했다.

"너무 걱정하지 마십시오. 큰 싸움이 아니라면 위험할 일은 없을 겁니다. 만계지마도 지금 당장은 더 움직일 것 같지 않고요."

"그렇긴 하지. 알겠네. 이미 결정을 했다니 내가 반대할 일은 아니지. 하지만 그래도 항상 조심하게."

"알겠습니다."

시월이 대답했다.

"그런데 그녀도 함께 가는 것인가?"

옆에서 시월과 이화검의 이야기를 듣고 있던 이광검이 물었다.

"예, 누님도 연경까지는 함께 갈 생각입니다."

"마련에서 그녀를 찾고 있을지도 모르네."

"인근 마을에 들려 마차를 빌릴 생각입니다. 옷도 바꿔 입고, 연경까지는 외진 길을 택해 이동할 생각입니다."

"그렇게 하게. 만사 조심하는 것이 좋지."

이광검이 고개를 끄떡였다.

"일단 구서령 아래까지는 동행하겠습니다."

"그렇게 하세. 자! 모두 서두르게. 서둘러 구서령을 내려가야 하니까."

이광검이 구원대에 속한 무사들을 재촉하기 시작했다.

시월이 연경을 거쳐 육로로 칠선문으로 돌아가기로 결정한 이유가 오직 설우담을 연경까지 호위해 주기 위해서는 아니었다.

애초에 용선을 타고 급히 이가검문으로 올 때, 돌아갈 때는 육로를 이용하기로 계획했던 시월과 이화검이었다.

다만 그때는 월문 몰락이라는 대사건이 일어날 것을 예상치 못했을 뿐이었다.

그렇게 설우담과 함께 연경까지 가기로 한 시월과 이화검은 이가검문의 구원대와 함께 구서령을 내려와 요하 강변까지 동행했다.

그리고 그곳에서 이가검문의 무인들이 무사히 요하를 건너는 걸 확인한 후 남쪽을 향해 길을 떠났다.

*　　　*　　　*

마련과 월문의 신검산 대회전이 끝난 지 채 열흘이 지나지 않아 무림은 크게 변하고 있었다.

그중에서도 가장 큰 변화는 그동안 영역의 구분 없이 무림 각지에서 다툼을 벌이던 의천무맹과 마련의 마인들의 활동 무대가 서서히 장성을 기준으로 남북으로 갈리기 시작했다는 것이었다.

마련 최강자로 인정받던 천마 석제의 천마궁은 천산에 있었다. 그래서 굳이 따지자면 마련의 온전한 영역은 천산 인근이 거의 유일했다.

하지만 천산은 너무 멀리 떨어져 있어서 마련 마인들의 구심점 역할을 하기가 어려웠다.

그런데 만계지마 중산이 신검산 월문을 몰락시키고, 그 자리에 자신의 문파인 마정궁을 세우기로 한 것이다. 그 사실이 세상에 알려지자 강호에 산재했던 마인들이 신검산으로 몰려가기 시작했다.

홀로 활동하는 마인들뿐 아니라, 특별한 거처 없이 강호 이곳저곳을 옮겨 다니던 마련의 일부 문파들도 신검산 주변에 터를 잡을 거란 소문도 퍼지고 있었다.

그러자 자연스럽게 장성을 기준으로 정사 양도의 세력이 갈리는 형국으로 정세가 변하기 시작했다.

물론 그렇다고 북방 무림이 완전히 마련의 손에 떨어진 것은 아니었다.

여전히 심양에는 십대천문 모용세가가 건재했고, 더 동쪽으로 가면 혼천마의 일월문을 전멸시킨 이가검문이 도사리고 있었다.

그래서 북방 무림의 영역 역시 요하를 경계로 서쪽은 마련의 세력이, 동쪽은 모용세가와 이가검문을 중심으로 형성된 정파 세력이 대치하는 형국으로 변하고 있었다.

이런 실질적인 영역의 분할은 과거 있었던 삼십육마의 난 때나 마련의 등장 초기 천하 각지에서 마인들이 발호했던 것과는 전혀 다른 양상이었다.

그렇게 강호가 월문의 몰락을 기점으로 큰 변화를 시작하고 있을 때, 시월과 이화검은 어느새 장성 인근까지 남하해 있었다.

여러 날째 노숙이 이어졌다.

객잔이 없는 것은 아니었지만, 사람들의 눈을 피하기 위해선 조용한 숲에서 노숙하는 것이 여러모로 편했다.

마차를 가지고 이동 중이었으므로 노숙해도 안락한 잠자리를 만들 수 있었다.

그리고 무엇보다 시월은 설우담과 속 깊은 이야기를 할 수 있어서 좋았다. 그동안 그녀가 월문에서 겪었던 일들과 그녀가 앞으로 하려는 일 등에 대해 시월은 설우담이 짜증을 낼 정도로 많은 것을 물었다.

설우담 역시 짜증은 내면서도 시월의 걱정을 덜어주려는 듯 시월이 묻는 말에는 성의껏 대답해 주었다.

물론 그 와중에도 절대 입에 올리지 않은 일도 있었다. 설우담이 소후를 잊고 백유검과 혼인을 한 일에 대해서만큼은 시월도 설우담도 전혀 언급하지 않았다.

그 일이 거론되는 순간 두 사람 사이에 보이지 않는 불편함이 생길 것이기 때문이었다.

"그 한철산이란 분은 정말 믿을 수 있는 사람이에요?"

문득 시월이 설우담에게 물었다.

"너 그거 벌써 몇 번째 묻는 건 줄 알아?"

설우담이 화를 냈다.

"…자꾸 물어봐서 미안하기는 한데. 아무리 과거 누님 아버님의 도움을 받은 사람이라 해도 상인은 상인이잖아요? 누님께 선뜻 장사 밑천을 내놓을까 싶은 생각이 자꾸 들어요."

"글쎄, 그건 걱정하지 마. 그분과 연락이 닿은 이후 월문에 있으면서도 줄곧 도움을 받았으니까."

"그야 누님이 말씀해 주셨으니 저도 알고 있지만……."

시월이 갑자기 표정을 굳히며 대답했다.

그러자 설우담이 당황한 듯 입을 닫았다.

시월이 설우담을 만나기 전 가장 궁금했던 사실 중 하나는 월문 동별당에 고립되어 살던 설우담이 어떻게 일류 살수를 동원해 금가장의 금송을 죽이려 할 수 있었냐는 것이었다.

그런데 여행하며 이야기를 듣고 보니 살수들을 모아 청부를 한 사람은 설우담이 아니라 지금 설우담이 찾아가 몸을 의탁하려는 한철산이라는 상인이었다.

그는 연경을 기반으로 장성 이북과 이남을 오가며 상단을 운용하는 대상이었다.

과거 설우담의 아버지 설백이 막대한 손실을 본 한철산이 목숨을 끊으려 할 때 도와준 일이 있었다.

그 이후 한철산은 설백의 도움으로 재기에 성공했는데, 설우담 가족이 무령산 산적들에게 몰살을 당한 이후 설우담과 연락이 끊어졌었다.

그렇게 십여 년 동안 설우담의 소식을 모르던 한철산은 그사이 대상으로 성장해 북방 무림의 강자 월문과도 거래를 트게 되었다.

그리고 그때 소식이 끊겼던 설우담이 월문신룡 백유검의 부인이 되었다는 것을 알게 되었다.

이후 설우담과 재회를 한 한철산은 은밀히 설우담을 돕기 시작했다. 월문 내에서 설우담이 고립무원의 처지에 빠져 있다는 것을 알았기 때문이었다.

처음 한철산은 설우담에게 당장 월문을 떠나라고 충고했다고 한다. 월문에서 설우담이 제대로 자리를 잡고 살아갈 수 없다고 판단했기 때문이었다.

하지만 월문에 남아 월문의 주인이 되겠다는 설우담의 결심이 워낙 강해서 결국 설우담을 설득하는 것을 포기하고 대신 물심양면으로 설우담을 돕기 시작했던 것이다.

그 일 중 하나가 백유검과 금송의 혼사를 막기 위해 살수를 고용해 금송을 살해하려 한 것이었다.

그런데 사실 그 사실 때문에 시월은 한철산이라는 사람을 신뢰하기 어려웠다.

살수를 고용해 아무런 잘못이 없는 금송을 살해하려 한 것은 올곧은 심성을 지닌 사람이라면 절대 할 수 없는 행동이기 때문이었다.

"만나보면 너도 그분을 신뢰하게 될 거야."

시월의 얼굴에 떠오른 한철산에 대한 불신을 모를 리 없는 설우담이 말했다.

"그를 만나라고요?"

"응, 연경에 들러서 만나줘."

설우담이 담담하게 부탁했다.

"제가 왜요?"

시월이 의아한 얼굴로 되물었다.

사실 연경까지 설우담을 데려가는 일은 당연히 해줄 생각이었지만 굳이 자신이 상인 한철산을 만날 이유는 없었다. 더군다나 그에 대해 좋은 감정이 있는 것도 아니었으니 더더욱 만날 이유가 없었다.

"네가 걱정을 하니까."

"그래서 제가 만나보고 정말 아닌 것 같다고 하면 그의 도움을 받지 않을 건가요?"

시월이 물었다.

"아니 그건 아니고."

"그러니까요. 제가 누님 고집을 모르나요. 아무리 말려도 결국 그의 도움을 받아 상가를 차리실 거잖아요."

"맞아. 그럴 거야."

"그런데 왜 제가 그를 만나요?"

"네 말대로 그분이 신뢰할 수 없는 사람이라면 더더욱 네가 만나줘야지. 세상에 그 누가 널 만나고 난 이후에 날 배신할 수 있겠니?"

"……."

설우담의 말에 시월이 멍한 시선으로 설우담을 바라봤다.

그러자 설우담이 퉁명스럽게 말했다.

"무슨 못 들을 말을 들은 것처럼 그런 표정을 지어."

"아니 그 사람을 믿는다면서 또 혹시 배신당할지도 모른다고 생각하는 누님이 이상해서요. 더군다나 날 이런 식으로 써먹으려 하실 줄은 생각도 못 했고요."

"그래서 기분 나빠?"

"기분 나쁘다는 말은 아니에요. 뜻밖이라는 뜻이죠. 누님을 위해 그 정도 일이야 충분히 할 수 있고요. 다만……."

"다만 뭐? 내가 너무 이기적이고 독하다고 말하려는 거지?"

"……."

설우담의 말에 시월이 대답을 하지 못했다.

"시월, 난 네가 아니야."

"누가 뭐라나요? 나도 그렇게 착하게 사는 사람은 아니라고요."

"그런 말이 아니라. 난 너처럼 타고난 강한 생존력이 없다는 거야. 넌 본능적으로 네가 위험에 처했다는 사실을 알아채잖아. 하지만 난 그런 감각을 갖고 있지 못해. 그래서 이렇게 모든 일에 조심할 수밖에 없어. 그리고 만약의 경우를 대비해야 하지. 그래도 그동안은 명목상으로라도 월문이라는 울타리가 있었지만, 지금은 그조차도 없으니까. 그러니까 네 이름을 한 번 빌리자고!"

설우담이 냉정하게 지금 자신이 시월을 한철산과의 만남에 데려가는 이유를 설명했다.

그러자 시월이 크게 한숨을 쉬며 대답했다.

"알았어요. 제 이름이야 얼마든 이용해도 되요. 하지만 왜 그렇게까지 하면서 연경에서 상가를 꾸리려는지 이해가 되지 않아요. 그냥, 우리랑 같이 칠선문으로 가면 될 것을……."

시월의 말에 설우담이 잠시 시월을 빤히 바라보다가 입을 열었다.

"시월, 요 녀석! 너도 참 잔인하구나. 내가 연경에서 장사하려는 이런저런 이유를 댔지만, 진짜로 내가 널 따라 칠선문으로 갈 수 없는 이유를 모르는 거니?"

"진짜 이유요? 대체 그 이유가 대체 뭔데요?"

"이 바보 같은 녀석아! 내가 어떻게 소후를 다시 볼 수 있겠니? 아무리 내가 뻔뻔한 여자라도 말이야! 넌 내가 꼭 내 입으로 이런 말까지 하게 만들어야겠니? 이 잔인한 녀석아!"

순간 시월은 깨달았다. 더 이상 설우담에게 만화도로 가자고 권할 수 없다는 것을.

*　　　　　*　　　　　*

장성 인근은 조용했다. 강호의 상황을 생각하면 이상한 일이었다.

월문의 놀라운 패배 이후, 의천무맹과 마련 세력은 자연스럽게 장성을 기준으로 갈리고 있었다.

그런데 그런 첨예한 대치 상황이 거짓말처럼 느껴질 만큼 장성 인근은 조용하고 평온했다.

하지만 강호인들은 그 평온함이 역설적으로 현재 장성 인근이 얼마나 위험한지를 말해주는 것이라는 것을 알고 있었다.

마인들의 북행이 늘어나고 무림인들의 대립이 심각해지자 장성 출입을 관리하는 관병들의 숫자도 자연스럽게 늘어났다. 관병들의 수가 늘어나자 장성을 통과하는 일도 이전보다 훨씬 까다로워졌다.

 장성 인근의 고요한 평온은 그런 부쩍 늘어난 관병들의 통제로 인해 만들어진 것이었다. 때문에 그 평온 속에는 언제라도 끔찍한 혈사가 일어날 수 있는 위험이 잠재되어 있었다.

 시월 일행은 장사치로 변장하고 서슬 퍼런 관병들의 감시 속에서 장성을 통과했다. 그러고는 쉬지 않고 연경을 향해 마차를 몰았다.

 연경이 가까워질수록 세상의 분위기는 조금씩 달라졌다.

 월문이 몰락한 것은 장성 이남 무림에도 충격적인 소식이었지만, 이곳에서는 아직 피부에 닿게 강호의 변화가 느껴지지는 않았다.

 장성 이남에서 월문의 몰락 소식은 호사가들의 좋은 술 안줏감이 될 뿐 사람들에게 실질적인 변화를 일으키지는 않고 있었던 것이다.

 "이제야 사람 사는 곳에 온 것 같아요."

 이화검이 미처 연경에 들어가기도 전에 관도 주변에 펼쳐진 시전의 소란스러움을 보며 말했다.

 "정말 전혀 다른 세상에 온 것 같아요."

 여행을 하는 동안 시월과 이화검과 친해진 시녀 항이가 이화검의 말에 맞장구를 쳤다.

 "장성과 가깝다고는 해도 신검산과는 제법 먼 거리니까 사람들은 북방 무림의 변화를 실감할 수 없겠지."

 설우담이 대답했다.

 그러자 시월이 입을 열었다.

"오히려 마련의 마인들이 대거 장성 이북으로 이동했으니까 중원 무림은 한결 평화로워졌다고 할 수도 있고요."

시월이 말했다.

"흠, 그럴 수도 있겠군요."

이화검이 고개를 끄떡였다.

"그의 상가는 어디에요?"

시월이 설우담에게 한철산이라는 상인의 거처를 물었다.

"나도 처음 오는 거니까 모르지. 연경 인근에 있다고 했으니까 일단 객잔을 잡은 후에 알아보자."

"이름만으로 찾을 수 있을까요?"

이화검이 걱정스러운 표정으로 물었다.

"그분이 운영하는 상가는 기산장이라고 해요. 연경에서도 큰 상가라 했으니 객잔 주인에게 물으면 알 수 있을 거예요."

"기산장… 이름이 이상하네요? 보통은 자신의 성씨를 쓰지 않나요?"

"그분이 요동 기산 출신이에요. 언젠가는 기산에 돌아가 대목장을 하겠다는 생각도 하고 있으시더군요."

설우담이 상인 한철산이 상가의 이름을 기산장으로 지은 이유를 설명했다.

"음, 그렇군요. 재밌는 이름이네요. 그런데 요동에 기산이라는 산이 있는 줄은 몰랐는데……."

이가검문의 딸인 이화검은 요동의 지리에도 정통하다. 그런데 그녀는 기산이라는 산 이름을 들어본 적이 없었다.

"홍안령 북쪽에 있는 작은 야산이라고 하더군요. 그래서 보통 사람들은 잘 모른다고. 몇몇 화전민이 수수 농사를 짓고 약초를 캐며 살아간대요. 근처에 큰 마을이 없어서 약재상들이 와야 필요한 물건을 구할 수 있는 곳이라더군요."

"그곳에 살던 사람이 어떻게 연경에서 상인이 된거죠?"

시월이 물었다. 그는 여전히 한철산이라는 인물에 대해 의구심을 품고 있었다.

"약초를 구하러 들린 상인을 따라 세상에 나왔다고 하더라고. 어려서는 그곳을 떠나는 것이 꿈이었다고 하셨어. 그런데 나이가 드니까 다시 돌아가고 싶다고 하시더라고. 나로선 이해할 수 없는 일이지만."

설우담이 대답했다.

"뭐, 그럴 수도 있죠. 연세가 드신 분들은 대부분 고향으로 돌아가 여생을 보내길 원하니까요."

이화검이 고개를 끄떡이며 말했다.

"일단 객잔을 찾아보자."

설우담이 관도 주변을 돌아보며 말했다.

"저기 있네요. 허름해 보이지만."

시월이 관도 양편에 늘어선 노점상들 뒤쪽에 작은 야산을 등지고 서 있는 오래되어 보이는 객잔을 가리켰다.

"괜찮네. 낡아 보이기는 하지만 깨끗한 것 같아."

설우담이 고개를 끄떡였다.

"그럼 저곳으로 가요."

시월이 노점상들 사이로 난 길을 따라 마차를 몰아가기 시작했다.

＊　　　　　＊　　　　　＊

"어서 오십시오! 손님!"

늙은 점소이가 객잔 앞까지 나와 시월 일행을 반겼다.

성안에 있는 것도 아니고, 관도에서도 멀리 떨어진 곳에 있어서 손님이 많은 객잔은 아닌 듯했다. 그래서 객잔을 찾은 시월 일행이 무척 반가운 모양이었다.

"사나흘 묵어갈 것 같은데 객방이 있을까요?"

시월이 물었다.

"물론입니다. 식사도 하실 수 있고, 말도 돌봐드립니다."

늙은 점소이가 얼른 대답했다.

오래되어 보이기는 하지만 역시 깔끔한 객잔이 시월은 마음에 들었다.

"누님, 어때요?"

시월이 마차 안에 있는 설우담에게 물었다.

"좋아 보여. 이곳으로 하자!"

"아이구! 잘 결정하셨습니다. 절대 서운치 않게 모시겠습니다. 객방도 겉으로 보는 것보다는 훨씬 깨끗하고 운치가 있으니 만족하실 겁니다."

늙은 점소이가 시월에게서 말고삐를 받아들며 객잔 자랑을 했다.

"그럼 잘 부탁드립니다."

시월이 늙은 점소이에게 마차를 맡기고 마부석에서 내려오자 이화검 등도 마차 문을 열고 밖으로 나왔다.

그러자 늙은 점소이의 눈이 커졌다.

시월의 모습은 수수한 데 반해, 마차에서 내리는 이화검과 설우담의 미모는 남다르기 때문이었다.

"이제 보니 귀한 분들이셨군요. 잠시만 기다리십시오."

점소이가 마차를 끌고 가 한쪽에 묶어두고는 달리듯 돌아와 시월 일행을 객잔 안으로 이끌었다.

"절 따라오십시오."

점소이가 시월 일행을 데리고 객잔 안으로 들어갔다.

"주인마님, 손님들이 오셨습니다!"

객잔으로 들어선 늙은 점소이가 마치 자신이 시월 등을 데리고 온 것처럼 큰 소리로 외쳤다.

그러자 곱게 늙은 초로의 여인이 객잔 안쪽에 있는 주방인 듯 보이는 곳에서 나왔다. 그러고는 앞치마에 손을 닦으며 입을 열었다.

"그 주인마님 소리 좀 그만 해요. 남들이 들으면 정말 당신이 내 머슴인 줄 알겠어요!"

"아니 그럼 뭐, 내가 머슴이지 아닌가? 당신 시키는 대로 하면서 살고 있는데."

늙은 점소이가 빙글거리며 말했다.

말하는 것을 보니 늙은 점소이는 객잔에 고용된 사람이 아니라 주방에서 나온 여인과 함께 객잔을 운영하는 주인인 모양이었다.

"자꾸 그러니까 손님들이 당신이 손님들을 속인다고 생각하잖아요."

"속이긴 누가 속여. 있는 그대로 말하는 건데."

"정말 자꾸 그럴 거예요? 손님들 앞에서!"

초로의 여인이 화를 냈다.

그러자 노인이 얼른 여인의 시선을 회피하며 시월에게 말했다.

"날 따라오십시오. 전망 좋은 방으로 안내하지요."

그러고는 도망가듯 이층 객방이 있는 곳으로 올라가기 시작했다.

"아이고, 저 양반이 정말… 손님들께 죄송하군요. 워낙 장난기가 심한 양반이라. 객잔이 외진 곳에 있다 보니 손님이 적어서 심심한지 저렇게 장난을 친답니다."

"호호! 아니에요. 두 분 모습이 보기 좋은데요. 그런데 다른 점소이는 없는 건가요?"

이화검이 웃으며 물었다.

"손님이 드문 곳이라 우리 두 사람이 꾸려 나가고 있지요."

"그러시군요. 그럼 일단 저흰 객방에 들려 짐을 풀겠습니다. 저녁 요기는 이곳에 내려와서 하면 되나요?"

"그렇게 하시면 됩니다."

여인이 고개를 끄떡였다.

"알겠습니다. 그럼 있다가 뵐게요."

이화검이 대답을 한 후 이 층으로 올라가기 시작했다.

"자, 어떻습니까? 정말 전망이 좋지요? 이 두 개의 방을 쓰시면 됩니다."

이층에서 기다리던 노인이 객방 두 개의 문을 열어 놓고 객방의 창을 가리키며 말했다.

노인의 말대로 창을 통해 성이 한눈에 들어와 전망이 무척이나 좋았다.

"밖에서 보는 것과는 정말 달라요."

시녀 항이가 감탄했다.

"후후, 그래서 처음 찾는 손님은 적지만 한 번 찾은 손님은 단골이 되곤 하지요. 다만 요즘은 북방에 일이 생긴 바람에 여행객들이 줄어서 이 모양이지만… 후, 이러다가 입에 풀칠도 못 하는 거 아닌지 모르겠습니다."

노인이 한숨을 쉬며 말했다.

"북방의 일이라면 월문의 일을 말하는 건가요?"

이화검이 물었다.

이런 외진 객잔의 주인까지 그 일을 알고 있다니 월문의 몰락이 큰일은 큰일인 듯싶었다.

"그렇지요. 얼마 전부터 연경의 관병들이 장성 쪽으로 이동하고 무림인들의 왕래도 잦아져서 무슨 일인가 했었는데, 십대천문 대월문이 몰락했을 줄이야 누가 알았겠습니까. 참, 그 기세등등하던 월문이… 쯔쯔."

노인이 혀를 찼다.

"무림 일에 밝으시군요?"

시월이 물었다.

"뭐… 객잔을 하기 전 젊을 때는 유랑 무사 생활을 좀 했지요. 그러다가 주인마님, 아니, 이게 참 정말 무섭네. 농담으로 하던 말이 입에 배서 자꾸 마누라를 주인마님이라고 부르네. 하하하! 아무튼 유랑 무사 생활을 하다 집사람을 만나서 이 객잔을 차리게 되었지요. 검은 놓았지만, 이런저런 인연이 있어서 강호의 소식은 간간이 듣고 있습니다. 그런데 손님들도 무림인들이지요?"

노인이 물었다.

"어떻게 아셨어요?"

항이가 놀란 표정으로 물었다.

"후후, 무인은 아무리 숨기려 해도 숨길 수 없는 기도라는 게 있으니까요. 나야 삼류 검잡이었지만 그래도 무인을 알아볼 눈을 가지고 있지요."

노인이 웃으며 대답했다.

그러자 설우담이 물었다.

"강호의 소식을 듣고 계신다면 혹, 월문의 생존자들에 대해서도 들으신 게 있으신가요?"

"장성 인근까지 의천무맹 구원대와 함께 내려와서는 이후에 강남으로 떠났다고 하더군요. 그래봐야 서른 명이 안 된다고 하던데… 참, 그 대단하던 월문이 어찌 그리되었을까?"

노인이 안타까운 표정으로 말했다.

"강남 어디로 갔는지는 모르시나요?"

"그야 내가 알 수 없지요. 그런데 그건 왜……?"

노인이 월문 생존자들의 행적을 자세히 묻는 이유가 궁금한지 설우담에게 되물었다.

"월문에 인연이 있는 사람이 있어서요."

설우담이 노인의 질문에 얼굴색 하나 변하지 않고 담담하게 대답했다. 설우담의 대담함이 여실히 드러나는 순간이었다.

"그렇군요. 사실 강호에 적을 둔 사람들은 모두 궁금해하지요.

몰락한 월문주가 앞으로 어떤 행보를 할지. 하지만 다들 재기는 힘들 거라고 말하더군요."

노인이 대답하고는 슬쩍 객방에서 멀어지며 다시 입을 열었다.

"그럼 편히 쉬십시오. 저녁 식사가 준비되면 다시 오겠습니다."

"알겠습니다. 계산은 그때 하지요."

"하하, 그러십시오. 계산이야 뭐 나중에 떠나실 때 한번에 해도 됩니다. 그럼 이따가 뵙겠습니다."

노인이 기분 좋게 웃으며 객방을 떠났다.

제 4장
—
기산장

"왜 강남으로 갔을까요?"

객잔 주인 노인이 떠나자 항이가 의아한 표정으로 설우담에게 물었다.

오랫동안 월문의 시녀로 일해온 그녀는 월문의 사정을 누구보다 잘 알고 있었다. 그녀가 알기로는 강남에 월문과 인연이 있는 문파나 사람이 없었다.

신검산 월문을 빼앗겼다고는 해도 월문의 주 기반은 장성 이북이다. 넓게 잡아도 장성 부근, 그곳에 재기를 노리는 것이 유리할 텐데 백문보는 강남으로 이동하고 있었다. 당연히 거기엔 이유가 있을 것이었다.

그런데 설우담은 이미 그 이유를 짐작하고 있었다.

"금가장으로 가는 거다."

"금가장에요?"

항이가 의아한 표정으로 되물었다.

"그래. 아마도 그 사람과 금가장주의 딸 금송과의 혼인을 밀어붙일 생각인 것 같구나."

"이 와중에 어떻게 혼인을……?"

항이가 이해할 수 없다는 듯 중얼거렸다.

보통 사람의 상식으로 월문은 더 이상 금가장에 혼사를 거론할 처지가 아니었다.

백유검과 금송의 혼사는 두 문파가 의천무맹 십대천문으로서 동등한 위치에 있을 때나 가치가 있는 이야기였다.

그런데 이제 월문은 더 이상 십대천문이 아니었다. 아직은 명분상 의천무맹 십대천문이라는 이름을 가지고는 있지만, 그건 이제 허울일 뿐이었다.

만계지마 중산에게 패해 신검산을 버리고 도주한 월문을 그 누구도 십대천문으로 인정하지 않을 것이기 때문이었다.

그런 월문과의 혼사는 금가장에도 더 이상 필요치 않았다. 그러므로 아무리 백문보가 원한다고 해도 금송과 백유검의 혼인이 성사될 리 만무했다.

"너도 아는 것을 문주가 모르겠느냐?"

설우담이 차가운 표정으로 말했다.

"그런데 왜……?"

"지푸라기라도 잡아보려는 거지. 금가장의 재력이라면 월문이 재기할 수 있는 터전을 마련하는 것은 어려운 일이 아니니까. 하지만, 네 생각대로 금가장에서 그 혼사를 받을 이유가 없다. 이득이 될 것이 아무것도 없으니까. 아마도… 수모만 당하고 물러날 거야."

"…월문이 정말 망하기는 했나 봐요."

항이가 우울한 표정으로 말했다.

설우담이 월문에서 냉대받은 것이 분하기는 하지만, 그래도 월문은 그녀가 어린 시절부터 살아온 곳이어서 밉든 곱든 정이 남아 있는 항이었다.

"정말 문주답지 않은 행동이야. 본래 문주의 장점은 기회가 올 때까지 기다리는 인내심과 기회가 왔을 때 무슨 수를 쓰든 그 기회를 잡아내는 독한 성정인데. 지금은 무척 조급하게 행동하는구나. 이대로라면 월문의 재기는 힘들 것 같다."

설우담이 담담하게 말했다.

"그래도 소문주님이 계시잖아요? 여전히 강호십대고수로 꼽히는 무공이 있고……."

항이가 말했다.

"무림이라는 곳이 무인들이 모여 사는 곳이라 강한 무공을 가진 자는 모든 것을 가질 수 있을 것처럼 보이지만 사실은 그렇지 않아. 무림도 결국 사람이 사는 곳이라서 세력 없이는 혼자서 아무것도 할 수 없단다. 그나마 겨우 할 수 있는 일이라면… 다시 신검산에 은밀히 돌아가서 기습적으로 만계지마를 공격해 죽이는 일 정도인데 그것도 사실은 불가능한 일이지. 그 사람 무공이 그렇게까지 엄청난 것은 아니니까."

설우담은 말하는 내내 냉정했다. 그래서인지 월문의 상황을 그 누구보다 객관적으로 보고 있는 설우담이었다.

시월과 이화검은 묵묵히 설우담과 항이의 말을 듣고 있었다.

백문보의 행보도 행보지만, 설우담 자신조차 월문의 재기가 힘들다고 말하면서 그 월문과의 인연을 채 끊지 못하는 그녀가 답답하다는 생각이 드는 시월이었다.

그런데 이화검은 다른 문제로 걱정하고 있었다.

"그들이 정말 금가장을 찾아간다면 혹시 큰아주버님과 마주치지 않을까요?"

이화검이 시월에게 물었다.

"벌써 떠났을 거예요. 이미 석 달이 되어 가는데……."

"그래도……."

이화검이 말꼬리를 흐렸다.

"대사형이 아직도 그곳에 있을 거라 생각해요?"

"당신 말대로 벌써 칠선문에 돌아갔어야 하지만 왠지 그곳에 있을 수도 있다는 생각이 들어요."

"금송 소저 때문에요?"

"그래서 그런지는 나도 잘 모르겠지만……."

이화검이 말꼬리를 흐렸다.

그러자 설우담이 시월에게 물었다.

"금송 때문에 왜 무광 사형이 금가장에 있을 거라는 거지?"

"말했잖아요. 대사형과 제가 그녀를 구해줬다고."

"아니 그건 알겠는데, 그게 몇 달 동안 무광 사형이 금가장에 머물 이유는 아니잖아?"

"……."

설우담의 물음에 시월이 대답하지 않고 입을 닫았다. 그러자 설우담의 시선이 이화검에게로 향했다.

설우담이 자신을 바라보자 이화검이 조심스럽게 입을 열었다.

"저희가 송이 동생을 구한 후 잠시 동행하는 동안 송이 동생이 대사형께 마음을 준 것 같았거든요."

"그녀가요?"

설우담이 눈살을 찌푸리며 되물었다.

그녀로서는 금송이 무광과 인연을 맺는다면 백유검은 혼인 건을 꺼내기조차 어려워질 테니 기뻐할 일이지만, 반응은 전혀 그렇지 않았다.

아마도 자신이 죽이려 했던 사람이 대사형 무광과 인연을 맺는 것이 껄끄럽기 때문인 것 같았다. 비록 자신은 칠선문으로 갈 생각이 없었지만.

"직접 말한 것은 아니지만, 여인들만의 느낌이 있잖아요. 저는 그렇게 느꼈어요."

이화검이 대답했다.

"참, 여러 가지로 얽히네. 그 사람……."

설우담이 투덜거렸다.

"금송 소저가 대사형에게 마음이 있다고 해도 금가장주가 두 사람의 혼인을 절대 허락지 않을 거예요. 칠선문이 제법 이름을 날리고는 있지만, 금가장주가 생각하는 금송 소저의 혼처는 아니니까요."

시월이 말했다.

"그건 그렇지만, 혼사는 결국 본인의 마음에 따라 결정되는 거죠. 그리고 송이 동생은 보는 것과 달리 무척 강단이 있는 사람이에요."

"대사형도 금가장과 인연을 맺으려 하지 않을 거예요. 대사형은 칠선문이 세상의 주목을 받는 걸 좋아하지 않으니까요."

"후후, 당신은 정말 남녀의 일에 대해선 전혀 모르는군요! 송이 동생 같은 사람이 달려들면 대사형께서도 쉽게 거절하기 어려워요. 당신이 나에게 그랬던 것처럼."

"나야 처음부터 화검 당신을 좋아했던 거죠."

시월이 얼른 대꾸했다.

그러자 이화검이 기분이 좋은지 고개를 끄떡이며 말했다.

"흐흠. 그랬군요. 아주 좋은 대답이에요! 하지만 어쨌든 송이 동생이 적극적으로 나서면 대사형의 마음도 흔들릴 거예요. 그리고 그렇게 되면 뭐⋯ 우리처럼 송이 동생이 어느 날 갑자기 금가장을 떠날 수도 있는 거죠."

"그야 그럴 수도 있긴 하겠지만⋯⋯."

시월이 말꼬리를 흐렸다.

아무리 그래도 금가장주의 딸 금송과 대사형 무광의 혼인은 생각하기 어려운 일이었다.

그런데 무광과 금송에 대한 이야기가 아무래도 설우담은 불편한 모양이었다.

"오래 여행을 했더니 좀 피곤하다. 난 쉬어야겠어. 우리가 옆방을 쓸게. 항아 옆방으로 가자."

"예, 마님."

시녀 항이가 얼른 짐을 챙겨 들고 설우담의 뒤를 따라 옆방으로 이동했다.

"흠⋯⋯."

설우담이 다른 방으로 가자 이화검이 나직하게 침음성을 흘렸다.

"왜요?"

시월이 물었다.

"아무래도 설 언니는 송이 동생이 마음에 들지 않는 모양이에요."

"그야 뭐, 소문주와 혼사가 꽤 많이 진행되었었으니까."

시월이 당연하다는 듯 말했다.

"아뇨. 그것보다는 큰아주버님을 마음에 두고 있다는 것이 더 문제인 것 같아요."

"그게 왜요?"

"글쎄요. 어떤 마음인지는 나도 모르겠지만, 그냥 그렇게 보였어요."

이화검의 대답에 시월이 잠시 생각에 잠겼다가 입을 열었다.

"생각해 보니 어쩌면 아주 단순한 이유 때문일 수도 있겠어요. 금송 소저에게는 금가장이라는 든든한 산이 버티고 있고, 설 누님에게는 기댈 수 있는 곳이 없으니까. 금송 소저의 신분이 부러울 수는 있겠네요."

"그럴 수도……."

이화검이 고개를 끄떡였다.

그러나 그녀의 머릿속에는 다른 생각이 있는 듯했다. 하지만 이화검은 더 이상 설우담이나 금송에 대해 입을 열지 않았다.

대신 그녀는 침상에 몸을 던지며 시월에게 소리쳤다.

"아! 편하다. 저녁때까지는 잠 좀 자야겠어요! 당신도 이리 와서 좀 쉬어요!"

겨울 해는 짧다.

잠시 침상에 누워 있었다고 생각했는데, 객잔의 노주인이 금세 다시 찾아오더니 저녁 준비가 되었다며 일행을 불렀다. 그리고 그 때는 이미 해가 진 후였다.

그래도 잠깐의 휴식으로 피곤을 떨쳐낸 시월 일행은 노인을 따 라 아래층으로 내려가 이미 차려진 저녁상을 마주하고 앉았다.

그리고 대단치 않은 음식이지만, 객잔 여주인의 음식 솜씨가 좋 아서 일행은 순식간에 저녁 요기를 해결했다.

식사가 끝날 즈음에는 향 좋은 차가 나왔다.

역시 귀한 차는 아니지만, 차 다리는 솜씨가 좋아서인지 향이 부드럽고 상쾌했다.

"어떻게 식사는 입에 맞으셨나요?"

차를 마시려는 일행에게 다가온 객잔 주인이 물었다.

"부인께서 음식 솜씨가 정말 좋으세요. 오랜만에 맛나게 식사 했습니다."

이화검이 대답했다.

"하하, 입에 맞았다니 다행입니다. 사실 우리 마누라 음식 솜씨 는 근방에서도 알아주거든요."

노인이 슬쩍 아내 자랑을 늘어놓았다.

그런 노인에게 설우담이 물었다.

"혹, 기산장이라는 상가를 아시나요?"

설우담의 질문에 노인의 표정이 살짝 변했다. 얼핏 웃음기가 사라진 것 같기도 했다.

"기산장이요?"

노인이 되물었다.

"예, 이름이 특이해서 아실 것 같은데……."

"흠, 알고는 있는데 그곳은 왜……?"

"그곳에 아는 사람이 있어서 한 번 만나보려고요."

"기산장에 아는 사람이 있습니까?"

노인이 조금 놀란 표정으로 되물었다.

그러자 이번에는 시월이 물었다.

"기산장이 특별한 곳입니까?"

보통의 상가였다면 노인이 보이는 반응은 이해하기 어려웠다.

노인은 적의는 아니지만 기산장에 대해 경계의 빛을 드러냈기 때문이었다.

"기산장에 대해 잘 모르시는 모양이군요."

시월의 질문에 노인은 시월 일행이 기산장과 깊은 관계가 있는 사람들은 아니라는 사실을 알아챘다.

"예전에 알던 사람이 기산장에 있다는 이야기만 들었을 뿐 기산장에 대해선 잘 모릅니다. 그냥 평범한 상가가 아닌 모양이지요?"

시월이 다시 물었다.

"결코 평범하다고 할 수는 없지요."

"…어떤 면에서?"

시월이 다시 물었다.

그러자 노인이 목소리를 낮추며 말했다.

"기산장은 연경 내에서도 손에 꼽히는 대상이지요. 하지만 그들에 대해 자세히 알고 있는 사람은 드뭅니다. 왜냐하면 기산장의 거래처 대부분이 관과 연결되어 있기 때문이지요. 세상에 알려지면 안 되는 비밀스러운 거래도 많다고 하더군요. 가끔 기산장의 거래 내막을 몰래 알아보려 했던 자 중에는 죽은 사람도 있다고 하고. 상가치고는 무인들도 많은데다 또 관의 보호도 받기 때문에 연경에서 기산장을 두려워하지 않는 사람이 없지요. 설마… 그들과 원한이 있는 것은 아니시겠지요?"

노인이 걱정스럽게 물었다.

혹시라도 시월 일행이 기산장과 원한이라도 있다면 나중에 이들을 재워준 일 때문에 곤욕을 치를 수도 있기 때문이었다.

"걱정 마세요. 기산장에 있는 사람과는 친구 사이니까."

이화검이 노인의 걱정을 덜어주었다.

"그렇다면 다행입니다."

노인이 그제야 안심이 되는지 편한 얼굴로 돌아왔다.

"그래서 기산장은 어디 있죠?"

설우담이 물었다.

그러자 노인이 대답했다.

"성 북문에서 일백여 장 떨어진 곳이 있습니다. 가시려거든 날이 밝을 때 가는 게 좋을 겁니다. 밤에는 훨씬 경계가 삼엄해지고, 사람이 오는 걸 반기지 않는 곳이니……."

*   *   *

객잔 주인은 기산장을 찾아가려거든 밝은 낮에 가라고 충고했지만, 시월은 그날 밤 객잔을 빠져나와 기산장으로 향했다.

기산장주를 정식으로 만나기 전에 그가 어떤 인물인지 살펴볼 필요가 있기 때문이었다.

물론 설우담은 모르는 일이었다. 다른 객방에서 잠을 청한 설우담과 항이 몰래 객방을 빠져나온 시월이었다.

이화검은 시월과 함께 가겠다고 고집을 피웠지만, 이번만큼은 시월도 이화검의 동행을 허락하지 않았다.

객잔주인의 말대로라면 한밤중에 기산장에 침입하는 것은 무척 위험한 일이고, 이화검이 동행한다면 움직임에 많은 제약이 따를 것이기 때문이었다.

이화검도 그런 시월의 뜻을 꺾지 못해 결국 시월을 혼자 내보낼 수밖에 없었다.

스슥!

시월이 기산장 뒤쪽의 작은 야산으로 숨어들었다.

고고히 내리는 달빛 아래 웅크리고 있는 기산장은 일반적인 상가의 화려함을 찾아볼 수 없었다.

'상가가 아니라 무가와 비슷하군. 경계를 서는 자들도 기도가 보통이 아니고……'

시월이 거대한 아름드리나무에 올라 기산장 안쪽을 살피며 생각했다.

군데군데 불을 밝힌 건물들이 있었지만, 기산장의 분위기는 마치 산중 폐가처럼 어둡고 조용했다.

시월은 한참 동안 나무 위에서 기산장 안쪽을 살폈다. 장주

한철산이 어느 건물에 머물 것일지 가늠하는 것이 목적이었지만, 처음 오는 장원, 그것도 어둠 속에서 한철산의 거처를 찾는 것은 쉬운 일이 아니었다.

'일단, 경계가 가장 심한 곳으로 가보자.'

멀리서 봐서는 한철산의 거처를 알아낼 수 없던 시월은 결국 움직여 보기로 결심했다.

결심이 서는 순간 시월의 모습이 나무 위에서 사라졌다.

덜컹!

문이 열리는 소리에 시월이 움직임을 멈췄다. 그의 생각으로는 기산장에서 경계가 가장 심한 건물의 맞은편 지붕 위에서 막 날아 건너려던 순간이었다.

열린 문에서 등불을 든 무인이 먼저 건물 밖으로 나왔다.

그러자 그 뒤로 날카로운 인상의 중년 사내가 모습을 나타냈다. 화려하지는 않지만 질 좋은 비단으로 만든 장삼을 걸친 사내가 모습을 드러내자 순식간에 그의 주변으로 다섯 명의 호위 무사들이 따라붙었다.

"가지!"

호위 무사들이 따라붙자 중년 사내가 낮은 목소리로 말하고는 먼저 걸음을 옮기기 시작했다.

'그일까?'

시월이 잠시 망설였다. 기산장에서 가장 크고 경계가 심한 건물에서 나왔고, 다섯 명의 호위 무사가 따라붙을 정도면 장주 한철산일 가능성이 컸다.

하지만 그의 얼굴을 모르는 상황이라 확신하기에는 망설여질 수밖에 없었다. 마음 한쪽에서는 그가 나온 건물 안을 살펴보고 싶은 생각도 들었다.

하지만 결국 시월은 건물에서 나와 장원 북쪽으로 이동하는 중년 사내를 따라가기 시작했다.

*　　　*　　　*

스스슥!

장원을 벗어나는 순간 다시 십여 명의 호위 무사가 더 합류했다.

중년 사내는 한밤중임에도 장원을 벗어나고 있었다.

그래서 그의 뒤를 따르던 시월은 잠시 그가 한철산이 아닌 다른 사람인가 하는 의심도 했다.

한철산이 이런 깊은 밤에 자신의 장원을 은밀하게 벗어날 일이 있을까 싶은 생각에서였다.

하지만 어차피 따라나선 이상 이 중년 사내를 끝까지 따라가 보리라 결심한 시월이었다.

사내가 장원을 벗어나 향한 곳도 이상했다. 장원의 정문은 남쪽을 향해 나 있었고 정문을 나서면 연경성까지 마차가 다닐 수 있는 큰길이 연결되어 있었다.

하지만 사내가 향한 곳은 기산장 장원의 북쪽의 야트막한 야산이었다. 한밤중에 어두운 산속으로 외출할 일이 뭐가 있을까 싶었다.

그런데 얼마 가지 않아 중년 사내가 산속으로 들어간 이유가 밝혀졌다.

"멈추시오!"

어둠 속에서 중년 사내의 발길을 막은 목소리가 들렸다.

그러자 중년 사내가 중저음의 목소리로 입을 열었다.

"내 땅에서 타인의 허락을 받고 움직일 일은 없다. 그대의 주인을 나오라고 해라."

중년 사내의 말에 그의 앞을 막은 검은 무복의 사내가 멈칫했다.

중년 사내의 입에서 흘러나온 목소리며 기도, 그리고 자신을 대하는 태도가 상인이라고 보기에는 너무 강렬했기 때문이었다.

중년 사내의 모습은 상인이 아니라 마치 무림 문파의 우두머리 같았다.

"맞는 말이군요. 사과하겠어요. 이곳이 기산장의 땅이고 대인이 주인이시라는 걸 잠시 잊었네요."

어둠 속에서 담담한 목소리가 들리더니 역시 검은 무복을 걸친 여인이 기산장 무사가 들고 있는 주마등 불빛 아래 모습을 드러냈다.

'이곳에서 다시 보게 될 줄은 몰랐군.'

시월이 뜻밖에 인물의 등장에 놀라 눈을 크게 떴다.

비록 호롱불과 달빛이 전부지만 한번 검을 섞은 여인을 못 알아볼 리 없는 시월이었다.

흑화수 금사, 얼굴을 면사로 가리고 있지만, 그 차림새만으로도 그녀를 알아볼 수 있는 시월이었다.

신검산에서 만계지마 중산을 도와 월문 공격에 참여했던 흑화수 금사가 어느새 연경까지 내려와 기산장의 장주 한철산을 만나고 있었다.

그녀의 등장도 그녀가 한철산을 찾은 것도 놀랄 일이었다.

"정체를 먼저 밝히고 날 만나자고 한 이유를 말해보시오."

존재만으로도 주변을 긴장시키는 흑화수 금사의 등장에도 한철산은 전혀 긴장하거나 동요하지 않고 침착한 목소리로 질문을 던졌다.

"듣던 대로 대인의 담력이 대담하시군요. 보통 상인들은 내 눈을 제대로 바라보지도 못하는데."

"그렇소? 그렇다면 그자들은 제대로 된 상인이 아닐 것이오. 상인이 흥정을 할 때, 어떻게 상대의 눈을 회피한단 말이오. 상대의 눈 속에 그 거래의 유불리가 모두 담겨 있는데 말이오. 면사로 가려져서 당신의 눈이 잘 보이지 않지만 말이오."

한철산이 담담하게 말했다.

그러자 흑화수 금사가 마치 기습이라도 하듯 불쑥 자신의 정체를 밝혔다.

"흑화수! 그게 강호에서 날 부르는 말이죠. 이 별호도 대인에게는 아무런 의미가 없나요?"

순간 한철산도 놀란 듯 긴장한 시선으로 흑화수 금사를 바라봤다.

그러다가 잠시 후 긴장을 털어버린 듯 전혀 변하지 않은 어투로 입을 열었다.

"흑사회에 대해선 여러 경로를 통해 이야기를 듣고 있었소. 물론 나 역시 흑사회에 속한 흑상 몇과 안면이 있고. 그런데, 이렇게 흑사회주께서 직접 날 만나러 오실 줄은 몰랐소. 그래서 더 궁금해지는구려, 대체 내게서 원하는 것이 무엇인지."

'누님 말대로 정말 보통 사람이 아니구나.'

흑화수 금사를 마주하고도 전혀 흔들림이 없는 한철산을 보며 시월이 내심 감탄했다.

흑화수 금사는 악독하기로 소문난 북방의 흑상들을 제압해서 흑사회를 만든 여인이었다.

그녀는 비록 과거의 흑화수 금사 본인은 아니었지만, 여전히 마련에서 삼십육마의 생존자로 인정받고 있었다

그런 대마인을 앞에 두고도 흔들리지 않는 한철산의 담력은 대단한 것이었다.

그리고 그제야 시월은 그가 설우담을 대신해 금가장주의 딸 금송을 죽이라는 청부를 했다는 게 전혀 이상하지 않다는 것을 깨달았다.

흑화수 금사의 위압감을 견뎌낼 담력을 지닌 사람이라면 금송을 죽이는 일 또한 전혀 망설이지 않고 행할 수 있었을 것이기 때문이었다.

"놀랍군요. 내 정체를 알고도 이렇게 평정심을 유지하다니. 일이 잘못되면 오늘 밤 대인이 내 손에 죽을 수도 있다는 것을 알고 있을 텐데 말이죠."

흑화수 금사가 협박 아닌 협박을 했다.

그러자 한철산이 갑자기 나직한 웃음을 터뜨렸다.

"하하… 물론 흑화수께서는 오늘 밤 마음먹으면 날 죽일 수 있을 것이오. 그 어떤 상인이 삼십육마의 검을 피할 수 있겠소. 하지만 나도 한 가지 약속드릴 게 있소."

"뭔가요?"

"만약 오늘 밤 내가 죽는다면 마련은 큰 곤란에 빠질 것이오. 날 죽인 흑화수 금사 그대를 내놓지 않으면 관에서 마련을 적을 돌릴 테니까."

"관과 무림은 서로 불가침의 전통이 있다는 걸 아실 텐데요?"

"그래서 하는 말이오. 흑화수께서 먼저 관을 건드린 것이 되니까."

한철산이 담담하게 대답했다.

"그 말은 기산장이 관의 소속이란 뜻인가요? 관과 인연이 있는 상인은 많지만, 일개 상인의 죽음을 관에 대한 공격으로 생각한다는 것은 이해할 수 없는데……."

흑화수 금사가 물었다.

그러자 한철산이 대답했다.

"흑화수께서 오셨으니 특별히 말씀드리겠소. 기산장의 지분오 할은 연경 고관들이 나눠 가지고 있소. 난 기산장의 절반만 소유한 사람이고. 이런 기산장은 그 고관들의 것이오? 아니면 내 것이오?"

한철산의 질문에 흑화수 금사가 예상하지 못했다는 듯 잠시 대답을 미뤘다.

그러다가 문득 고개를 끄떡였다.

"이제야 이해가 가는군요. 왜 기산장만이 장성의 여러 관문을 통과해 북방 이민족들과 민감한 물품들을 거래할 수 있었는지."

"그렇다면 내 말이 결코 허언이 아니라는 것도 인정하시겠소?"

"인정하죠. 하지만 그게 사실이라 해도 제겐 큰 의미가 없군요. 이미 무림의 대마인으로 지목된 제가 새삼스럽게 관의 추적이

나 협박을 두려워할 이유는 없으니까요. 마련 역시 마찬가지. 관에서 압박한다면 잠시 강호에서 멀어지면 그뿐이죠. 하지만 그 이후에 마련을 겁박한 관의 관리들과 그 식솔들이 무사할까요? 그리고 황궁에서는 마련과의 관계가 틀어져 마련의 살수들이 황궁으로 들어올 수도 있는 상황을 받아들일까요? 어떻게 생각하세요?"

흑화수 금사가 면사 속에서 살기 어린 미소를 지으며 물었다.

그러자 한철산이 그제야 흑화수 금사를 만난 후 처음으로 경직된 표정을 지었다.

사실 흑화수 금사의 말은 그냥 하는 협박이 아니었다.

오래전부터 관과 무림이 서로 불가침의 전통을 가지게 된 것은 바로 이런 분란에서 누구도 이득을 보기 어렵다는 것을 알기 때문이었다.

그녀의 말대로 일이 커지면 황궁에서는 이 일에 관여한 관리들을 숙청하는 것으로 마련과의 분쟁을 정리할 가능성이 컸다.

아무리 구중궁궐에 들어앉아 있는 황제라도 삼십육마 정도 되는 마인들이 황궁으로 스며들면 그들을 모두 막아낼 것이란 보장이 없기 때문이었다.

흑화수 금사의 경고는 결국 효과를 발휘했다.

"거래를 하자고 만나서 험한 말을 주고받는 것은 서로에게 아무 도움이 되지 않을 것 같소. 흑화수께서 원하시는 것이 무엇이오?"

먼저 흥정을 시작한 것은 한철산이 금사와의 대립에서 한발 뒤로 물러났다는 의미다.

그렇다면 흑화수 금사도 더 이상 한철산을 몰아붙일 이유가 없었다.

"그렇군요. 거래가 성사되든 틀어지든 결론만 나면 그뿐인데 서로에게 협박이나 하고 있을 이유는 없죠. 제가 원하는 것은 흑사회 상인과 기산장의 거래예요."

"흠… 단순한 거래라면 흑화수께서 직접 오지 않으셨을 테고, 어떤 물건을 원하시는지……?"

"제가 원하는 물건 중에는 관의 통제를 받는 것이 적지 않게 있어요. 그것들을 장성 이북까지 보내주면 좋겠어요."

"혹시… 그중 철이 있소이까?"

한철산이 걱정스러운 표정으로 물었다.

"아뇨. 걱정 마세요. 아무리 기산장이라 해도 철을 북방으로 보내는 것은 어려운 일이라는 걸 아니까."

흑화수가 대답했다.

그러자 한철산이 고개를 끄떡이며 대답했다.

"철만 아니라면 무엇이든 가능하오. 다만… 값이 비쌀 뿐."

"물론 합당한 대가는 치러야겠죠."

흑화수가 대답했다.

"좋소. 그럼 정확하게 어떤 물건들을 원하시오?"

한철산이 다시 물었다.

그러자 흑화수가 대답했다.

"흑사회의 중요한 손님이 북방에 작은 성채를 지을 생각이라고 하는군요. 제가 원하는 물건들은 그 성채 안을 채울 물건들이에요."

*   *   *

밀매상(密賣商), 상인 한철산을 한마디로 정의하면 밀매상이었다.

다만 다른 밀매상과 다른 점은 그가 관의 비호를 받으며 밀무역을 한다는 점이었다.

그 대가로 그는 관의 고관들에게 기산장의 이익 절반을 나눠주고 있었다.

보통 고관들이 뇌물을 받고 상인들의 밀거래를 눈감아주는 것과는 차원이 다른 구조였다. 고관들 자신이 밀거래의 주체가 되는 일이기 때문이었다.

상인 한철산은 고관들에게 절반의 이득을 나눠주는 대신 밀무역의 규모를 키워서 연경 상계의 손꼽히는 대상으로 군림하고 있었다.

'대담하고 위험한 사람이야. 잘되면 큰 성공을 거두겠지만, 조금이라도 실수가 있으면 목숨을 장담할 수 없지.'

관의 고위 관리가 엮인 일은 늘 그렇다. 관리가 죄를 지어 벌을 받게 되면 그와 연관된 모든 사람이 죽음의 위기에 몰릴 수 있었다.

그래서 상인 한철산의 기산장 역시 한순간에 역적 누명을 쓰고 몰락할 위험이 있었다.

물론 한철산 정도의 인물이라면 그에 대해 대비도 해놓았을 테지만, 그가 설우담을 이용하려 한다면 순식간에 설우담을 희생양으로 삼을 수도 있었다.

'역시 함께 만나봐야겠어. 흑화수 금사에 대해선 어느 정도 두려움을 보였으니까. 내가 누님 뒤에 있다는 것을 알면 누님을 함부로 이용하려 하지 못하겠지.'

시월은 설우담이 굳이 한철산의 도움을 받아 상계에 발을 들여

놓으려 한다면 한철산이 쉽게 설우담을 배신할 수 없도록 무언의 경고를 해야겠다고 생각하면서 조용히 숲을 떠났다.

*　　　　*　　　　*

다음 날 바로 한철산을 찾아가려는 설우담을 말린 시월은 객잔 주인을 통해 사람을 한 명 구한 후, 설우담의 서신을 기산장에 전하도록 했다.

설우담 역시 자신이 사람들의 눈에 노출되는 것을 걱정하고 있었으므로 시월의 설득을 받아들여 한철산에게 기산장이 아닌 제삼의 장소에서 만나자는 서신을 보냈다.

설우담의 서신에 대한 한철산의 답변은 즉시 돌아왔다.

그는 일단 설우담의 안위를 걱정한 후, 기산장에서 그리 멀지 않은 다루(茶樓)에서 당장 오늘 밤 설우담을 만나겠다고 했다.

설우담은 그의 빠른 회신과 설우담을 걱정하는 말들이 적힌 서신을 보이며 시월에게 그를 걱정할 필요가 없다고 다시 한번 강조했다.

하지만 시월은 이미 지난밤, 상인 한철산이 얼마나 위험한 일을 하는 사람인지 눈으로 확인했기에 서신 한 장에 마음을 놓지 않고 경계를 늦추지 않았다.

일행은 해가 질 무렵 객잔을 나섰다.

이번에는 네 사람이 함께 마차를 타고 한철산이 지목한 다루를 향했는데 가는 도중 시월이 이화검에게 정색을 하며 말했다.

"화검, 당신은 항이와 함께 다루 밖에 있으면 좋겠어요."

"갑자기 왜요? 같이 만나기로 했잖아요?"

"혹시 일이 생길지도 몰라서 그래요. 밖에서 만약의 일에 대비해 줘요. 그래야 누님과 나도 안심하고 그를 만날 수 있어요."

"시월, 아직도 아저씨를 못 믿는 거야?"

설우담이 자신을 걱정하는 한철산의 서신을 보고도 그를 경계하는 시월이 서운하다는 표정으로 물었다.

"서신 한 장으로 그 사람을 알 수는 없으니까요."

시월이 단호하게 말했다.

"서신 한 장이 아니라 그동안 물심양면으로 날 도왔다니까."

"그때와 지금은 달라요. 어쨌거나 그때는 누님이 월문에서 중요한 사람이었으니까요."

"그 말은 그가 날 이용할 가치가 있어서 도왔다는 말이구나?"

"그럴 가능성도 있다는 말이죠. 아무튼 조심해서 나쁠 건 없어요. 화검, 뒤를 좀 부탁할게요."

시월이 너무 진지하게 부탁하자 이화검도 더는 반대하지 못했다.

"알았어요. 그럼 우린 마차에서 기다릴게요. 언제든 떠날 수 있게."

"고마워요."

시월이 그제야 미소를 지었다.

"아이구, 우리 낭군님, 이렇게 겁이 많은 사람인 줄 몰랐네."

이화검이 농담을 하며 굳어진 분위기를 풀었다.

*　　　　　*　　　　　*

다루에 들어선 직후 시월은 한철산의 영향력을 알 수 있었다.

비록 그리 크지 않은 다루였지만, 다루에는 단 한 명의 손님도 없었다. 그건 곧 한철산이 그 짧은 시간에 다루 전체를 빌렸다는 말이 된다.

이런 일은 재력만으로 될 수 있는 일이 아니다. 연경 상계에서 한철산이 막강한 영향력을 가지고 있지 않다면 절대 불가능한 일이었다.

"따라 오십시오."

시월과 설우담을 맞이한 사람은 다루에서 일하는 사람이 아니었다. 비록 검이 보이지는 않지만, 무인이 분명했다.

설우담을 만나는 자리에 호위 무사를 대동하고 나왔다는 것은 그가 언제나 외인의 공격을 조심하고 있다는 의미일 것이다. 위험한 거래를 하는 사람들만의 특징이다.

안내하는 자를 따라 이층으로 올라가자 어젯밤 시월이 보았던 날카로운 인상의 중년 사내가 자리에서 일어나 설우담을 반겼다.

"우담! 어서 오너라. 그동안 월문 소식을 듣고 걱정하고 있었는데, 이렇게 무사한 모습을 보니 이제야 마음이 놓이는구나."

"바로 만나주셔서 고마워요. 아저씨!"

"무슨 그런 말이 있느냐. 넌 내 딸이나 마찬가지인데. 그 빌어먹을 월문 놈들만 아니었… 흠!"

월문에 대해 욕설을 내뱉으려다 시월이 있음을 깨달은 한철산이 말을 얼버무렸다.

그러자 설우담이 시월에게 말했다.

"시월, 인사드려. 내가 말한 철산 아저씨야. 아저씨, 이 사람은 제 의동생이에요. 어려서는 월문에서 함께 자랐고, 지금은……."

설우담이 말을 하다말고 시월을 바라봤다. 시월의 정체를 한철
산에게 말해도 되는지 확인하려는 것이다.

시월이 고개를 끄떡이자 설우담이 다시 입을 열었다.

"아저씨는 무림의 소식에 정통하니까 칠선문의 젊은 영웅에 대
해 들어보셨죠?"

"칠선문! 설마 그럼……?"

한철산이 놀란 표정으로 시월을 바라봤다.

그러자 시월이 정중하게 포권을 하며 한철산에게 인사를 했다.

"칠선문의 시월이라고 합니다. 한 대인께서 누님을 보살펴 주고
계셨다는 이야기를 들었습니다. 늦었지만 감사드립니다."

시월이 인사를 한 후 담담한 시선으로 한철산을 바라보며 말
했다.

그러자 한철산이 잠시 머뭇거리는 표정을 짓다가 의아한 눈빛
으로 물었다.

"내가 알기로 대협의 사형제들은 그동안 월문과 인연을 끊고
산 것으로 알고 있는데, 어떻게 우담과 함께……?"

한철산은 연경의 대상이다. 무림의 소식에도 정통할 수밖에 없
었다.

더군다나 월문은 설우담이 있는 곳. 월문과 인연이 있는 사람들
의 소식에는 더욱 밝은 한철산이었다. 그래서 월문을 떠나 칠선문
에 들어간 칠랑에 대한 소문 역시 제법 자세히 알고 있는 한철산
이었다.

겉으로는 봉합된 것 같지만, 칠랑과 월문의 구원이 언젠가는 피

바람을 일으킬 거라 생각했던 사람 중 하나기도 했다.

그런데 그런 시월이 설우담과 동행해 왔으니 당황스러울 법도 했다.

"동생이 이가검문에 들렀다가 이가검문의 구원대와 함께 신검산에 왔어요. 그러고는 제가 마련의 공격에 위기에 처한 것을 알고 절 구한 거죠. 그래서 제가 이곳까지 절 데려다 달라고 부탁을 했어요."

설우담이 시월이 연경에 온 사정을 설명했다.

그러자 시월이 다시 입을 열었다.

"몸은 떠나있었지만, 저희 사형제는 설 누님을 여전히 가족으로 생각하고 있습니다. 다만 월문주와의 관계가 좋지 않아 왕래하지 못했을 뿐이었지요. 그래서 누님이 저희 칠선문으로 가는 것도 마다하고 몸을 의탁하겠다고 하는 대인을 한번 뵙고 싶었습니다. 실례가 되었다면 용서하십시오."

시월이 가볍게 고개를 숙여 보였다.

"아, 아니오! 실례라니! 우담은 내 딸과 같은 아인데 마련의 손에서 우담을 구해준 것만 해도 오히려 내가 감사드려야 할 일이오. 설혹 우담이 아니라도 강호의 젊은 영웅을 이렇게 만나는 일은 반가운 일이 아닐 수 없소. 장사치로 사는 내게는 영광스러운 일이라오."

한철산은 상인이다. 상인은 자신의 속내를 숨기는 것에 탁월한 재능을 가진 사람들이다. 더군다나 한철산처럼 노련한 상인은 눈앞에 칼이 들어와도 미소를 지을 수 있었다.

그래서 그는 노련하게 갑작스레 시월이 등장하여 느낀 당황스러움을 숨겼다.

"환대해 주시니 감사합니다."

시월 역시 얼굴에 감정을 드러내지 않고 대답했다.

그러자 한철산이 한숨 돌리려는 듯 화제를 바꿨다.

"그런데 대체 신검산의 일은 어떻게 된 것이냐? 소문은 들었지만 아직도 월문이 패망했다는 것을 믿을 수가 없구나. 월문주는 강남으로 가고 있다고 하던데, 넌 왜 이곳으로 온 것이고?"

한철산이 설우담에게 질문을 쏟아냈다.

그러자 설우담이 씁쓸한 표정을 지으며 대답했다.

"만계지마의 계책에 문주께서 제대로 당한 거죠. 문주는 폭설을 틈타 만계지마를 기습 공격했는데 만계지마는 오히려 숙영지를 비우고 거짓으로 도주하면서 뒤쪽으로 마련의 고수들을 빼돌려 아무도 오를 수 없다는 신검산 북벽을 오르게 했어요. 신검산을 넘은 마련의 공격을 장원에 남은 문도들이 감당할 수 없었고요. 적의 반격이 확인되자 의천무맹의 구원대는 안전한 곳으로 퇴각했고 월문은 무너질 수밖에 없었죠."

"음… 월문주가 계책에 능한 사람이라고 하더니 역시 만계지마에게는 역부족이었던 모양이구나. 그럼 너는 왜 이곳으로 온 것이냐?"

한철산이 설우담이 연경으로 온 이유를 다시 물었다.

"마련의 마인들이 장원을 기습을 했을 때 전 동별당에 고립되었어요. 그런데… 아무도 절 구하러 오지 않았죠. 시월이 오기 전에는……."

"월문신룡도 말이냐?"

한철산이 분노를 참으며 물었다.

"잠깐 동별당으로 진입하려 했지만 적의 반격이 있자 바로 물러났다고 하더군요."

설우담이 씁쓸하게 대답했다.

"말도 안 되는 소리! 그의 무공은 강호십대고수의 반열이라고 하지 않았느냐? 그런데 겨우 그 포위망을 뚫지 못했다고? 그 빌어먹을 놈이! 널 죽게 내버려 둔 것이 분명하다. 자신의 정략혼에 네가 방해되고 있었으니까."

상인이라 그런지 한철산은 단번에 백유검과 백문보의 마음을 읽어냈다.

그러자 설우담이 침착하게 대답했다.

"나도 설마 하는 생각이 없는 것은 아니지만 아저씨가 짐작한 대로일 거라고 생각해요. 그래서⋯ 그들을 따라갈 수 없었던 거예요."

"음, 잘했다! 이 기회에 월문과는 완전히 인연을 끊어라!"

한철산이 단호하게 말했다.

그러자 설우담이 씁쓸한 미소를 지으며 말했다.

"그게 제가 원한다고 되는 일인가요. 이미 십 년이나 월문의 사람으로 살았는데⋯⋯."

"그럼 다시 그자들을 찾아가겠다는 거냐?"

한철산이 화가 난 얼굴로 물었다.

그러자 설우담이 고개를 저었다.

"아뇨. 이젠 제가 그들을 찾아갈 일은 없어요. 대신 그들이 절 찾아오게 만들겠어요."

"⋯그게 무슨 말이냐? 그들이 널 찾아오게 만들겠다니?"

한철산이 의아한 표정으로 되물었다.

"장사를 해보려고 해요. 그래서 시월을 따라 칠선문으로 가지 않고 아저씨를 찾아왔어요. 제게 단시간에 큰 상가를 만들어낼 계획이 있어요. 사실은… 월문에 있을 때부터 계획한 것들이에요. 월문의 안주인이 되면 북방의 상인들을 대상으로 큰 거래를 해볼 생각이었거든요."

"…장사가 그렇게 쉬운 일이 아니다. 물론 너도 알고 있겠지만. 더군다나 이제 북방은 마련의 세상이야. 북방에서 장사를 하는 것은 어려운 일이다."

한철산이 걱정스러운 표정으로 말했다.

그러자 설우담이 가벼운 미소를 지으며 대답했다.

"그래서 아저씨를 찾아온 거예요. 아저씨는 절 도와주실 수 있으니까. 그리고 북방에 마련이 득세하는 것도 나쁘게 볼 상황만은 아니라고 생각해요. 본래 위험한 곳에서 이익이 더 많이 나잖아요."

제 5장
—
각자의 길

　일은 일사천리로 진행되었다.

　설우담의 부탁에 상인 한철산은 걱정하면서도 그녀가 원하는 모든 지원을 약속했다.

　연경성 외곽에 작은 장원을 마련해 주는 것부터 시작해서 그녀가 거래하고 싶어 하는 상인들을 소개해 주고 그녀가 원하는 상로에서 자신의 상단을 이용할 수 있게 해주겠다고 약속했다.

　물론 설우담 역시 그 대가로 자신의 상행에서 나오는 이득 중 절반을 한철산의 몫으로 주겠다고 약속했다.

　한철산은 그게 얼마나 될 것 같으냐며 웃음을 지어 보였지만, 설우담의 제안을 거절하지는 않았다.

　그렇게 하는 것이 자신의 도움을 받는 설우담이 조금이라도 덜 부담스러울 거라 생각했기 때문이었다.

다만 설우담은 자신이 어떤 장사를 할 것인지에 대해서는 끝내 함구했다.

일단 거처가 마련되고 자리를 잡은 후에 자신의 계획을 말하겠다고 고집을 피우는 설우담의 입을 누구도 열게 할 수 없었다.

시월은 어쩌면 그 이유가 자신 때문일지도 모른다고 생각했다.

그녀가 하려는 상행이 극히 위험하거나 혹은 비정상적인 것이어서 시월이 있을 때 말하고 싶지 않은 것일지도 몰랐다.

시월은 끝까지 설우담을 추궁해 그녀가 어떤 장사를 하려 하는지 알아내고 싶었지만, 결국 그렇게 하지 않았다.

설우담의 성격상 자신이 아무리 몰아붙여도 절대 입을 열지 않을 것이란 걸 알기 때문이었다.

그래서 시월은 이제 설우담을 기산장주 한철산에게 맡겨 두고 떠나야 할 시간이 되었다는 것을 느끼고 있었다. 자신이 떠나야 설우담이 하고 싶은 일을 시작할 수 있을 것이기 때문이었다.

"어때?"

설우담이 시월에게 물었다.

그러자 시월이 대답하기 전에 이화검이 먼저 입을 열었다.

"좋은 것 같아요. 아늑하고… 그렇다고 너무 외지지 않아서 위험할 것 같지도 않고요."

"그렇지? 나도 그렇게 생각했는데 동생도 같은 생각이네. 다행히……"

이제 설우담과 이화검은 무척 친해져서 마치 친자매처럼 서로를 대하고 있었다.

처음 이화검은 소후를 배신하고 금송에게 살수를 보낸 설우담의 과거 때문에 그녀와 약간의 거리감을 갖고 있었지만, 시간은 결국 두 사람 보이지 않는 사이의 벽도 허물게 했다.

"사람을 몇이나 줄 수 있는데요?"

시월이 한철산이 마련해 준 장원에 대해 묻는 설우담의 질문에는 대답하지 않고 되물었다.

"일단 다섯 명으로 장원을 지키는 것으로 했어."

설우담이 대답했다.

"다섯… 나중에 더 많이 필요한 건 알죠?"

"그야 당연히 알지. 하지만 그때는 내 힘으로 사람들을 모을 거야. 나도 내 사람이 필요하니까."

"그럼 됐어요. 사람만 충분하면 좋은 장원인 것 같아요."

시월이 그제야 눈앞의 장원에 대해 호감을 나타냈다.

"이제 제대로 한번 시작해 봐야지."

설우담이 의욕에 찬 표정으로 장원을 보며 말했다.

그러자 시월이 불쑥 입을 열었다.

"그 말은 이제 내가 떠날 때가 되었다는 말이군요."

"갑자기 그게 무슨 소리야?"

시월이 떠난다는 말에 설우담은 놀란 표정으로 시월을 바라봤다.

그러자 시월이 담담한 표정으로 말했다.

"누님을 지키는 일에는 제가 그 누구보다 낫죠. 하지만 누님 계획대로 장사를 하려면 제가 없는 게 낫잖아요."

"…그렇게 생각했어?"

설우담이 되물었다.

"무슨 장사를 하려는지 모르지만, 내가 있으면 불편한 일이겠죠. 그래서 지금까지 어떤 상단을 만들지 자세한 말을 하지 않은 것일 테고요. 그러니까 누님이 일을 제대로 시작하려면 이쯤에서 제가 떠나는 것이 좋을 거예요. 그렇죠?"

시월의 질문에 설우담이 침묵을 지켰다.

침묵을 곧 긍정이다.

"너무… 위험한 일은 하지 말아요."

시월이 침묵하는 설우담에게 부탁하듯 충고했다.

"알았어. 내 걱정은 하지 마. 아저씨도 있으니까."

설우담이 대답했다.

그러자 시월이 정색하며 말했다.

"한 대인은… 위험한 사람이에요."

"…그게 무슨 소리야? 그분이 날 얼마나 위하는지 너도 보았잖아?"

"누님에 대한 한 대인의 마음을 의심하는 게 아니에요. 한 명의 상인으로서 그는 위험한 사람이란 뜻이죠. 그가 하는 거래들은 언제든 피바람을 불러올 수 있는 것들이에요."

"…너, 그동안 아저씨 뒷조사를 했니?"

설우담의 굳어진 표정으로 물었다.

"그럼 제가 이 연경에서 며칠 동안 놀고만 있었겠어요?"

시월이 퉁명스럽게 대답했다.

"난 적어도 아저씨만큼은 진심으로 대하고 싶어. 뒷조사 같은 거 하고 싶지 않았어."

설우담이 한철산의 주변을 조사한 시월의 행동이 불만스러운지 퉁명스럽게 말했다.

하지만 시월은 냉정하고 단호했다.

"그건 누님 입장이고요. 난 다르죠."

"너… 에이, 알았어. 너로서는 그럴 수도 있지. 그래서 뭘 알아 냈는데?"

설우담이 단호한 시월의 태도에 한발 물러서며 물었다.

그러자 시월이 대답했다.

"첫째, 한 대인의 기산장은 주인이 둘이에요. 한쪽은 당연히 한 대인이고, 다른 쪽은 관의 일을 하는 몇 명의 고관들이고요. 단 순히 뇌물을 주고받는 사이가 아니라 그 관리들이 기산장 절반의 주인인 거죠."

"정말?"

설우담이 놀란 듯 되물었다.

"예. 그래서 관과의 거래가 수월했던 거죠. 장성 너머 이족과의 거래도 그렇고."

"그렇구나. 그런데 그게 왜 위험하단 거야? 관리들과 한배를 탔 다면 안전한 거잖아?"

"관리들은 어느 한순간에 정적으로부터 공격을 받을 수도 있어 요. 그렇게 되면 기산장이 문제가 될 거예요."

"…그건 그럴 수도 있겠네."

설우담이 고개를 끄떡였다.

"그런데 그보다 더 큰 문제는 기산장이 하는 거래예요. 한 대인 은 관의 묵인하에 북방의 이족들과 밀무역을 하고 있어요. 그런데 그중에는… 마련의 인물들도 있는 것 같아요."

"마련?"

설우담이 다시 한번 놀란 얼굴이 되었다.

"확실해요. 상인은 이득이 되면 귀신과도 거래한다지만 그래도 마련과의 거래는 위험하죠. 이족과의 밀무역이야 관의 관리들이 묵인해 주겠지만, 마련과의 거래가 일정 수준 이상인 게 드러나면 의천무맹에서 가만 있지 않을 거예요."

"……"

시월의 경고에 설우담이 잠시 침묵을 지켰다.

그러다가 입술을 살짝 깨물면서 입을 열었다.

"네 걱정은 알겠어. 하지만 시월, 난 이제 상인으로 살 거야. 상인이라면, 그런 위험을 회피하는 것이 아니라 그 안에서 최대한 이득을 얻을 생각을 해야 해. 위험하다고 해도 그게 상인의 삶이야."

설우담의 대답은 단호했다.

그 대답을 듣는 순간 시월은 이제 더 이상 자신이 해줄 충고는 없다는 걸 깨달았다.

짧은 세월이지만 그가 살아온 고단한 삶 속에서 깨달은 것이 있다면, 결국 인간은 누가 뭐라 해도 각자 자신만의 길을 살아간다는 것이었다.

그 운명의 길은 다른 사람들이 바꾸려 해도 바꿀 수 없는, 온전히 그 길을 걷고 있는 사람만의 것이다.

"기왕 시작한 거 꼭 대상(大商)이 되요. 나중에 나도 신세 좀 지게."

더 이상의 충고를 의미 없다고 생각한 시월이 농을 던졌다.

"하하, 알았어. 내가 나중에 경치 좋은 곳에 장원 하나 지어 줄게."

설우담이 크게 웃음을 터뜨리며 말했다.

"이제 우린 돌아가서 떠날 준비를 해요."

시월이 이화검에게 말했다.

"알았어요. 생각해 보니 칠선문을 떠난 지도 벌써 다섯 달이나 지났어요."

"정말 그렇군요. 이렇게 오래 떠나 있을 줄은 몰랐는데……."

시월이 만화도가 그리운지 고개를 끄떡였다.

떠나기로 결심한 다음 날, 시월과 이화검은 새벽부터 일어나 떠날 준비를 한 후, 아직 해가 뜨지 않은, 안개 자욱한 길 위에서 설우담과 작별했다.

이별은 길지 않았다.

말 세 필을 준비하고 그중 한 필에 여행에 필요한 짐을 얹는 것이 전부였다. 나머지 두 필의 말에 시월과 이화검이 오른 후 두 사람은 설우담과 항이의 배웅 속에 새벽안개 속으로 길을 떠났다.

*   *   *

끼룩끼룩……!

물새가 한가로운 울음을 울며 호수 위를 유유히 날아간다. 아름다운 호수에는 뱃놀이를 즐기는 풍류객들로 가득하다.

하늘 아래 가장 호화롭다고 알려진 항주 서호의 풍경은 여행객의 발걸음을 잡아 두기에 충분했지만, 백문보와 백유검은 그 풍경들이 눈에 들어오지 않았다.

사람은 가진 것보다 가지지 못한 것에 대해 더 심한 목마름을 느끼는데, 가진 것조차 모두 잃은 두 사람에게 서호의 아름다움은 왠지 모를 분노를 일으키는 풍경일 뿐이었다.

그곳에서 뱃놀이를 하는 자들을 모두 베어 버리고 싶다는 생각이 들 정도로.

그나마 대부인 홍은이 도주하는 와중에도 챙겨 나온 금은 패물들이 있어서 작은 객잔 한 층을 빌려 항주까지 따라온 문도들이 쉴 곳을 마련할 수 있는 것이 다행이었다.

그렇지 않았다면 그들은 이 화려한 도읍에 들어와서도 노숙하거나 근방의 무림 문파를 찾아 도움을 청하는 비참함을 견뎌야 했을 것이다.

"내일은… 마차를 한 대 빌려야겠다. 시전에 나가 옷도 몇 벌 맞추고."

신검산을 떠난 이후 줄곧 우울한 모습을 하고 있던 백문보가 오늘도 입맛이 없는지 일찍 수저를 내려놓으며 말했다.

그러자 대부인 홍은과 백유검이 함께 수저를 놓으며 백문보를 바라봤다.

홍은이 가지고 온 패물들도 이제 거의 바닥이 나고 있었다. 이런 와중에 마차를 구하고 새 옷을 마련하는 것은 사치스러운 일이었다.

"이런 꼴로 금가장에 갈 수는 없지 않느냐?"

백문보가 자신을 바라보는 백유검에게 말했다.

그제야 백유검은 내일 자신이 항주 금가장에 가야 한다는 사실을 깨달았다.

"그렇군요. 혼사를 매듭지으러 가는 데 이런 꼴로 갈 수는 없지요."

백유검이 고개를 끄떡였다.

신검산을 떠난 이후 줄곧 입고 있던 무복은 너무 낡아 있었다.

"그런데 금가장에서 과연 이 혼사를 하려 할까요?"

대부인 홍은이 조심스럽게 입을 열었다.

"어떻게든 성사를 시켜야지."

백문보가 지그시 입술을 물며 말했다. 어떤 일이 있어도 금가장
주의 딸 금송과 백유검의 혼사를 성사시키겠다는 의지가 얼굴에
드러났다.

사실 지금의 백문보로서는 그것이야말로 월문의 재기를 도모할
수 있는 거의 유일하면서도 가장 쉬운 방법이었다.

금가장의 막대한 재력을 이용할 수 있다면 백문보는 중원에 새
로운 월문의 터전을 세울 수 있을 것이다.

이후에 십대천문의 지위와 월문신룡 백유검의 명성을 이용해
무인들을 모으면 다시 한번 월문의 영화를 재현해 볼 수 있을 거
라 생각하는 백문보였다.

그를 위해 금가장과의 혼사가 중요했다. 금가장의 지원을 얻지
못한다면 뭔가를 시도할 기회조차 없기 때문이었다.

"두 분 장로는 왜 아직 연락이 없을까요?"

홍은이 문득 일장로 고태와 삼장로 천중한을 입에 올렸다.

지금 백문보 곁에 남은 무인 중에 쓸 만한이라고는 이장로 마건
과 묵천이단의 단주 고청신, 정천보 정도뿐이었다.

백유검을 따르는 창천검대의 젊은 무인 대여섯 명도 남아 있기
는 했지만, 그들은 월문 몰락의 충격이 너무 커서 아직도 제정신

을 차리지 못하고 있었다.

그 외 십여 명의 문도들은 지금까지 월문을 떠나지 않고 머물러 있는 것이 고마울 뿐이지, 월문의 재건을 위해 큰일을 할 수 있는 사람들이 아니었다.

그래서 고태와 천중한, 두 노회한 고수의 존재가 더욱 절실한 백문보였다.

그런데 신검산을 떠난 지 거의 석 달이 지났음에도 마련과의 싸움 당시 신검산에 남은 고태와 천중한은 아직도 백문보 일행으로 합류하지 않고 있었다.

한 사람의 고수가 아쉬운 상태에서 두 사람의 빈자리는 무척 크게 느껴지고 있었다.

더군다나 신검산에 남은 두 사람이 생존한 월문의 문도들을 수습할 수 있었다면 얼마간의 전력이라도 만들어올 수도 있었기에 더욱 기대하고 있는 백문보였다.

"곧 오겠지요. 아마 문도들을 한 사람이라도 더 모으기 위해서 늦어지고 있을 겁니다."

백유검이 말했다.

"그렇다면 좋겠지만, 난 혹시 두 사람이 아예 우리를 떠난 것이 아닌지 걱정이 되는구나."

홍은이 불안한 표정으로 말했다.

"그런 말 마시오! 그 두 사람은 나와 함께 평생 강호를 종횡한 사람들이오. 결코 월문을 떠날 일은 없소."

한때 그들이 늙었다는 핑계로 월문의 일에서 배제했던 일을 잊은 듯 백문보가 단호한 표정으로 말했다.

*   *   *

"흐흐흐, 역시 인연이란 건가?"

등은 굽고, 한쪽 팔이 없다. 머리에는 비록 건을 쓰기는 했지만 거의 남아 있지 않은 머리카락조차 백발이다.

비단옷을 입었지만, 추레함을 감추지 못한 노인이 하나밖에 남지 않은 팔로 지팡이를 짚고 서서 포목점에서 흥정을 하고 나오는 홍은과 백유검을 지켜보고 있었다. 미소를 지으며 벌어진 입 속으로 검게 변한 이빨들이 몇 개 드러나 보였다.

"월문을 빼앗기고 도주한 사람들이 항주까지 왔다는 것은 결국 금가장에 빌붙겠다는 뜻인데… 후후, 아직 소식을 듣지 못했나 보군. 하긴 금가장 안에서도 쉬쉬하는 일이니 정신없이 도망쳐 온 자들이 그 소식을 들었을 리 없지."

노인이 뭐가 그렇게 기분이 좋은지 연신 웃음을 흘렸다.

그러다가 문득 지팡이에 의지해 걸음을 옮기며 다시 중얼거렸다.

"그래도 오랫동안 인연을 맺었던 사이인데, 금가장에 가서 비참한 꼴을 당하게 할 수는 없지. 후후, 생각지도 못한 기회를 잡게 됐어. 평산 오가장이라면 백씨 부자에게도 나쁜 제안은 아닐 거야. 이렇게 나에게 다시 한번 기회가 오는구나. 허허허!"

노인이 굽은 어깨를 들썩이면서 음흉한 웃음을 흘렸다.

*   *   *

"문주님! 잠시 들어가도 되겠습니까?"

포목점에 들렀다 돌아온 백유검과 서탁을 마주하고 앉아 금가장과의 혼사를 어떻게 성사시킬지 의논하기에 여념이 없는 백문보의 객방 문을 이장로 마건이 두드렸다.

"들어오시오."

백문보가 얼른 대답했다. 마건의 목소리에서 긴장감이 느껴졌고 그건 곧 중요한 문제가 생겼다는 뜻이었다.

백문보의 허락이 있자 이장로 마건이 문을 열고 객방 안으로 들어왔다.

"무슨 일이 있소?"

객방으로 들어온 마건의 표정이 밝지 않은 것을 본 백문보가 굳은 표정으로 물었다.

"…누가 문주님을 뵙고자 한다는 청을 해왔습니다."

"누가 말이오?"

"그것이……."

마건이 말하기 곤란한 듯 말을 흐렸다.

"말해보시오. 대체 누구이기에 말하기 어려워하는 것이오?"

"…군자의 공천보! 그자가 왔습니다."

"……."

마건의 말에 백문보가 당황한 듯 말없이 마건을 바라봤다. 마치 마건이 군자의 공천보라도 되는 듯싶었다.

"누구라고요?"

놀라긴 백유검도 마찬가지였다. 백유검이 의자에서 일어서며 물었다.

"군자의 공천보, 그자가 왔습니다."

"그 늙은이가 감히!"

백유검이 당장 달려 나가 군자의 공천보의 목을 벨 것 같은 기세로 화를 냈다.

"진정해라. 그렇게 흥분할 일이 아니다. 그자가 이런 시기에 날 찾아온 것은 뭔가 거래를 할 거리가 생겼다는 의미겠지. 사악한 자지만 거래를 할 때는 항상 큰 물건을 준비하는 자니 만나보는 것도 나쁘지 않을 것 같다."

"하지만 아버님, 그자 때문에……."

"그자가 배신하기는 했지만 그 덕분에 운중오문과 인연을 맺어 십대천문까지 되었으니 본문에 전화위복의 기회를 만들어준 자가 아니냐. 이번에도 또 모르지. 의도치 않게 본문에 좋은 기회를 만들어줄지."

"사악한 짓을 벌일지도 모릅니다."

"그럼 그때 죽이면 된다. 데려오시오. 한번 만나봅시다."

백문보가 마건에게 말했다.

"알겠습니다. 객잔 건너편 반점에서 기다리고 있으니 바로 데려오겠습니다."

마건이 대답한 후 서둘러 객방을 나갔다.

"그동안 어디 있었던 것일까. 칠랑을 놓아준 후 자신의 거처에서 자취를 감췄다고 했는데. 운중오룡조차 그의 행방을 몰랐는데 갑자기 항주에서 날 찾아오다니."

마건이 객방을 나가자 백문보가 고개를 갸웃거리며 중얼거렸다.

　　　　*　　　　　*　　　　　*

　과거와 너무 다른 추레한 모습의 군자의 공천보를 마주하고 백문보와 백유검은 말을 잃었다.

　그들이 알고 있는 공천보가 지금 눈앞에 있는 늙은 불구의 노인이 맞나 의심부터 하지 않을 수 없는 상황이었다.

　"문주! 오랜만에 뵙소이다. 흐흐흐!"

　성정도 과거와 같지 않다.

　과거에는 도도한 면이 있어서 입 한 번 열 때마다 신중하던 인물이었는데, 지금은 비굴함을 타고난 사람처럼 굽신거리며 말을 쏟아냈다.

　"정말 군자의가 맞소?"

　백문보가 믿을 수 없다는 듯 물었다.

　"그렇소이다. 몰골이 흉측하게 변해 놀라셨나 보구려."

　"이게 대체… 어찌된 일이오?"

　"뭐… 이런저런 사정이 있었지요. 그런데 몸이 불편해서 그러는데 좀 앉아도 되겠소이까?"

　공천보가 비어 있는 의자를 보며 물었다.

　"아, 이리 앉으시오."

　백문보가 얼른 손을 내밀어 앉기를 권했다.

　"고맙소이다. 아이구! 이거 참 이젠 잠깐 서 있는 것도 힘이 드네. 후우!"

　군자의 공천보가 의자에 엉덩이를 붙이고 앉으며 한숨을 내쉬었다.

그런 공천보를 물끄러미 바라보고 있던 백문보가 정색하며 물었다.

"대체 어떻게 된 일이오? 몸이 이렇게 망가지다니. 강호에서 견줄 수 있는 의원을 찾을 수 없는 분께서……"

놀리는 말이 아니었다. 정말 군자의 공천보의 변화를 믿을 수 없어서 하는 말이었다.

그러자 공천보가 한순간 늙은 눈에서 독기를 흘려냈다.

"이게 다 그 빌어먹을 놈들 때문이오."

"누구 말이오?"

"누구겠소이까? 그 사악한 일곱 마리의 늑대를 말하는 거지."

"칠랑 말이오?"

"그렇소이다."

"…설마 칠랑이 군자의게 복수하러 갔다는 말이오?"

"그런 건 아니지만, 우연히 시월과 곽부 녀석을 만났는데, 놈들이 날 이 지경으로 만들었소이다. 그게 벌써… 몇 년 되었구려. 놈들이 내 손에서 벗어난 지 일 년 후쯤에 일어난 일이니까."

"우연히 만나게 되었다니… 그런 우연도 있소?"

백문보가 의심 어린 시선으로 공천보를 보며 물었다. 숨기는 것이 있지 않으냐는 표정이다.

하지만 공천보 역시 산전수전 다 겪은 자라 그 정도 의심은 너끈히 받아넘길 수 있었다.

"살다 보니 그런 일도 있더이다. 뭐… 우리 인생이 다 그런 것 아니겠소?"

공천보가 지그시 백문보를 보며 물었다.

월문의 몰락 역시 생각지 못했던 일 아니냐는 질문이었다.

순간 백문보의 눈가에 한차례 살기가 스치고 지나갔다. 월문의 몰락을 조롱하는 것은 결코 용납할 수 없었다.

하지만 백문보는 애써 살기를 참았다. 적어도 공천보가 왜 자신을 찾아왔는지는 들어 보고 싶기 때문이었다. 설마 그가 월문의 몰락을 조롱하러 왔다고는 생각할 수 없었다. 그건 곧 그의 목숨을 걸어야 하는 일이기 때문이었다.

"그렇구려, 인생사 참 알 수 없는 일이긴 하오. 오늘 우리 두 사람이 이런 비루한 모습으로 마주 앉을 거라고 누가 생각이나 했겠소. 그런데… 무슨 일로 날 만나려고 한 것이오? 우리 사이가 서로 위로받거나 조롱할 사이는 아닌 것 같은데?"

턱!

백문보가 말을 하며 옆에 세워 놓았던 검을 탁자 위에 올렸다. 어쭙잖은 말을 늘어놓는다면 오늘 공천보의 목을 베겠다는 뜻이다.

백문보는 단순한 협박이 아니라 정말 그러고도 남을 사람이었다.

"음… 그래도 우리가 과거 깊은 인연이 있던 사인데, 검을 먼저 들이대다니 서운하구려."

"본문을 먼저 배신한 것은 당신이오!"

백유검이 옆에서 차갑게 말했다.

그러자 공천보가 씨익 웃으며 백유검을 바라봤다.

"다른 사람은 몰라도 소문주는 그렇게 말하면 안 되지. 천년화정으로 소문주의 목숨을 구하고 강호십대고수의 반열에 오를 수 있게 해준 사람이 나인데 말이야."

"그렇다고 당신의 배신이 정당화될 수는 없소."

"하지만 그 일은 결국 모두에게 이득이 되지 않았나? 월문은 그 일로 운중오문과의 밀약을 맺고 십대천문이 되었고 난… 젠장, 그러고 보니 난 별로 얻은 게 없군. 그 녀석들도 결국 도망을 갔고. 또 내 몸은 이렇게 병신이 되었으니. 그러니 소문주, 날 원망하지 말고 동정해 줘야지 않겠나?"

뻔뻔한 공천보의 말에 백유검이 할 말을 잃고 그를 노려보기만 했다.

그러자 백문보가 차갑게 말했다.

"과거 일은 나도 따지고 싶지 않소. 그러니 어서 말이나 해보시오. 왜 날 찾아왔는지!"

"역시 문주는 대인이시오. 다만 이번에 조금 운이 좋지 않았을 뿐……."

"쓸데없는 소리 말고 어서 말해보시오. 당신이 날 찾아왔다는 것은 중요한 거래를 하고 싶다는 뜻일 텐데?"

"후후, 역시 짐작하고 계셨구려."

"말해보시오, 무슨 거래를 하고 싶소?"

백문보가 다그치듯 물었다.

그러자 공천보가 잠시 생각에 잠긴 듯하다가 느긋하게 입을 열었다.

"거래를 제안하기 전에 먼저 한 가지 소식을 전해야 할 것 같소. 그 일을 알아야 거래를 할 수 있을 테니."

"서론은 충분히 길었소."

백문보가 차갑게 말했다.

"알겠소이다. 내가 전할 소식은 금가장주의 딸 금송이 이제 금가장에 없다는 것이오."

"…무슨 뜻이오? 금송이 금가장에 없다니."

"말 그대로요. 잠시 외유를 나간 것이 아니라 이제 더 이상 금가장의 사람이 아니란 거요. 그러니… 소문주를 금송과 혼인시킨후 금가장의 도움을 받아 월문을 재건하려는 문주의 계획은 이뤄질 수 없소."

"……."

군자의 공천보의 말에 백문보가 마치 허를 찔린 사람처럼 입을열지 못했다.

그러자 곁에 있던 백유검이 급히 물었다.

"대체 그녀가 어디로 갔단 말이오?"

"그 이야기를 들으면 소문주의 마음이 무척 쓰릴 텐데?"

"말해보시오. 대체 금송은 어디에 있소?"

백유검이 당장이라도 공천보의 멱살을 잡고 흔들 기세로 물었다. 그러자 공천보가 얼른 입을 열었다.

"그녀는… 이미 혼인을 했네. 혼인을 했으니 당연히 그 남편을따라가지 않았겠나?"

쿵!

"혼인? 대체 그게 무슨 소리요? 그녀가 혼인을 했다는 소문이전혀 없었는데!"

백유검이 믿을 수 없다는 듯 소리쳤다.

"진정하고 내 말을 잘 들어보게. 내가 알아보니 그녀가 몇 달 전 소문주를 만나러 제남에 갔다 돌아오는 길에 살수들을 만났다고 하더군. 살수들의 기습에 거의 지옥 문턱까지 갔는데 마침 그곳을 지나던 젊은 고수들이 그녀를 구해줬다고 하네. 그들이 그녀를 항주 금가장까지 호위해 주었는데 그때 그 젊은 고수 중 한 명에게 그녀가 홀딱 반했다지 뭔가. 그래서 금가장을 돌아오자마자 그 젊은 고수와 혼인을 하겠다고 선언했다고 하더군."

"…대체 그자가 누구요?"

백유검이 이를 갈며 물었다. 당장이라도 달려가서 금송을 빼앗은 자를 죽일 것 같은 모습이다.

"내가 처음에 소문주의 속이 쓰릴 거라 말한 것은 금송이 마음을 뺏긴 그자의 정체 때문이네. 그 젊은 고수가 바로… 무광, 그 빌어먹을 놈이라니 믿을 수 있겠나?"

털썩!

공천보를 다그치기 위해 잠시 의자에서 엉덩이를 떼었던 백유검이 다리에 힘을 잃은 듯 의자에 주저앉았다.

그러고는 기습을 당한 사람처럼 넋을 놓고 멍하니 공천보를 바라봤다.

그로서는 도저히 믿고 싶지 않고, 믿을 수도 없는 이야기였다.

"그 말… 정말이오?"

백유검이 넋이 나가 입을 다문 사이 백문보가 분노를 참으며 물었다.

"내가 왜 거짓말을 하겠소? 정 믿지 못하겠다면 금가장에 직접 가보면 될 것 아니오. 하지만 나라면 그런 모양 빠지는 짓은 하지 않겠소. 금송이 없는데 금가장에 가서 그들이 던져주는 동정의 금자를 받는 것은 문주께서 견딜 수 없는 수모 아니겠소. 그런 일을 자처해서 당할 이유가 없지 않소?"

공천보가 백문보에게 물었다.

그러자 백문보는 더 이상 입을 열지 않았다. 백문보 부자가 말을 잃자 공천보가 드디어 때가 되었다는 듯 다시 입을 열었다.

"그래서 하는 말인데 꿩 대신 닭이라고. 내가 소문주에게 좋은 혼처 한 곳을 소개하고 싶은데 내 말 한 번 들어보시겠소?"

*   *   *

"평원 오가장 말이오?"

백문보가 공천보에게 물었다.

"그렇소."

"겨우 삼십육방문 정도를 유검의 혼처로 삼으란 거요?"

백문보의 얼굴이 모욕감으로 물들었다. 십대천문이 아니라면 아무리 양보해도 십팔장문 정도는 되어야 백유검의 혼처로 어울린다 생각하는 백유검이었다.

공천보가 말한 평원 오가장은 의천무맹의 문파 중 가장 아래 지위에 있는 삼십육방문 중 하나였다.

물론 강호에서 보자면 삼십육방문에 속한 문파들 역시 무시할 수 없는 강자들이다.

하지만 십대천문으로 군림해 온 월문의 입장에서 삼십육방문은 눈에 들어오는 문파가 아니었다.

"물론 문주의 눈에 차지 않을 수도 있소. 하지만 몇 가지 측면에서 오가장은 소문주의 혼처로 무척 좋은 곳이오."

"뭐가 좋다는 거요?"

백문보가 퉁명스럽게 물었다.

"잘 들어 보시오. 일단 오가장은 무림 문파치고는 상계에서의 활동이 많아 십팔장문을 능가하는 재력을 가지고 있소. 지금 월문에 필요한 것이 재물이라면 오가장은 그 재물을 충분히 지원할 수 있는 문파요."

"…흠, 그렇긴 하군."

백문보가 굳었던 표정을 풀며 고개를 끄떡였다.

"두 번째는 다른 문파와의 혼인할 경우 그들의 도움을 얻어내는 것이 전부지만, 오가장주의 딸과 혼인을 하면 아예 오가장 전부를 가질 수 있소. 오가장주에게는 오직 딸 하나만 있을 뿐 다른 혈육은 없고 또 가까운 혈족 중에 후세자가 될 만한 인물이 없단 말이오. 이럴 때 월문신룡이 오가장주의 사위가 되면 소문주가 오가장을 온전히 손에 넣을 수 있을 것이오."

공천보의 말에 백문보와 백유검 모두 표정이 일변했다.

처음 삼십육방문이라 무시했던 오가장이 어쩌면 그들에게 그 어떤 문파보다 좋은 기회를 줄 수도 있다는 생각이 들기 시작한 것이다.

오가장을 온전히 차지할 수 있다면 십대천문 중 한 곳과 혼사를 성사시키는 것보다 더 큰 이득이 있을 수 있었다.

"그런데 오가장주가 이 혼사를 받아들이겠소? 오가장의 재력을 탐내는 문파들이 적지 않을 텐데."

"바로 그것 때문에 문주와 내가 거래를 할 수 있는 것이오."

공천보가 음흉한 미소를 지으며 말했다.

그러자 백문보가 욕심 가득한 표정으로 말했다.

"일이 어떻게 되는지 어서 말해보시오."

"무림에는 널리 알려지지 않았지만 지금 오가장주는 중병에 걸려 있소. 여러 의원이 그를 치료했지만 지난 일 년여간 그의 병세는 계속 나빠져만 갔소. 이대로라면 몇 달을 넘기지 못할 거라 하더이다. 그래서 그는 천금을 들여 천하의 명의를 초대하고 있소. 당연히 항주에도 그의 병을 치료할 의원을 찾는 오가장의 고수가 왔소. 그리고 그가 날 찾아왔소. 이래 봬도 내가 항주에선 제법 유명한 의원이라서 말이오."

"…군자의, 그대의 의술이라면 당연히 그렇겠지. 물론 당신 이름을 쓰고 있진 않겠지만."

"후후, 맞소. 그 빌어먹을 칠랑 놈들이 날 찾을까 봐 내 이름 석 자도 함부로 쓰지 못하는 신세긴 하오. 아무튼 그래서 난 이제 오가장을 가볼 참이었소. 그런데 마침 이럴 때 문주를 만나게 된 것이오."

"그를 살려주는 대가로 이 혼사를 성사시키겠다는 것이오?"

"뭐 비슷하기는 하오. 그를 치료하면서 그의 딸에게 믿을 만한 남편이 필요하다고 설득하면, 그리고 그 상대가 월문신룡이라면 그도 관심을 보일 것이오. 그가 병으로 누운 이후 오가장의 실권을 장악한 두 총관이 노골적으로 오가장을 차지하기 위해 욕심을 부리고 있다는 소문도 있으니 더더욱 믿을 만한 사위가 필요할 것이오."

"음… 그런데 그가 몸을 회복한다면 유검은 결국 오가장주의 사위에 지나지 않을 것 아니오?"

백문보가 물었다.

그러자 공천보가 다시 음흉한 미소를 지으며 말했다.

"그가 내게 자기 몸을 맡긴다면 그가 살고 죽는 것은 오직 내
손에 달려 있지 않겠소? 뭐⋯ 목숨은 붙어 있어도 사람 구실 못
할 수도 있는 것이고⋯⋯."

"그래서 모든 일이 계획대로 되었을 때, 내가 그대에게 뭘 해줘
야 하오?"

백문보가 물었다.

"뭐, 많은 것을 바라는 것은 아니오. 내가 편히 노후를 보낼 수
있는 작은 장원 하나와 의술을 연구할 수 있는 얼마간의 지원이
필요하오. 이 모습으로 죽기는 억울하니까. 그리고 혹시 기회가 되
면 그 빌어먹을 칠랑 놈들을 죽일 수 있는 기회 정도. 그건 문주
도 원하는 바가 아니오?"

공천보의 미소가 더욱 짙어졌다.

$$*\qquad*\qquad*$$

남쪽으로 내려올수록 북방 무림에서 벌어진 월문의 몰락에 대
한 충격이 오히려 더 커지는 듯했다.

처음 강호에 그 소식이 전해졌을 때는 월문의 패배를 믿지 않는
사람도 있었다고 한다.

특히 월문신룡 백유검은 강호 후기지수 중 최강자로 꼽히는 고
수였고 문주 백문보의 지략은 정파 제일로 알려져 있었기에 월문

의 패배는 쉽게 받아들이기 힘든 일이었다.

하지만 몰락한 월문주 백문보가 장성까지 의천무맹 구원대 호위를 받아 후퇴하고, 중원에서 활동하던 마련의 마인들이 대거 장성을 넘어 만계지마가 차지한 신검산으로 향하자 월문의 몰락은 의심할 수 없는 사실이 되었다.

그리고 그 파장은 생각보다 컸다.

마련의 출현이 이후 십여 년간, 정사 양도의 무림인들은 무림 곳곳에서 크고 작은 충돌을 일으켜왔다.

그러면서도 전면전이라고 불릴 만한 싸움은 해동 이가검문과 일월문의 싸움을 제외하고는 거의 없었다.

마련의 마인들은 어둠 속에서 활동하면서 간간이 정파 무림인들을 공격했고, 정파 무림인들은 마인들의 공격에 몸을 사리면서도 여전히 무림의 주인으로 군림하고 있었다.

그러던 무림의 형세가 월문이 몰락한 것을 기점으로 변하기 시작한 것이다.

장성 이북 정파 무림의 세가 크게 약화하면서 장성을 경계로 요동을 제외하면 북방 무림은 거의 마련의 세력권으로 변하고 있었다.

반면 마련의 마인들이 대거 빠져나간 장성 이남에서는 정파 무림인들의 활동이 한결 자유로워졌다.

무림은 이제 정사가 장성을 경계로 대치하는 모습으로 변하고 있었다.

그건 결국 언젠가 양쪽으로 분할된 정사 양 세력이 큰 싸움을 벌일 것을 예상하게 만드는 일이었다. 그리고 당연하게 정사 양도의 수뇌들은 그 싸움에 대비하기 시작했다.

하지만 적어도 그 큰 싸움이 일어나기 전까지 무림은 잠깐의 평화기에 들어서고 있었다. 마치 폭풍이 오기 전의 고요처럼……

그리고 그즈음 시월과 이화검은 긴 육로 여행을 마치고 드디어 무량포에 들어서고 있었다.

*   *   *

"아니 또 왜 나왔어. 조심해야 하는 사람이!"

무량포 초원루의 총관 황평이 그보다 훨씬 어려 보이는 여인이 초원루 밖으로 나오자 얼른 다가서며 말했다.

"잠깐 산책하는 것은 오히려 아이에게 좋다고 향로 동생이 말했어요. 그리고 사람이 어떻게 방 안에만 갇혀 지내요."

"그래도 지금은 조심해야 할 때란 말이야."

황평이 조금 나온 듯한 여인의 배를 만지며 말했다.

그의 얼굴에 불안한 기색이 역력하다.

"나만 아이를 가진 것도 아니고, 세상 모든 여자가 아이를 낳는단 말이에요. 그런데 왜 이렇게 유별나게 굴어요. 사람들이 비웃는단 말이에요."

여인이 황평을 타박했다.

"제길, 비웃으라지. 난 아무 상관 없어. 당신과 아이만 건강하면 아무렇지도 않아."

"말 좀 좋게 해요. 배 속 아이가 들어요."

"아, 아하하! 내가 또… 알았어. 조심할게."

황령이 머쓱한 표정으로 말했다.

"그나저나 요즘 무량포를 찾는 사람들의 부류가 좀 변한 것 같아요."

"음, 확실히 마도의 사람들이 줄어들었어. 소문대로 월문이 정말 망하긴 했나 봐. 마인들이 만계지마 중산이 차지한 신검산 주변의 북방으로 대거 이동하고 있으니까. 그래서 무량포에서도 마인들 보기도 힘들어. 덕분에 마도와 거래하는 흑상들도 많이 줄었고."

"초원루 손님도 줄겠네요."

"뭐, 대신 다른 상인들이 많이 오니까 상관없지. 자, 나는 오늘 밤부터 다시 열리는 야시장 준비를 해야 하니까 당신은 이제 그만 들어가서 쉬어."

"나온 지 얼마나 되었다고 들어가요. 해안가 산책 좀 하고 올게요. 몸을 움직여야 한다고 말했잖아요."

"그럼 같이 가."

"장사 준비를 해야 한다면서요?"

"그건 나중에 해도 돼. 어떻게 당신 혼자 보내. 무슨 일이 생기면 어떡하려고."

"하여간 이렇게 겁이 많은 사람인 줄 몰랐다니까. 루주님도 그렇고… 같이 가요."

여인이 황평의 팔짱을 끼며 말했다.

"히히, 그러자구. 내가 맛난 것 사줄게."

황평이 기분이 좋아져서 여인을 부축하듯 데리고 해안가를 향해 걷기 시작했다.

그런데 두 사람은 겨우 십여 장도 가지 못해서 걸음을 멈췄다.

"어?"

갑자기 걸음을 멈춘 황평이 놀란 표정을 짓자 여인이 불안한 표정으로 황평을 바라봤다.

"왜요?"

"저 사람들이 왜 저기서……?"

황평이 육로를 통해 무량포로 말을 타고 들어오고 있는 두 사람을 바라보며 의아한 표정을 지었다.

"아는 사람들이에요?"

여인이 물었다.

"내가 말했었지? 칠선문과 우리가 인연을 맺게 된 것은 칠선문의 어떤 한 사람 때문이라고. 저 사람이 바로 연시월, 그 사람이야."

"아, 그분이 저 사람이에요?"

여인이 놀란 표정으로 물었다.

"응. 바로 저 사람이야. 그런데 내가 알기로 저 두 사람은 요동에 있다고 들었는데. 언제 돌아온 거지?"

황평이 갑작스러운 시월과 이화검의 등장에 놀라는 사이 두 사람이 어느새 황평 앞에 다가왔다.

"대협! 이게 어떻게 된 일입니까?"

황평이 자신 앞에서 말을 멈춘 후 말에서 내리는 시월에게 물었다.

"나야말로 묻고 싶소. 어떻게 된 일이오?"

시월이 황평 옆에 서 있는 여인을 보며 물었다. 그러자 여인이 겁을 먹은 표정으로 슬쩍 황평 뒤로 몸을 숨겼다.

"요동에 가 계신다고 하더니 이곳 소식을 듣지 못하셨군요?"

황평이 되물었다.

"요동에서 육로로 장성을 넘어 내려왔소. 그래서 이곳 소식을 알지 못하오."

시월이 대답했다.

"그러셨군요. 어쩐지 배가 아니라 말을 타고 오셔서 조금 놀랐습니다."

"놀라기는 내가 더 놀라야 할 것 같은데… 그사이 무슨 일이 있었던 것이오?"

시월이 황평 뒤에 숨은 여인을 보며 물었다.

그러자 황평이 머리를 긁적이며 쑥스러운 표정으로 대답했다.

"뭐… 대단한 건 아니고. 제가 그새 장가를 갔습니다. 단기, 인사드려. 내가 말한 칠선문의 시월 대협이셔."

황평이 자신의 뒤에 숨듯 서 있는 여인에게 말했다.

그러자 여인이 주뼛거리며 조심스럽게 황평의 등 뒤에서 걸어 나왔다. 그리고 시월에게 꾸벅 고개를 숙이며 인사를 했다.

"대협께 인사드려요. 단기… 라고 합니다."

제6장
—
인연의 그물

"솔직히 말해보세요! 설마 협박해서 강제로 혼인한 건 아니죠?"

이화검이 무량포의 칠선문 거처로 들어오자마자 황평에게 따지듯 물었다.

"아니, 무슨 말을 그렇게 하십니까? 강제라뇨! 제가 뭐 아직도 예전… 흐흠……."

말을 하다 말고 황평이 멋쩍은 듯 입을 닫았다. 그의 모습으로 봐선 그의 젊은 부인 단기는 그가 과거 사막에서 노예상으로 일했던 사실을 모르는 것 같았다.

"그럼 황 대협이 어떻게 이렇게 예쁜 부인을 만날 수 있었을까요? 내가 보기엔 거의 스무 살 가까이 차이가 나는 것 같은데… 협박하지 않고는 어려운 일 아닌가요?"

이화검의 추궁에 황평이 억울한 듯 다시 변명하려는데 그의 아내 단기가 먼저 입을 열었다.

"그런 오해는 하지 마세요. 이 혼인은 저도 원해서 한 것입니다. 그리고… 언니께서 황 가가를 너무 오해하시네요. 황 가가는 좋은 사람이에요. 절대 강제로 여인을 취할 사람이 아니에요. 제게도 얼마나 잘해주는데요."

단기가 변명을 넘어 따지듯 말하자 이화검이 당황했다.

"아니, 난 꼭 그렇다는 게 아니라… 그런데 정말 이해가 안 되어서 그래요. 황 총관과 단기 동생의 나이 차를 생각하면 쉽게 맺어지기 어려운 관계인데……."

"나이가 무슨 상관이 있나요. 서로 좋으면 그만이죠. 황 가가는 제가 힘든 기녀 생활을 하지 않게 해줬고, 제 가족들도 잘 돌봐주었어요. 그렇다고 제가 그게 고마워서 혼인을 한 것은 아니에요. 저도 황 가가를 좋아해요. 남자답고 듬직하고… 그리고 나이 차이를 말씀하셨는데, 그렇게 따지면 칠선문의 무광 대협과 그 부인께서도 적지 않은 나이 차이신데요, 뭐……."

어린 부인 단기의 말에 시월과 이화검이 어리둥절한 표정을 짓다가 갑자기 눈이 커졌다.

"잠깐만, 지금 뭐라고 했어요? 무광 아주버님과 그 부인이라고 했나요?"

"그… 그런데요? 그게 왜……?"

이화검이 갑자기 큰 목소리로 되묻자 황평의 부인 단기가 자신이 뭘 잘못했나 하는 생각에 겁먹은 표정으로 되물었다.

"그 말은 지금, 무광 아주버님이 혼인을 했다는 건가요?"

"…그걸 모르셨나요?"

오히려 이상하다는 듯 단기가 되물었다.

그러자 황평이 두 사람의 대화에 끼어들었다.

"그러고 보니, 시월 대협과 이 여협께서는 요동에 가 계신 탓에 칠선문의 소식을 듣지 못하셨나 보군요. 무광 대협께서는 두어 달 전, 어리고 아름다운 부인을 맞으셨습니다."

"…어리고 아름다운? 대체 누구를요?"

이화검이 다시 물었다.

"금가장, 그 엄청난 가문의 금송 소저가 무광 대협의 부인이 되었지요."

"아……! 그게 정말 사실이에요?"

이화검이 탄성을 흘리다가 확인하듯 다시 물었다.

"제가 무엇 때문에 이런 거짓말을 하겠습니까. 정말 무광 대협과 금송 소저가 혼인을 했습니다."

"그런데 왜 우린 오면서 그 소문을 듣지 못했을까요? 금가장주의 딸이 혼인을 했다면 강호에 이미 널리 소문이 퍼졌을 텐데."

"그게… 금가장에서 그 혼인을 세상에 알리지 않았기 때문이라 더군요. 사실 금송 소저가 가문의 반대를 이기고 억지로 한 혼인이라서."

"금가장주가 그 혼사를 반대했단 겁니까?"

침묵을 지키던 시월이 물었다.

"그렇다고 하더군요."

"대사형을 직접 만나보고도 말이죠?"

"뭐… 그렇지요."

황평은 자신이 큰 잘못이라도 한 것처럼 말꼬리를 흐렸다.

"서운해 말아요. 금가장주는 무인이자 상인이에요. 정략혼을 포기하기 쉽지 않았을 거예요."

이화검이 위로하듯 말했다.

"그래도 기분이 좋지는 않군요. 대사형을 보고도 혼사를 반대했다니. 많지 않은 시간이지만, 강호를 돌아다니면서 난 대사형과 견줄 만한 인물을 보지 못했는데……."

시월이 기분이 상한 듯 말했다.

"시간이 지나면 그분도 큰아주버님의 진면목을 알게 되겠죠."

이화검이 위로하듯 말했다.

"그래서 지금 대사형은 어디에 계십니까? 항주에 계시다고 합니까?"

시월이 황평에게 물었다.

"칠선문으로 돌아갔습니다. 그 금가장의… 그러니까 새 부인과 함께……."

황평이 대답했다.

그런데 그때 문이 열리면서 초원루주 석자부가 급히 안으로 들어왔다.

"어? 정말 오셨구려. 전갈을 받고 긴가민가했는데……."

석자부가 시월을 발견하고는 반가운 표정을 지으며 말했다.

"어서 오세요. 그동안 잘 지내셨습니까?"

시월이 석자부에게 인사를 건넸다.

"하하하! 나야 뭐, 요즘 제법 살맛이 난다고나 할까. 이제 곧 손주 녀석이 태어날 것이라서 하하하!"

석자부가 그답지 않은 너털웃음을 터뜨렸다.

"손주라면… 설마 아이를 가졌어요?"

이화검이 황평의 부인 단기에게 물었다.

"예……."

단기가 부끄러운 듯 기어들어 가는 목소리로 대답했다.

"어머! 그렇구나. 축하해요, 미리 말을 좀 하시지!"

"이 여협이 날 매섭게 추궁하시는 통에 그 말을 할 기회가 없었
지요."

황평이 퉁명스럽게 말했다.

"아, 알았어요. 이제 더 이상 오해하지 않을게요. 아무튼 축하
해요."

"흐흐, 사실 따지고 보면 이 모든 것이 시월 대협 덕분이니 저
야 무조건 대협께 감사할 따름입니다."

황평이 시월에게 꾸벅 고개를 숙여 보였다.

그러자 시월이 미소를 지으며 단기에게 물었다.

"몸은 괜찮으세요?"

"예, 대협! 일전에 칠선문의 향로 언니가 오셔서 이것저것 필요
한 약재와 조심할 일을 알려주고 가셨어요. 그 덕에 전 아주 건강
합니다."

단기가 시월을 대하는 것이 어려운지 조심스럽게 대답했다.

"그렇군요. 향로 동생의 처방이라면 믿을 수 있지요."

시월이 고개를 끄떡였다. 그러자 석자부가 불쑥 물었다.

"그런데 두 분은 혼인한 지도 꽤 되었다고 들었는데 아직 소식
이 없습니까?"

"……?"

"……"

갑작스러운 석자부의 질문에 시월과 이화검이 당황한 표정으로 멀뚱히 서로를 바라봤다. 그러자 석자부가 충고했다.

"아이를 낳는 것도 다 때가 있는 법이니 미루지 말고 얼른얼른 아들딸 많이들 낳으시구려. 내가 곧 손주가 생길 것 같아서 하는 말이지만 참, 그 기분이 여간 특별한 것이 아니더이다. 인생에서 가장 행복한 기대감이랄까."

"그건 우리가 알아서 할 테니 상관 마세요."

이화검이 얼른 말했다.

"물론 그렇긴 하지만 그래도 서두르는 게 좋을 것이오."

석자부가 다시 말하자 이번에는 시월이 그의 말을 끊었다.

"충고 고맙소. 아무튼 그 일은 우리 부부가 알아서 하겠소. 그나저나 얼른 칠선문에 전서구를 보내주시오."

"알겠소이다. 마침 전서구 보낼 때가 되었으니, 오셨다는 소식을 전하겠소. 그럼 저녁에 봅시다!"

석자부가 시원하게 대답을 하고는 콧노래를 흥얼거리며 칠선문의 처소를 나갔다.

"사람이 저렇게 변하나?"

이화검이 콧노래를 흥얼거리며 나가는 석자부를 보며 고개를 절레절레 흔들었다.

석자부에게서 노예상의 흔적은 더 이상 찾아볼 수 없었다. 그는 이제 손주가 태어나기를 기다리는 평범한 노인이었다.

"단기와 제가 혼인을 한 것은 모두 루주님 덕분입니다. 사실 전

용기를 내지 못했는데, 루주님이 중간에서 많이 도와주셨지요. 단기 집안일도 다 해결해 주시고……."

"처음에 루주님을 뵈었을 때는 조금 두려운 마음이 있었는데, 지나고 보니 속마음은 무척 따뜻한 분이었어요. 평생의 은인을 만난 거죠."

단기가 아이가 들어 있는 배를 쓰다듬으며 말했다.

그러자 이화검이 할 말을 잃고 시월을 바라봤다.

황평 역시 겸연쩍은 표정으로 시선을 돌렸다. 석자부가 누군가에게는 이렇게 따뜻한 마음을 지닌 노인으로 비칠 수 있다는 게 신기할 따름이었다.

"아무튼 축하하오. 황 대협께서는 그만 부인을 모시고 돌아가 보시오. 몸조심을 해야 하니까."

시월이 황평에게 말했다.

"알겠습니다. 그럼 편히 쉬십시오, 대협!"

황평이 그렇지 않아도 단기가 너무 무리하는 게 아닌가 걱정하던 차에 잘 되었다는 듯 얼른 자리에서 일어났다.

"편히 쉬세요. 다시 찾아뵙겠습니다."

황평이 일어나자 부인 단기도 자리에서 일어나 공손하게 머리를 숙여 보인 후 황평과 함께 시월의 거처를 떠났다.

"신기하죠? 사람의 운명이란 것이. 천하에서 가장 악독한 노예상이 저렇게 변할 수도 있는 걸까요?"

"지금의 마음을 잃지 않길 바랄 뿐이지요."

시월이 담담하게 말했다. 그는 사람이 한순간에 변할 수 있는 존재라고 생각지 않았다.

언제 어느 때라도 특별한 계기가 있으면, 석자부는 다시 과거 그 악랄했던 노예상으로 돌아갈 수도 있었다. 다만 그에게 그런 불운한 일이 없기를 바랄 뿐이었다.

"그건 그렇고, 그의 말은 어떻게 생각해요?"

"무슨 말이요?"

시월이 되물었다.

"루주가 한 말 말이에요. 우리도 아이를 가져야 할 때가 되었잖아요."

"그거야… 우리 마음대로 되는 건 아니니까."

"노력해야죠. 필요하면 화노 어르신의 도움도 받고요."

"아이를 갖는 일에 의술까지 동원하고 싶지는 않은데……."

"…흠, 설마 아이를 갖고 싶지 않은 건가요?"

이화검이 의심스러운 표정으로 물었다.

"꼭 그런 건 아니지만, 지금 화검 당신이 곁에 있는 것만으로도 난 너무 행복해요. 더 이상 바랄 게 없을 만큼."

"그야 당연한 일이죠! 하지만 그래도 아이는 있어야 해요. 이제부턴 노력을 좀 하자고요."

"…알았어요."

시월이 조금 당황한 표정으로 대답했다.

"좋아요, 그럼 오늘 밤부터 당장 시작해요!"

이화검이 사내처럼 침상을 두드리며 당당하게 소리쳤다.

*　　　　*　　　　*

철썩철썩!

삼 일간의 야시장이 파한 무량포는 다시 파도 소리만 소란스럽다.

시월과 이화검은 작은 짐을 챙겨 메고 무량포 남쪽 해안가에 나와 서 있었다. 밤바람이 제법 찼지만 두 사람의 얼굴은 흥분으로 가득했다. 드디어 용선이 두 사람을 데리러 온 것이다. 두 사람이 무량포에 도착한 지 나흘 만의 일이었다.

"저기요."

문득 이화검이 손을 들어 어두운 바다를 가리켰다. 그녀의 손끝에 작은 소선이 걸렸다. 용선으로 두 사람을 데려갈 배였다.

"사제!"

소선이 해안가 가까이에 이르자, 소선을 몰고 온 사형 부리가 시월과 이화검을 알아보고는 반갑게 소리를 질렀다.

"사형! 어서 오세요!"

시월도 큰 소리로 사형 부리를 마중했다.

쿠욱!

부리가 소선의 속도를 줄이지 않고 해안가로 밀고 들어오자 뱃머리가 모래사장에 깊숙이 박혔다. 배를 세운 부리가 훌쩍 몸을 날려 시월과 이화검 앞에 내려섰다.

"사제, 잘 다녀왔어? 제수씨도 건강하시죠?"

"그럼요, 보시다시피 아주 건강하답니다!"

이화검이 사내처럼 팔을 들어 올리며 말했다.

"제수씨는 여전하시군요. 이제 만화도에 다시 생기가 돌겠어요. 역시 칠선문에는 제수씨가 있어야 하는 것 같습니다. 하하하!"

부리가 이화검의 귀환이 반가운지 크게 웃음을 터뜨렸다.

"제가 듣기로 우리가 없는 동안 칠선문에 새로운 식구가 들어 왔다면서요. 그래서 전 칠선문의 사람들이 제 생각은 안 하실 줄 알았는데요?"

이화검이 웃으며 말했다.

"어? 그 소식을 들으셨군요?"

"초원루에 도착하자마자 들었어요. 그런데 대체 어찌 된 일이에요?"

시월이 웃으며 물었다.

"그게 참… 사실 우리 사형제들은 지금도 당황스럽단다. 일이 이렇게나 빨리 진행이 되는지. 난 대사형께서 그렇게 무모한 분인 줄 몰랐다니까. 금가장에서 그냥 무턱대고 형수님을 데리고 온 거야. 금가장주가 반대를 하는데도. 대사형의 과단성을 또 남자답다고 형수님은 좋아하시고. 참 나……."

부리가 대사형 무광과 금송의 혼인이 지금도 믿기지 않는다는 듯 고개를 저었다.

"대사형을 생각하면 잘된 일이죠. 대사형께선 이미 서른을 넘기셨는데……."

"그야 그렇지, 하지만……."

"왜요? 문제가 있어요?"

말을 흐리는 부리에게 시월이 물었다.

"뭐… 문제라면 문제고, 달리 보면 전혀 문제가 아니고……."

"무슨 일인데요?"

이번에는 이화검이 부리의 대답을 재촉했다.

"그게… 형수님이 너무 의욕적이라서 말이죠. 우리 사형제들은 그 덕에 요즘, 아주 죽을 맛입니다."

"무슨 말인지 도통 모르겠네요."

이화검이 부리가 하는 말을 이해할 수 없다는 듯 어깨를 으쓱
했다.

"음, 일단 용선으로 가죠. 용선에 오른 후에 자세한 이야기를
해드리겠습니다."

시작하면 해야 할 말이 아주 많다는 듯 부리가 시월과 이화검
에게 먼저 배에 오르길 권했다.

"알았어요, 일단 가요."

시월이 대답을 하고는 이화검과 함께 소선 위로 올라갔다.

*   *   *

"어서 와! 사제!"

"어서 오게. 무사히 돌아오니 반갑네!"

용선에서는 소후와 소사공이 시월과 이화검을 기다리고 있었다.

"장로님! 사형! 그동안 평안하셨습니까?"

시월이 두 사람에게 안부를 물었다.

"우리야 뭐… 별다를 게 있나. 그런데 소식을 듣자 하니 결국
혼천마와 화중마를 죽였다고?"

소후가 물었다.

"제가 죽인 건 아니고요."

"소문에는 사제가 그들을 모두 제압했다고 하던데?"

소후가 의아한 표정으로 물었다.

그러자 이화검이 대답했다.

"화중마는 이 사람이 제압한 후 막내 숙부께서 목을 베었고, 혼천마는 이 사람과 검옹 할아버지가 함께 제압했어요. 하지만 사실은 모두 이 사람이 한 일이나 마찬가지죠."

"그랬군요. 역시 사제가 요동으로 가길 잘했군요."

소후가 고개를 끄떡였다.

"아이고, 이야기는 나중에 하고 나 좀 도와!"

용선에 오른 부리가 혼자 소선을 끌어 올리다가 소리쳤다.

그러자 소후가 화들짝 놀라 부리 옆으로 다가서며 말했다.

"말을 하지! 미련하게 혼자 그걸 끌어 올리고 있냐?"

시월과 이화검을 태운 용선은 즉시 만화도를 향해 출발했다. 만화도에서 다른 사형제들이 두 사람을 눈이 빠지게 기다리고 있기 때문이었다.

하지만 그렇다고 땅에서처럼 한달음에 만화도에 닿을 수는 없었다. 그래서 만화도로 가는 동안 용선 안에서 일행은 그간의 일에 대해 이야기꽃을 피우고 있었다.

"흠, 그 말이었군요. 송이 동생이, 아니, 이젠 형님이 된 건가? 아이참, 관계가 복잡해지네."

이화검이 말을 하다 말고 손으로 이마를 짚었다.

무광과 혼인을 한 금송은 이화검보다 두 살이 어렸다. 그래서 지난번 만났을 때도 이화검을 언니라고 불렀었다. 그런데 금송이 시월의 대사형 무광과 혼인을 했으니 한순간에 이화검의 윗사람이 되어 버린 것이다.

"호호, 제수씨! 심심한 위로를 표합니다."

부리가 이화검을 놀렸다.

"그래도 제 사정이 지금껏 장가갈 생각조차 못 하는 아주버님 만 하겠어요? 그 무뚝뚝한 대사형께서도 장가를 가셨는데, 그것도 아주 어린 부인을 얻어서 말이에요."

이화검이 슬쩍 미소를 지으며 부리를 놀렸다.

"아이고, 당장 항복입니다! 내가 어떻게 제수씨와 말싸움에서 이기겠어요."

부리가 두 손을 들어 올렸다.

"아니에요, 정말로 아주버님이 안타까워서 하는 말이에요. 진 심입니다. 제 마음을 믿어주세요."

이화검이 집요하게 부리를 놀렸다.

"제발, 이제 그만하세요. 내가 항복했잖아요!"

부리가 두 손을 모으며 말했다.

그러자 시월이 웃으며 이화검을 말렸다.

"화검, 이제 그만해요. 이러다가 정말 사형 울겠어요."

"후후, 그러니까 앞으로는 상대를 보며 놀리시라고요."

"알겠습니다, 제수씨! 명대로 따르겠습니다."

부리가 짐짓 머리를 조아리며 말했다.

"아무튼 송이 동생이 만화도를 바꾸고 있단 말이죠?"

부리의 항복을 받은 이화검이 본래의 화제로 돌아왔다.

"그렇다니까요. 워낙 부잣집 따님이라 그런지 항주에서 귀한 자 재를 마음껏 가져오고 있어요. 그래서 소 장로님도 여간 고생하시 는 것이 아니고. 칠선문에서 제대로 된 목수 일을 할 수 있는 사 람은 소 장로님 한 분이시니까."

"내 걱정은 말게. 난 요즘 아주 즐거우니까. 그동안은 용선을 모는 일 말고는 할 일이 없었는데, 금 부인이 오면서 할 일이 생겨 아주 즐겁다네."

소사공이 큰 소리로 소리쳤다. 그러자 소후가 소사공의 말을 거들었다.

"사실 형수님이 하시는 일이 칠선문에 나쁜 것도 아니야. 우린 좀 더 안락한 거처를 가지게 되었으니까. 또 오랜 세월이 지나도 무너지지 않을 성도 생겼고."

"성이요?"

시월이 소후의 말에 반문했다.

"음……."

"성을 쌓았어요?"

시월이 되물었다. 그러자 부리가 얼른 대답했다.

"그러니 우리가 얼마나 고생을 했겠어. 인부들을 불러 쌓을 수도 없는 일이고, 그 모든 일을 다 우리 사형제들이 다 해야 했지. 만화도에 석재가 풍부한 게 죄라면 죄지. 목재는 배로 실어 날라야 하니까. 아무튼 지금도 여전히 짓고 있으니까 시월, 너도 만화도에 가면 고생 좀 하게 될 거야."

부리가 경고했다.

"역시 금가장 분이라서 통 크게 일을 벌이시나 보군요."

시월이 말했다.

"그렇다니까? 돌아가면 제수씨가 한마디 해주세요."

부리가 이화검에 말했다.

"무슨 말을요?"

"좀… 적당히 하자고요. 칠선문은 무가(武家)지 상가가 아니잖아요. 무인들에게 거처란 누워 잘 수만 있으면 되는 거고요. 제수씨 말이라면 형수님도 들으실 겁니다."

"…흠, 일단 가보고요. 그런데 약속은 못 드려요. 새 사람이 들어왔는데 사소한 일로 얼굴 붉힐 수는 없으니까요."

"그야 그렇지만……."

부리가 말꼬리를 흐렸다.

"월문은 어떻게 된 거냐?"

소후가 슬쩍 화제를 돌렸다.

"그러게, 어떻게 그렇게 하루아침에 망했다냐?"

부리도 관심을 보였다.

"이런저런 이유가 있었지만, 결국 만계지마가 월문주보다 뛰어났던 거죠. 월문주가 어떻게 움직일지 만계지마는 모두 예상하고 있었어요. 그래서 그 빈틈을 노려 기습을 한 거죠."

"음, 머리싸움에서 패했다니 고소하기는 한데, 그래도 신검산 월문 장원은 난공불락의 요새인데……."

부리가 고개를 가웃했다. 지키려고 마음먹으면 절대 함락할 수 없는 곳이 신검산 월문 장원이기 때문이었다.

"폭설이 오던 날 밤, 월문주가 참지 못하고 먼저 기습을 하기 위해 정예 고수들을 이끌고 장원을 나갔어요. 만계지마는 일부러 도주하는 척 월문도들과 의천무맹의 구원대를 신검산에서 멀어지게 한 후, 마련의 마인들을 신검산 북벽으로 올려보내 장원 위쪽에서 기습을 했죠."

"뭐? 북벽을 올라?"

부리가 놀란 눈으로 시월을 바라봤다.

"예, 누구도 예상 못 한 일이죠. 폭설 속에서 신검산의 북벽을 오른다는 것은 거의 불가능한 일이니까. 아무튼 정예 전력이 빠져나간 상태에서 북벽을 넘어온 마인들을 장원에 남아 있던 사람들이 당해낼 수 없었어요."

"음… 북벽은 결코 쉽게 오를 수 없는 곳인데, 아무리 고수라도. 소후, 너라면 어때?"

부리가 소후에게 물었다. 칠선문의 사형제들 중 경공과 보법에 가장 능한 사람이 소후였다. 그래서 절벽을 타는 일 역시 소후에게는 익숙한 일이었다.

"나야 상관없지. 하지만 마련의 마인들이 모두 나 같지는 않았을 것이니 역시 만계지마는 무섭군. 처음부터 때를 기다려 북벽을 오를 생각이었던 거야. 아마도 북벽을 오를 때 특별한 도구들을 썼을 거야. 미리 준비를 해왔다는 거지."

"거기에 월문주가 정예 무사들을 이끌고 장원을 비웠으니 금상 첨화였죠."

이화검이 말했다.

"제길, 그런 식으로 멍청하게 신검산을 마인 놈들에게 뺏겼군. 그 양반 똑똑한 척은 혼자 다 하더니… 쯔쯔."

부리가 혀를 챘다.

"아마 지금쯤 더 절망했을 겁니다. 문주가 생존자들을 이끌고 항주로 간 것은 소문주와 금송 소저… 그러니까 형수님과 혼사를 어떻게든 이뤄내서 금가장의 도움으로 월문을 재건하려던 목적일 테니까요."

"흐흐, 그 욕심을 무광 대사형께서 깨버린 거네. 아주 고소하다 고소해! 하하하!"

부리가 월문주 백문보가 좌절한 모습이 눈에 보이는 듯 큰 소리로 웃음을 터뜨렸다.

하지만 부리와 달리 소후의 표정은 그리 밝지 않았다. 그는 잠시 생각에 잠겼다가 시월에게 조심스럽게 물었다.

"우담은 어찌 되었어?"

소후가 묻자 부리도 뚝 웃음을 그쳤다. 지금까지 설우담에 대한 이야기를 누구도 꺼내지 않고 있었다.

칠선문의 사형제들에게 소후가 있는 곳에서 설우담의 이름을 언급하는 것은 금기나 마찬가지였다. 그래서 월문 몰락이라는 대사건으로 이야기꽃을 피우면서도 설우담에 대해서는 한마디도 하지 않은 일행이었다.

그런데 소후가 먼저 설우담에 대해 물은 것이다.

"우담 누이는… 연경에 있어요."

"연경? 그들과 동행하지 않고?"

소후의 질문에 시월이 대답을 머뭇거리자 이화검이 대신 입을 열었다.

"그들은 동별당에 고립된 설 언니를 포기하고 도주했어요. 그래서 이 사람이 동별당으로 들어가 설 언니를 구했지요. 이후에 설 언니와 연경까지 함께 왔는데, 언니가 그곳에 남겠다고 해서 그곳에서 헤어졌어요. 이 사람은 칠선문으로 데려오고 싶어 했지만……."

"유검 그 빌어먹을 놈이 혼자 살겠다고 우담을 적진에 놔두고 도망을 가? 정말 후레자식이구나!"

부리가 분을 참지 못하고 욕설을 해댔다.

하지만 소후는 분노보다 걱정이 앞서는 모양이었다.

"연경에 남겠다고 했다고?"

소후가 시월에게 물었다.

"예, 그곳에서 상가를 일궈보겠다고 하더군요. 마침 연경에 누이의 돌아가신 아버님과 인연이 있는 거상(巨商)이 있어서 그 사람의 도움을 받기로 했어요. 장원을 마련하는 것을 보고 떠나왔습니다. 너무 걱정 마세요."

시월은 설우담이 연경에 남은 이유를 설명했다.

"그럼… 월문과는 완전히 인연을 끊은 거냐?"

"글쎄요, 그건 아닌 것 같아요. 누님이 말하더군요. 문주와 소문주가 스스로 자신을 찾아오게 만들겠다고."

"그건 또 무슨 헛소리야?"

부리가 화가 난 듯 소리쳤다.

"자존심인 거죠. 문주와 소문주를 굴복시키겠다는."

시월이 대답했다.

"그러니까, 왜 그런 쓸데없는 짓을 하냐고? 그따위 인간들 잊고 살면 그만인데……."

"십 년이에요. 월문의 사람으로 산 지… 그걸 하루아침에 정리하는 건 쉽지 않은 일에요."

이화검이 부리의 화를 달래듯 말했다.

"그리고 우담 자신도 칠선문으로 올 염치는 없었겠지."

소후가 말했다.

"염치는 무슨 염치! 어차피 그런 건 기대도 안 하잖아. 다만 사람 걱정시키지 말고 안전하게만 살아달라는 거지."

부리가 설우담의 결정에 화를 참지 못하겠다는 듯 소리쳤다.

"우담의 인생이니 우리가 이렇게 저렇게 살라고 강요할 수는 없는 일이지. 그런데 그 연경의 거상이란 사람은 어떤 사람이야? 믿을 만해?"

소후가 시월에게 물었다.

"따로 알아봤는데 연경에서 가장 큰 상가를 가진 상인 중 한 명이었어요. 관과도 친밀하고. 다만 사람은 좀 날카롭고 차갑고 냉정해 보이더군요. 하지만 그래도 우담 누이에게만큼은 진심인 것 같았어요."

"진심으로 우담을 돕는다면 그 사람 성정을 따질 일은 아니지. 하지만 누가 돕는다고 해도 상가를 일구는 일이 쉬운 일은 아닐 텐데……."

소후가 걱정스레 말했다. 이럴 때는 설우담이 그를 배신하고 떠난 여인이란 것을 잊은 듯 보였다.

"월문에 있을 때부터 생각해 놓은 계획이 있었대요. 그래서인지 무척 자신이 있는 것 같더라고요. 그리고… 아시잖아요. 우담 누이가 사실 우리들 중 그 누구보다 독하다는 걸. 분명히 자신이 원하는 일을 해낼 거예요. 문제는 그 이후지만……."

시월이 말을 끝내고 걱정스러운 표정을 지었다.

"그러게, 우담의 상가가 잘되면 잘 될수록 백유검 그 자식이 다시 우담을 찾아올 가능성이 커지니까."

부리가 짜증 난 표정으로 말했다.

"그래도 망하는 것보다는 낫겠지."

소후가 덤덤하게 말했다.

용선을 타고 만화도로 향한 지 삼 일째 되던 날 아침, 드디어 배는 만화도 인근에 닿았다.

황량한 만화도의 겉모습이 시월과 이화검을 맞았다. 하지만 그 안에는 세상에서 가장 아름다운 땅이 존재했다.

시월과 이화검은 만화도의 황량한 바위 절벽들이 보이자, 이제야 집으로 돌아왔다는 것이 실감 났다.

철썩!

만화도 외벽을 강하게 때리는 파도를 타고 용선이 두 개의 절벽이 겹친 듯한 공간으로 들어갔다.

부딪힐 듯 절벽을 스친 용선이 미끄러지듯 절벽 사이를 통과하자 드디어 눈부신 만화도 안쪽의 정경이 눈에 들어왔다.

"드디어… 돌아왔네요!"

만화도 안쪽 산비탈에 만발한 꽃들의 낙원을 보며 이화검이 감개무량한 표정으로 말했다.

"그러게요, 이제야 집에 왔어요. 후… 며칠간은 정말 잠만 잘 것 같아요."

"좋아요, 우리 한 삼사일 계속 잠만 자요!"

이화검이 시월의 팔짱을 끼며 말했다.

*   *   *

"시월!"

"시월! 어서 와라!"

접안대에서 시월을 반기는 사형들의 목소리가 잔잔한 수면에 파도를 일으킬 것처럼 요란했다.

시월이 용선 앞머리에 세워진 용두에 훌쩍 올라서서 사형들에게 손을 흔들었다.

"사형들! 잘 계셨어요?"

"하하하! 우리야 다 잘 있었지. 그런데 네가 없으니까 내가 막내라고 나에게만 일을 시켜서 아주 힘들었어. 이제 사제가 돌아왔으니 나도 한시름 놓았다. 하하하!"

곽부가 큰 소리로 웃음을 터뜨리며 소리쳤다.

장난삼아 한 말이지만 아주 틀린 말도 아니었다. 그동안 칠선문의 대소사에서 힘을 쓰는 일이나 허드렛일은 모두 곽부의 몫이었다.

시월이 없는 칠선문의 사형제 중에서는 무릉과 도원 그리고 곽부가 같은 나이로 가장 어렸다. 하지만 무릉과 도원은 한쪽 팔이 없어서 검을 쓸 때는 불편함이 없지만, 일을 할 때는 어려움이 많았다. 그렇다 보니 크고 작은 일은 거의 다 곽부의 차지였던 것이다.

그런데 이제 시월이 돌아왔으니 곽부의 자칭 머슴 생활에도 종지부가 찍히게 된 것이다.

"알았어요. 사형! 제가 일단 며칠 푹 쉬고 나서 사형 일을 도와드릴게요."

"어? 말 이상하게 한다. 네가 내 일을 돕는 게 아니라 그 일이 바로 네 일인 거야. 사제, 정신 차려. 여긴 강호가 아니라 칠선문이야. 칠선문에선 무공의 고하와 상관없이 사제가 막내라고! 알았어?"

"하하하, 알겠습니다. 사형, 제대로 할 테니 살살 좀 하시죠."

시월이 두 손을 모으며 사정을 하자 배 위의 사람들과 접안대에 몰려나온 사람들 모두 한바탕 웃음을 터뜨렸다.

"대사형! 돌아왔습니다."

용선에서 날아내린 시월이 먼저 무광 앞으로 다가가 포권을 하며 귀환 인사를 했다.

"어서 와라. 건강한 모습을 보니 좋구나. 네 소식은 간간이 들려오는 소문을 통해 듣고 있었다. 하루가 다르게 무림에서 사제의 명성이 높아지더구나. 자랑스러운 일이다."

"어쩌다 보니 그렇게 되었습니다. 그리고 사실 제가 이룬 모든 것은 사형들의 희생으로 이뤄낸 것들이니 제가 자랑할 일도 아니고요."

"후후, 우리 사형제들 누구도 그렇게 생각하지 않는단다. 네 재능과 노력이 만든 일이다. 우리 도움은 그저 작은 자양분일 뿐이고. 아무튼 건강하게 돌아와서 고맙다."

무광이 시월의 어깨를 두드리며 말했다.

그러자 시월이 슬쩍 무광 조금 뒤에 서 있는 금송에게 시선을 주며 말했다.

"그런데 대사형은 제가 강호에 나가서 한 일보다 더 큰 일을 벌이셨더군요. 형수님! 칠선문의 식구가 되신 것을 환영합니다!"

시월이 두 손을 모으고 깊이 허리를 굽혀 금송에게 인사를 했다.

그러자 뒤이어 용선에서 내린 이화검도 시월 곁에서 얼른 고개를 숙였다.

"형님! 큰아주버님과의 혼인을 축하드려요. 이제야 제가 이 남정네들의 문파에서 의지할 언덕이 생겼네요. 하하하!"

이화검의 호탕한 웃음에 금송의 얼굴이 발갛게 상기됐다.

"언니도 참… 어쩌다 보니 그렇게 되었어요. 앞으로 잘 부탁드 릴게요. 두 분은 모두 제 은인들이시니. 그리고 언니, 형님이라는 말은 좀……."

금송이 이화검을 보며 사정하듯 말했다. 그러자 이화검이 얼른 고개를 저었다.

"아뇨, 형님은 형님이죠. 칠선문도 엄연히 무림 문파로서의 법 도가 있는 곳인데."

"그래도……."

지난번에 보았을 때만 해도 언니라고 부르던 이화검에게 형님이 라고 불리는 것이 여간 불편한 것이 아닌 듯 금송이 다시 한번 사 정하듯 말했다. 그러자 시월이 웃으며 말했다.

"처음이라 그러실 겁니다. 시간이 지나면 차차 익숙해지시겠 죠. 그나저나 만화도가 정말 많이 변했네요. 사형들께 들은 것보 다 더 변한 것 같아요."

시월인 만화도를 둘러보며 말했다.

"좀 그렇지?"

무광이 겸연쩍은 표정으로 되물었다.

"형수님께서 수고가 많으셨다고요?"

시월이 금송에게 물었다.

"아, 예… 그게, 수고는 다른 분들이 하셨죠. 전 그냥… 계획만 세웠고요."

"본래 머리 쓰는 사람이 제일 힘든 거예요. 일단 구경 좀 시켜 주세요. 어떻게 변했는지."

이화검이 금송의 팔짱을 끼며 말했다.

"아… 예, 언니 그렇게 해요. 보시면서 마음에 안 드는 곳이 있으면 말해주세요. 바로 바꿀게요."

"무슨 그런 말씀을! 형님이 어련히 알아서 하셨을라구요. 전 사실 검이나 휘두를 줄 알았지. 집안 꾸미는 건 영 재주가 없거든요. 하하하!"

이화검이 다시 한번 사내처럼 웃으면서 금송의 팔짱을 끼고, 새로 단장된 칠선문 문도들의 거처를 향해 걸어가기 시작했다.

"월문이 몰락했다고?"

이화검과 금송이 다른 사람들과 함께 앞서가자 뒤늦게 무광이 시월에게 물었다. 그러자 시월의 얼굴에서 웃음기가 사라졌다.

"그렇게 되었습니다. 이가검문의 구원대를 따라 신검산에 가서 월문이 몰락하는 것을 제 눈으로 보았습니다."

"음… 사실 실감이 나지 않는구나. 월문이 그렇게 허무하게 몰락할 줄이야."

무광이 고개를 저었다.

"만계지마가 무서운 사람인 거죠. 문주는 그의 상대가 되지 못했습니다. 지략에 있어서."

시월이 말했다.

그러자 무광이 다시 입을 열었다.

"우담은?"

그의 시선이 조금 앞서가는 소후의 등에 닿아 있었다.

"월문주 부자는 동별당에 고립된 우담 누님을 포기하더군요. 그래서 제가 데리고 나왔습니다. 장원을 탈출한 이후에는 월문주

일행에 합류치 않고 연경에 정착했습니다. 그곳까지는 제가 동행
했고요."

"백씨 일족은 참으로 심성이 가혹한 사람들이다. 그런데 연경
에선 어떻게 살려고? 함께 오지 않고……."

"오면서 사형들께도 말씀드렸는데 누님이 연경에 무척 가까운
지인이 있습니다."

시월이 천천히 일행의 뒤를 따르면서 무광에게 그간 설우담에
게 일어난 일들을 설명했다. 무광은 간간이 탄식과 안도의 한숨을
쉬며 시월의 이야기를 들었다.

"아무튼 그렇게라도 월문을 벗어났으니 다행이구나."

시월의 이야기가 모두 끝나자 무광이 아쉬운 듯하면서도 안도
의 표정을 지어 보였다.

"완전히 월문을 떠난 것은 아니에요. 월문주와 소문주가 자신
을 찾아오게 만들겠다고 상인이 된 것이니까."

"그렇다 해도 만약 그렇게 된다면 그때는 서로의 입장이 바뀌
게 되는 것이니까 우담에게 나쁜 것은 아니지."

"아예 그들과 인연을 끊는 것이 더 낫죠."

"그렇긴 하다만 사람 인연이 어디 그렇게 쉽게 끊기더냐. 소후
는 뭐라고 해?"

무광이 앞서가는 소후를 보며 물었다.

"그냥 뭐 덤덤하게 받아들였어요. 물론 사형의 속마음이야 어
떨지 모르지만."

"저 녀석은 하여간 속내를 잘 드러내지 않아서 큰일이야. 저런
녀석들이 꼭 나중에 크게 사고를 친다니까."

"그래도 후 사형은 사려 깊은 사람이라서 그런 일 없을 거예요."

"그러길 바라야지."

무광이 고개를 끄떡였다.

그런데 그 순간 시월이 갑자기 실소를 흘렸다.

"이거 재밌는 구경을 놓쳐서 아쉽네요."

"재밌는 구경? 무슨 구경 말이냐?"

"문주와 소문주가 애써 항주까지 갔다가 헛물을 켜는 구경이요. 그들이 금송 소… 아니, 형수님이 대사형과 혼인을 해서 금가장을 떠났다는 사실을 알면 어떤 표정을 지을지. 하하하!"

시월이 기분 좋게 웃었다. 마치 과거 월문주 등이 칠랑에게 한 일에 대한 작은 복수를 한 것 같은 기분인 듯 보였다.

"일이 공교롭게 그리되었구나. 너와 제수씨도 그렇고. 역시 우리가 월문과 인연이 질긴 건가……."

무광은 이런 식으로 월문과 계속 인연이 얽히는 게 불편한지 표정이 좋지 않았다.

"어쩔 수 없는 일이죠. 물론 문주와 소문주의 성격상 이 일도 우리 때문이라고 원망하겠지만요."

"지나고 보니 그렇게 대단한 사람들도 아닌데 어릴 때는 왜 그렇게 두렵고 크게 보였던지……."

백문보를 두고 하는 말이다.

"그러게요, 지금은 외려 소인배도 그런 소인배가 없다 싶어요. 동정이 갈 만큼요."

"그만큼 네가 성장했다는 뜻이겠지. 이제 강호에서 칠선문의 연시월이라고 하면 모르는 사람이 없으니까, 후후!"

무광은 시월이 무림에서 이룬 성과들이 자랑스러운지 나직하게 웃음을 흘렸다.

"뭐, 사실 솔직히 말해서 무림에서 이제 제가 제법 유명해지기는 했죠. 하하."

시월도 덩달아서 농담을 던지며 기분 좋게 웃었다.

그러다가 문득 시월이 만화도 서쪽의 바위 비탈을 가리키며 물었다.

"저건 못 보던 건물인데 뭐죠? 마치 작은 성 같은데……."

시월의 손끝에 걸린 석조 건물은 시월의 말처럼 성처럼 단단해 보이는 외양을 가지고 있었다.

"아, 저거? 우리 칠선문의 수련처야."

"수련장을 저렇게 성처럼 지었다고요?"

시월이 의아한 표정으로 물었다.

"뭐, 꼭 수련처로만 쓰는 건 아니고. 아무래도 만화도 안쪽은 기후가 온화해서 식량이나 물건들을 저장하는 게 어렵잖아. 쉽게 상할 수 있으니까. 그런데 저곳은 빛이 잘 들지 않고 늘 서늘한 바람이 부는 곳이라서 창고 겸 수련장으로 쓰려고 만든 거지. 우리가 생활할 거처와 멀리 떨어져 있으니 비무를 할 때 소란스럽지도 않고."

"그래도 좀 과한데요?"

시월이 말했다.

"마지막 한 가지 용도가 더 있기는 하지. 하지만 그 용도로는 쓰일 것 같지는 않아."

"뭔데요?"

"강적이 침입했을 때, 피신해 적과 싸울 수 있는 용도로도 만든 것인데… 누가 만화도를 공격하겠어?"

"아, 그래서 성처럼 만든 거군요. 방어하기 용이하게."

"음, 저 사람 고집으로 만들기는 했는데, 괜한 일을 한 것 같기도 해. 그리고 아직 완성되지도 않았어. 만화도 주변의 바위들을 깨고 다듬어서 석재를 만들고 있거든. 아마 완성되려면 몇 달 더 걸릴 거야."

"후후, 형수님이 사형들을 제대로 부리고 계시는군요."

시월이 나직하게 웃음을 흘렸다.

"말도 마라. 그래서 사제들이 날마다 날 원망하고 있단다. 저 사람 앞에서는 입도 뻥긋 못 하면서."

무광이 금송과 사제들 사이에서 애를 먹고 있는지 고개를 저으며 말했다.

"그래도 덕분에 칠선문이 점점 제대로 된 문파의 모습을 갖춰가는 것 같아요."

"그렇긴 하지. 사람도 많아지고… 그래서 조금 부담스럽기는 하다. 이 사람들을 지켜내야 하니까."

무광이 앞서가는 칠선문의 문도들을 보며 말했다.

어려서부터 칠랑의 대형으로 살아온 무광에게 칠선문의 식솔들은 목숨을 걸고 지켜야 하는 가족이었다. 그래서 칠선문이 커지고 문도가 많아질수록 그가 짊어져야 할 짐의 무게도 더해지고 있었다.

"너무 혼자서 모든 것을 책임지려 하지 마세요. 우리 사형제들이 한 가족이기는 하지만, 어쩔 수 없이 각자의 운명대로 다른 삶을 살아가게 될 텐데. 그 각자의 삶을 대사형께서 모두 책임지실 수는 없잖아요."

"그렇긴 하다만… 그래도 난 내 힘닿는 데까지 이 사람들을 지키고 싶구나. 그게 네가 말한 각자의 운명 중에서 내게 주어진 운명인 것 같아."

무광이 담담하게 대답했다.

"역시 대사형이세요. 사실 말은 그렇게 했지만, 저를 포함해 우리 사형제들은 모두 대사형께 크게 의지하고 있기는 해요. 하지만 이제는 조금씩 그 짐을 서로 나눠 가지도록 해볼게요. 저부터 먼저요."

시월이 말했다.

"후후, 그 말을 들으니 아주 든든하구나. 그리고 사실대로 말하자면 지금까지는 네가 우리 사형제들의 안위를 책임져 왔지. 그래서 이제부터는 내가 시월 네 짐을 조금씩 덜어주려는 거야. 그러니까 너야말로 우리 사형들에 대한 의무감에서 이제는 벗어나렴. 알았지?"

무광이 시월의 등을 가볍게 두드리며 말했다.

제7장
—
시간이라는 나무

한동안 시월과 칠선문의 사형제들은 뭍으로 나가지 않았다. 무림에서도 월문 몰락 이후에는 큰 사건이 일어나지 않았다.

초원루주가 전해오는 소식이라고는 그저 장성을 경계로 의천무맹과 마련의 세력권이 더 확고하게 갈리고 있다는 것 정도였다.

정사가 두 개의 세력권으로 분리되어 팽팽하게 대립하기 시작한 것을 제외하면 무림은 사실 평온하다 해야 할 정도로 조용했다.

마인들이 대거 빠져나간 중원 무림에선 예전 같은 혈사들이 눈에 띄게 줄어들었다. 마치 그 옛날 마련이 발호하기 이전의 평화로운 시기로 돌아간 것 같은 느낌이 들 정도였다.

하지만 강호의 무림인들은 알고 있었다. 양쪽으로 모이기 시작한 힘이 더 이상 커질 수 없을 만큼 팽창했을 때, 결국 정파와 마도는 무림사에 영원히 기록될 만큼의 큰 싸움을 시작하리라는 것을.

어쩌면 그 싸움은 향후 일백 년간의 무림 판세를 결정하는 싸움이 될 수도 있었다.

그래서 무림의 각 문파는 거대한 싸움에서 살아남기 위해 보이지 않은 곳에서 분주히 자신들의 힘을 모으고 있었다.

칠선문도 마찬가지였다.

금송의 계획에 따라 만화도를 완전히 새로운 섬으로 탈바꿈시키는 것은 계속 이어지고 있었지만, 그건 겉모습의 변화였고 시월과 사형제들은 강호의 변화를 주시하면서 서쪽 연무장에서의 각자의 무공 수련에 매진하고 있었다.

그 덕에 이 짧은 평화의 시기, 칠선문 사형제들의 무공은 또 한 번 중요한 변화의 시기를 맞고 있었다.

*　　　　*　　　　*

카카캉!

눈부시게 퍼져 나가는 불꽃들이 비무의 격렬함을 말해준다.

날카로운 도끼날이 허공을 가르고, 그 도끼날을 피한 무광은 서슬이 퍼런 검으로 곽부의 허리를 베어갔다.

곽부는 거대한 체구에 어울리지 않는 속도로 무광의 검을 피한 후 재차 허공에서 몸을 틀어 무광을 향해 강력하게 도끼를 내려쳤다.

우웅!

곽부의 도끼에 진기의 그림자가 어른거린다. 검에 검기가 서리 듯 곽부의 부술(斧術)은 자신의 진기를 도끼 밖으로 뿜어내는 경지에 이르러 있었다.

곽부가 자신의 무공의 원천인, 광마 동인의 광마도법을 재해석해서 만든 그의 부술(斧術)은 이제는 광마도법과 완전히 다른 형태의 무공처럼 느껴졌다.

카앙!

머리 위로 떨어지는 곽부의 도끼를 무광이 슬쩍 검을 들어 옆으로 비껴냈다. 검에 비껴 나가는 도끼의 마찰음이 사람들의 고막을 날카롭게 파고들었다.

순간 무광의 왼손이 재빨리 곽부의 하체를 향해 움직였다. 그리고 그의 손에서 날카로운 빛이 번쩍인다.

삭!

순식간에 무광의 손에 들린 비도가 곽부의 허벅지 옷자락을 잘라냈다.

"엇?"

곽부가 다급한 음성을 토하며 재빨리 뒤로 물러나려는 순간 무광의 발이 곽부의 뒤꿈치를 가볍게 건드렸다.

툭!

콰당!

무광의 발에 뒤꿈치가 걸린 곽부가 끝내 몸의 중심을 잃고 연무장 바닥을 나뒹굴었다.

"에이, 사형! 뭐 하는 거예요?"

바닥을 구른 곽부가 주저앉은 채로 무광을 보며 소리를 질렀다.

"왜?"

"정말 이렇게 치졸한 수를 쓸 겁니까?"

"치졸하다니? 무슨 소리야?"

"갑자기 비도를 꺼내 허벅지를 베고, 발을 걸어 넘어뜨리면 어떻게 해요. 이 비무는 각자의 병기로 겨루는 비무였잖아요?"

"그런 말을 하다니. 사제! 그동안 나와 비무를 전혀 하지 않은 사람 같구나. 내가 비무할 때나 싸울 때나 모든 수단을 동원한다는 걸 알잖아?"

"그렇다고 해도 비도를 꺼내 쓴 것은 오늘이 처음이죠!"

"…그런가?"

무광이 자신도 몰랐다는 듯 놀라서 고개를 갸웃했다.

"아니, 대사형이 한 일을 대사형이 몰라요?"

곽부가 벌떡 일어나며 따지듯 물었다.

그러자 무광이 갑자기 호탕한 웃음을 터뜨렸다.

"하하하! 정말 그렇다면 이건 정말 축하할 일이구나."

"갑자기 축하는 무슨 축하요?"

곽부가 퉁명스럽게 되물었다.

"지금까지 내가 비무에서 비도를 쓰지 않은 것은 비도를 쓸 필요가 없었기 때문이었다. 다시 말해, 사제와 나의 무공 차이가 그정도는 났었다는 뜻이지. 그런데 오늘은 나도 모르게 무의식중에 비도를 꺼내 들었단 말이야. 그건 곧 사제의 무공이 내가 비도를 쓰지 않으면 이기지 못할 만큼 발전했다는 것 아니겠느냐. 그러니 당연히 축하할 일이지! 안 그래?"

무광이 곽부에게 물었다.

그러자 곽부가 멀뚱하게 무광을 바라보다가 씩 미소를 지으며 되물었다.

"정말 그런 건가요?"

"그럼 내가 일부러 널 골탕 먹이려고 비도를 꺼냈겠느냐? 난 비무를 할 때 결코 장난치지 않아."

"그렇긴 하지요. 그런데 정말 그렇다면… 흐흐흐, 이것 참 사형 말대로 기분 좋은 일이네요."

곽부가 다시 생각하니 기분이 좋은지 히쭉히쭉 웃기 시작했다.

그러자 한쪽에서 두 사람의 비무를 지켜보고 있던 부리가 소리쳤다.

"사제, 그러다 엉덩이에 뿔 난다. 좀 전까지 대사형께 투덜대던 사람이 갑자기 히쭉거리다니 말이야."

"애도 아니고 사형도 무슨 그런 실없는 농담을 하세요. 그나저나 대사형이 비도를 꺼내게 만든 사람은 제가 처음 아닌가요?"

곽부가 도끼를 어깨에 척 올리며 사형제에게 물었다.

"아마도 그럴걸?"

도원이 대답했다.

"흐흐, 그럼 대사형을 제외하고 우리 사형제 중에는 내가 제일 세다는 건가? 아! 시월은 제외하고!"

"말도 안 되는 소리. 무공은 상대적인 거야. 더군다나 넌 무공보다 신력을 이용해서 싸우는 녀석이고. 어디 나하고도 한번 해보겠어?"

부리가 인정할 수 없다는 듯 훌쩍 자리를 털고 일어났다.

"흐흐, 원하신다면 상대해 드리지요. 고수가 된 입장에서 하수의 도전은 받아줘야지요."

곽부가 능글맞은 웃음을 흘리며 말했다.

"뭐? 이 녀석이! 좋아! 오늘 내가 하늘 높은 줄 알려주마!"

부리가 팔을 걷어붙이며 앞으로 나섰다.

그러자 시월이 얼른 두 사람을 말렸다.

"사형들 대결은 나도 보고 싶지만 지금은 안 돼요. 점심 먹으러 갈 시간이에요. 늦으면 어떻게 되는지 알죠?"

시월의 말에 부리와 곽부의 표정이 일변했다.

"어? 벌써 그렇게 되었어?"

"빨리 가자, 늦으면 또 형수님께 혼날 테니."

부리와 곽부가 마치 경쟁이라도 하듯 병장기를 거두고 서둘러 연무장을 달려 나갔다.

"후후, 녀석들… 정말 무서운 사람은 따로 있었군."

무광이 웃으며 중얼거렸다.

"저번에는 꼬박 하루를 굶었으니까요."

시월이 대답했다.

"난 그것도 우습구나. 먹지 말란다고 정말 하루 종일 굶다니. 바보들도 아니고."

"그만큼 형수님을 존중하는 거죠. 물론 그 존경심은 대사형에 게서 나오는 거고요."

"시월, 이 녀석, 그동안 만화도에서 편히 쉬더니 아부만 늘었 구나?"

"아부가 아니라 우리 사형제들은 정말 대사형을 태산처럼 존경 하고 의지한다고요. 그러니까 당연히 형수님도 존경하는 거죠. 형수님이 대사형에 대한 걱정을 덜어주셨으니까."

"나에 대한 걱정?"

"예, 우리 사형제들은 대사형이 우릴 보호하느라 평생 혼자 살
지도 모른다고 걱정했었거든요. 그런데 형수님이 그 고민을 단번
에 해결해 주셨으니 모두 형수님께 고마워할 수밖에 없지요."

"음… 그런 걱정을 했어?"

"모두 그럴지도 모른다고 생각했었어요."

"이런, 모두 그런 바보 같은 오해들을 하고 있었군. 설마 내가
사제들 때문에 장가도 가지 않겠느냐? 난 그렇게 헌신적인 사람이
아니야."

"제발 좀 그렇게 되세요. 너무 우리만 생각하지 마시고."

시월이 두 손을 모으며 빌듯이 말했다.

"하하하, 알았다, 알았어. 칠선문의 일은 모두 시월 네게 맡기고
난 이제부터 인생을 즐겨보겠다. 가자, 일단 먹는 즐거움을 누리
러! 하하하!"

무광이 기분이 좋은지 호탕하게 웃으며 걸음을 옮겼다.

                    *   *   *

칠선문의 식사 시간은 늘 왁자지껄했다. 특별한 일이 없는 한
칠선문의 문도들은 모두 함께 모여 식사를 했다.

그래서 식사 시간이 되면 늘 잔칫집 같은 즐거움이 넘쳐났다.
그 모습은 오늘도 다르지 않았다.

금송이 새로 만든 칠선문의 거처는 작은 정원의 모습을 하고

있었고, 식사는 늘 그 정원 동쪽에 있는 대청에서 이뤄졌다.

부엌과 가깝기도 하고, 제법 늘어난 칠선문 식구들이 한 번에 둘러앉아 식사할 수 있을 만큼 넓은 공간이기 때문이었다.

그런데 사형제들과 둘러앉아 즐겁게 식사를 하고 있던 시월은 어느 순간 이화검이 보이지 않는다는 것을 깨달았다.

그리고 보니 아침에도 이화검은 식사를 거의 하지 않았었다. 입맛이 별로 없다고 해서 아침이라 그런가 생각했는데, 점심 식사 자리에는 아예 나타나지도 않은 것을 보니 불쑥 걱정된 시월이었다.

시월은 식사하다 말고 자리에서 일어났다. 그리고 대청을 벗어나 부엌으로 향했다. 혹시라도 부엌일이 아직 끝나지 않은 것인가 싶어서였다.

그런데 부엌에도 이화검은 없었다.

"어디로 간 거지?"

시월이 갑자기 불안한 마음이 들어 주변을 두리번거렸다. 그런데 그때 마침 대청에서 소향로가 나와 부엌으로 오다가 시월과 마주쳤다.

"여기서 뭐 해요? 식사는 다 하신 거예요?"

소향로가 주변을 두리번거리는 시월에게 물었다.

그러자 시월이 되물었다.

"화검이 보이지 않는데 혹시 어디 갔는지 알아? 생각해 보니 처음부터 식사 자리에 나타나지 않은 것 같은데……."

"아마 바닷가로 산책하러 나가셨을 거예요."

소향로가 대답했다.

"바닷가로? 왜 갑자기……?"

"언니가 가슴이 조금 답답하다고 하셨어요."

"그래? 어디 아픈가? 아침도 거의 먹지 않았는데……."

시월은 갑자기 걱정이 커져 급히 부엌을 벗어나려 했다. 바닷가로 나가 이화검을 찾을 생각이었다.

그런데 시월이 몇 걸음 걷지 않았을 때 소향로가 시월을 불렀다.

"오라버니!"

"응? 왜?"

시월이 소향로를 돌아봤다.

그러자 소향로가 심각한 표정으로 물었다.

"언니가 언제부터 식사를 제대로 하지 못하셨죠?"

"그게… 딱히 언제부터인지는 모르겠는데……."

"잘 생각해 보세요."

소향로가 다그치듯 말했다.

"음… 그러고 보니 며칠 된 것 같기도 해. 말은 안 했지만 식사량이 많이 줄었던 것 같아. 그러다가 오늘 아침에는 거의 밥을 입에 대지 못하더라고. 난 아침이라 입맛이 없어서인 줄 알았는데……."

"흠……."

시월의 말에 소향로가 팔짱을 끼고 잠시 생각에 잠겼다.

"왜? 안 좋은 거 같아?"

시월은 얼굴이 굳어지며 급히 물었다.

소향로는 화노에게 의술을 전수받은 이후 훌륭한 의원으로 성장해 가고 있었다.

화의일맥의 의술이 워낙 깊이가 있어서 아직 그 정수에 이르지는 못했지만, 뭍에서 활동하는 보통 의원들 수준은 이미 넘어선 지 오래였다.

"나쁜 것이 아니라……."

소향로가 말꼬리를 흐렸다.

"뭔데 얼른 말해봐."

시월이 소향로의 말을 재촉했다.

"혹시 최근 들어 언니 얼굴이 조금 안 좋았나요?"

"음… 그게 조금 피곤해 보이기는 했어. 화검은 괜찮다고 했지만."

"그렇군요. 그럼 일단 진맥을 해봐야겠어요."

소향로가 말했다.

"어디 아프기라도 하다는 거야?"

시월의 표정이 점점 어두워졌다.

"그게 아니라 아무래도 언니가… 아이를 가진 것 같아요. 오라버니 말을 듣고 나서 최근 언니의 모습을 곰곰이 생각해 보니 딱 그런 것 같은데……."

"정말?"

굳었던 시월의 표정이 한순간에 변했다.

"확실치는 않아요. 저도 임산부를 상대해 본 것은 초원루의 단기 언니밖에 없어서. 그래도 한 번은 해봤으니까 화검 언니가 아이를 가졌다면 분명히 알 수 있어요. 그러니까 얼른 가서 일단 언니를 데려오세요. 진맥을 해봐야 확실히 알 수 있으니까. 아마 어쩌면 언니는 이미 스스로 알고 있을지도 모르겠어요!"

"아, 알았어. 내가 얼른 데려올게. 기다리고 있어!"

시월이 급히 몸을 돌리더니 마치 전쟁이라도 난 것처럼 해안가를 향해 달리기 시작했다.

*   *   *

이화검이 놀란 표정으로 자신을 향해 달려오는 시월을 걱정스럽게 바라봤다.

얼마 전부터 입맛이 도통 없어서 식사할 생각이 없었던 그녀는 혹시라도 다른 사람들이 걱정할까 봐 아예 자리를 피해 해안가를 산책하고 있었다.

최근 들어 몸도 조금 나른한 듯해서 오늘은 화노 어른께 진맥을 받아봐야겠다고 생각하고 있던 참이기도 했다. 그런데 시월이 갑자기 칠선문의 장원을 벗어나 자신을 향해 무서운 속도로 달려오자 놀라지 않을 수 없었다.

이런 다급함은 평소 시월에게서 좀체 볼 수 없는 것이었다.

"무슨 일이에요?"

눈 깜짝할 사이에 자신 앞에 당도한 시월에게 이화검이 눈을 크게 뜨고 물었다.

그러자 시월이 이화검의 손목을 덥석 잡으며 말했다.

"몸은 어때요?"

"아니 뭐 조금… 입맛이 없고 나른한 정도예요. 그런데 그것 때문에 이렇게 달려온 거예요?"

이화검이 별일도 아닌데 호들갑을 떠느냐는 듯 물었다.

그러자 시월이 갑자기 이화검이 뭐라 할 겨를도 없이 그녀를 번쩍 안아 들었다.

"어맛? 왜 이래요?"

"가만히 있어 봐요."

시월이 이화검을 안은 채 다시 백사장을 달리기 시작했다. 시월이 워낙 빨리 달리자 이화검이 이유를 물을 생각도 못 하고 팔을 둘러 시월의 목에 매달렸다.

그 상태로 시월은 단숨에 백사장을 벗어났다. 그리고 마침 시월을 따라 장원을 벗어나고 있던 소향로 앞에 멈춰 섰다.

"데려왔어, 어서 진맥을 해봐."

시월이 이화검을 안은 채 소향로에게 말했다.

그러자 이화검이 어이없는 표정을 지으며 말했다.

"아니, 겨우 진맥을 하려고 날 이렇게 납치하듯 데려온 거예요? 크게 아픈 게 아니라니까 그러네. 일단 나 좀 내려줘요."

이화검이 시월의 걱정이 지나치다고 생각하면서도 한편으로는 자신을 생각하는 시월의 마음이 드러난 듯싶어 기분이 나쁘지는 않은지 미소를 지으며 시월을 타박했다.

하지만 시월은 이화검의 타박에도 아랑곳하지 않았다. 그는 내려달라는 이화검의 말도 무시한 채 소향로를 바라봤다.

그러자 소향로가 말했다.

"일단 언니 말대로 내려놓으세요. 제대로 진맥을 하려면 사람이 안정되어야 해요."

소향로의 말에 그제야 시월이 이화검을 품에서 내려놨다.

"오늘따라 별스럽게 왜 이래요? 사람들이 흉보겠네."

이화검이 슬쩍 장원 쪽을 보며 말했다. 만약 칠선문의 사형제들이 이 광경을 보았다면 얼마간 놀림감이 될 것을 각오해야 할 것이다.

"일단 진맥부터 해봐요."

시월은 놀림을 받든 말든 상관없다는 듯 진맥을 재촉했다.

그러자 이화검이 의아한 표정을 지으면서도 소향로에게 자신의 손목을 내밀었다.

"동생, 이 사람이 그렇게 원하니까 진맥 좀 부탁할게. 이 사람 걱정 좀 덜어줘. 하여간 늘 걱정이 많은 사람이라서 탈이라니까."

"일단 진맥부터 볼게요."

소향로가 이화검의 농에 장단을 맞추는 대신 정색하며 이화검의 팔목을 잡았다.

"아니, 오늘 정말 다들 왜 이래? 마치 내가 큰 병이라도 걸린 사람처럼."

이화검이 소향로까지 심각한 표정을 짓자 이해할 수 없다는 듯 중얼거렸다.

"잠깐 숨을 고르세요."

소향로는 이화검의 말에 대답하는 대신 그녀에게 호흡을 고를 것을 부탁했다. 이화검도 더 이상 입을 열지 않고 소향로의 말대로 편하게 숨을 쉬기 시작했다.

소향로의 진맥은 겨우 반각 정도 만에 끝이 났다. 하지만 시월에게는 그 시간이 마치 일 년처럼 느껴졌다.

"흠……."

반각 만에 이화검의 팔목에서 손을 뗀 소향로가 나직하게 소리를 내며 손으로 턱을 괬다.

"왜? 뭐가 이상해?"

이화검이 심각한 표정의 소향로에게 물었다.

그러자 소향로가 고개를 저었다.

"이상한 것이 아니라 신기해서요."

"신기해? 뭐가?"

"엄마의 맥을 통해 아이의 맥이 느껴지는 경험은 두 번째임에도 불구하고 너무 신비스러운 일이에요."

"지금… 그게 무슨 소리야?"

이화검이 갑자기 심각한 얼굴로 되물었다.

"무슨 소리긴요. 이제 언니가 엄마가 된다는 말이지. 축하해요. 언니, 아이가 생기신 것 같아요."

"……?"

이화검이 소향로의 말에 당황한 듯 말을 하지 못하고 시월을 바라봤다. 그러자 시월이 가볍게 고개를 끄떡였다.

"그럴 수 있다고 향로 동생이 말해서 그렇게 서둘렀던 거예요. 화검, 고마워요!"

"그럼, 정말?"

이화검이 이번에는 다시 시선을 시월에게서 소향로에게로 돌렸다.

"제 생각에는 확실해요. 물론 서책으로만 배운 진맥이지만 지난번에 황 대협의 부인인 단기 언니를 진맥할 때와 같은 맥이니까 확실할 거예요. 나중에 스승님의 진맥도 한번 받아보세요."

소향로가 확신하듯 말했다.

그러자 이화검이 여전히 믿기지 않는 듯 멍한 표정을 짓다가 시월에게 물었다.

"어쩌죠?"

"뭘 어째요? 이제부터 몸조심하고, 튼튼하게 잘 나아서, 멋지게 키우면 되죠. 하하하!"

시월이 기분이 좋은지 큰 웃음을 터뜨렸다.

"그게… 그게 그렇게 간단한 문제가 아니잖아요?"

이화검이 시월에게 화를 냈다.

그러자 시월이 흠칫하며 웃음을 거뒀다.

"왜요? 싫어요? 아이가 갖고 싶다고 했잖아요?"

시월이 조심스럽게 되물었다.

"싫은 게 아니라. 이런 일은 처음이라 어찌해야 할지 모르겠단 말이에요. 걱정도 되고! 준비는 하나도 안 되어 있고!"

이화검이 불안한 듯 말하며 손으로 배를 감쌌다.

그러자 시월이 이화검을 다시 번쩍 안아 들며 말했다.

"이럴 때는 향로 동생 말대로 화노 어르신을 만나는 게 상책이죠. 어르신이라면 우리 아이를 건강하게 만나게 해주실 거니까."

시월이 이화검을 안은 채 성큼성큼 장원으로 걸어가기 시작했다.

*　　　　　*　　　　　*

"흠, 이것은… 참, 난제로구나!"

화노가 이화검을 진맥한 후 잠시 생각에 잠겼다가 한숨을 쉬며 말했다.

"왜요? 무슨 문제가 있습니까?"

시월이 한숨을 쉬는 화노를 불안한 눈으로 바라보며 물었다.

"네 부인에게는 문제가 없다. 다만……"

"사람 답답하게 하지 마시고 얼른 말해주세요. 그럼 뭐가 문제
인데요?"

시월이 화노를 다그쳤다. 이화검도 혹시 뱃속 아이에게 문제가
있나 싶어 뚫어지게 화노를 바라봤다.

"문제는 만화도에 있는 사람 중에 그 누구도 아이의 출산을 도
와본 적이 없다는 거다. 나도 팔다리 잘린 사람은 수없이 치료해
봤지만, 아이는 한 번도 받아본 적이 없거든. 다시 말해 너희에겐
지금 산파가 필요하다 이거야. 아이 낳기 전후의 몸조리야 나도
도울 수 있지만."

"스승님도 아이를 받아본 적이 없어요?"

소향로가 의외라는 듯 물었다.

"옛날부터 아이는 여 의원 아니면 산파가 받았어. 그 이후의 일
이야 남자 의원이 도울 수 있지만."

"…그럼 어떡하죠?"

소향로가 걱정스러운 표정으로 물었다.

화노의 말대로 만화도에는 아이를 받아본 사람이 없기 때문이
었다.

"어쩔 수 없이 뭍으로 나가야 할 것 같은데……"

화노가 입을 열었다.

"뭍으로요?"

시월이 되물었다.

"음, 산달이 가까워지면 뭍으로 나가서 산파를 구하는 것으로 하자꾸나. 뭍에서야 산파 구하는 일이 어려운 일이 아니니까."

"미리 준비해야겠군요."

"벌써 서둘 일은 아니고. 아직 여러 달 남았으니까. 그때까지는 내가 돌봐줄 수 있다."

"알겠습니다."

시월이 긴장한 표정으로 얼른 고개를 끄떡였다.

그러자 화노가 웃음을 터뜨리며 말했다.

"하하하! 수백 명의 적이 검을 들고 달려들어도 눈 하나 깜짝하지 않을 녀석이 뭘 그렇게 긴장하느냐?"

"그야… 처음이니까요."

시월이 여전히 긴장을 풀지 못하고 말했다.

이화검의 임신 소식이 알려졌을 때 칠선문 사형제들의 반응도 시월과 비슷했다.

그들은 이화검의 임신 소식에 무척 기뻐하면서도 한편으로는 처음 있는 일이라 다들 아이가 잘 태어날지, 어떻게 도와야 할지를 몰라 걱정하기 시작했다.

마치 큰 싸움을 앞에 둔 사람들처럼 심각해진 칠선문의 사형제들을 금송이 어린아이들 같다고 놀릴 정도였다.

그런데 이화검의 임신 소식이 알려지자, 금송의 진면목이 다시 한번 드러나기 시작했다.

금송은 거침없이 이화검의 출산 계획을 세웠다.

출산 전에는 만화도에서 화노의 보살핌 속에 이화검과 아이의 건강을 챙기고, 출산이 임박해서는 금송이 이화검을 데리고 뭍으로 나가 아이를 낳을 준비를 하겠다고 선언했다.

뭍으로 나가면 금가장을 통해 솜씨 좋고 노련한 산파를 구할 수 있을 것이고 이화검이 편하게 아이를 낳고 몸조리를 할 수 있는 장소도 어렵지 않게 구할 수 있다는 것이 금송의 설명이었다.

그런 그녀의 장담은 이화검은 물론 칠선문 사형제들의 불안한 마음을 단번에 안심시켰다.

그리고 사람들은 금송이 금가장의 귀한 딸로 살면서 귀여움만 받은 것이 아니라는 것을 확실히 깨달았다.

그래서 그날 이후부터 칠선문의 문도들은 칠선문의 대소사를 처리하는 데 있어서 더 많은 부분을 금송에게 의지하게 되었다.

*   *   *

항주 인근의 작은 해안가 마을 소호, 평소 작은 배를 몰고 나가 고기를 잡다 항주의 주점이나 반점에 팔아 생계를 이어가는 어부들이 살아가는 마을이다.

그 포구 마을 소호가 한눈에 들어오는 산비탈에 마치 숲속에 숨은 듯 들어서 있는 작은 장원이 있었다.

외딴곳에 있는 장원이기는 하지만, 단단한 목재와 석재로 지어진 장원은 무척이나 고풍스러운 느낌이 들었다.

소호 마을 주민들은 오래전부터 있던 그 장원에 누가 사는지, 혹은 그 장원이 누구의 것인지 알지 못했다.

장원에 사람이 없는 것은 아니지만, 포구 마을 사람들과 교류가 전혀 없었고, 가끔 싱싱한 해산물을 사기 위해 내려온 사람들도 장원의 정체에 대해서는 누구도 입을 열지 않았기 때문이었다.

시월과 이화검이 이 비밀스러운 장원으로 온 것은 한 달 전이었다. 이화검의 임신 사실을 안 지 벌써 여러 달이 지나고 있었다.

화노는 이화검의 출산일이 한 달 이상 남았다고 말했지만, 시월과 금송은 조금 일찍 이화검을 뭍으로 데려 나오기로 결정했다.

만약의 경우 출산일이 임박해 배를 타고 나오다가 문제가 생길수도 있기 때문이었다.

그렇게 뭍으로 나온 시월과 이화검은 이 작고 비밀스러운 장원에 여장을 풀었다. 두 사람이 이 장원에 기거하게 된 것은 이 장원이 금가장의 숨겨진 별장이기 때문이었다.

오직 금가장주와 그 직계 혈손들을 위해서만 문을 여는 이 별장은 외부에 그 존재가 철저히 비밀인 곳이었다. 만약 이곳이 금가장의 별장이라는 것이 알려지면 금가장의 적들이 언제든 이곳을 습격할 수 있기 때문이었다.

그런 곳에 시월과 이화검이 올 수 있었던 것은 당연히 금송 덕분이었다.

금가장주 금겸선은 처음에는 금송과 무광의 혼인을 반대했었다. 하지만 금송이 막무가내로 무광을 따라나선 후에는 생각을 바꿔 무광을 정식으로 금가장의 사위로 받아들이고 있었다.

무광에 대한 그의 생각이 바뀌게 된 이유 중 하나는 시월의 존재 때문이었다.

시월이 자신의 처가인 이가검문을 일월문으로부터 지켜낸 사실이 무렵에 널리 퍼지자 금겸선은 그제야 이 문도가 몇 안 되는 칠선문이 보통 문파가 아니라는 사실을 깨달았던 것이다.

그는 무인이지만 또한 한편으로는 천성적인 상인이어서, 금가장에 위기가 찾아오면 칠선문이 다른 어떤 문파보다 큰 도움이 될 것이라는 점을 본능적으로 알아챘다.

금가장에 어떤 요구도 하지 않으면서 위기의 순간 목숨을 걸고 금가장을 도울 수 있는 문파. 그것도 혼천마와 화중마를 꺾은 고수가 있는 문파와 인연을 맺는 것은 그 어떤 정략혼보다도 훌륭한 선택이 될 터였다.

그런 생각을 하게 된 금겸선에게 그 칠선문의 가장 강한 고수, 시월의 아이가 태어날 장소를 제공하는 것은 너무도 쉬운 결정이었다.

그 장소가 오직 금가장의 혈족들만 이용할 수 있는 비밀 장원이라 해도.

*　　　　*　　　　*

앙!

아이의 울음소리가 들린 것은 새벽 무렵이었다.

시월과 소후 그리고 도원은 그때까지 잠 한숨 못 자고 이화검이 아이를 낳기 위해 들어가 있는 방문 앞을 서성이고 있었다.

이화검을 돕기 위해 만화도를 떠나 뭍으로 나온 금송이 산파들과 함께 지난밤 내내 이화검 곁을 지키고 있었다.

"낳은 모양이다!"

도원이 반색을 하며 소리쳤다.

아아앙!

다시 아이의 울음소리가 들려왔다.

"울음소리를 들으니 건강한 모양이다."

툭!

소후가 시월의 어깨를 툭 치며 말했다.

하지만 시월은 여전히 긴장한 기색이 역력했다.

그는 당장에라도 이화검에게 달려가고 싶었지만 함부로 방 안에 들어갈 수는 없었다.

그때 문이 열리면서 금송이 모습을 드러냈다.

그러자 시월이 마치 일생일대의 적을 마주한 것처럼 긴장한 표정으로 금송을 바라봤다. 그 모습이 재미있는지 금송이 빙글거리면서도 입을 열었다.

"그이가 말하길, 시월 서방님은 심장이 강해서 지옥에 가더라도 염왕을 죽이고 다시 살아올 사람이라고 하던데, 지금 보니 그렇지도 않은 것 같네요. 이렇게 겁을 내고 있었다니."

"어떻게 되었습니까? 형수님!"

시월이 자신을 놀리는 금송의 말은 들리지도 않는다는 듯 급히 물었다.

"걱정 마셔요. 산모와 아이 모두 건강하니까. 그리고 우리 조카님은 건강한 아드님이에요."

"와! 축하한다! 시월"

"하하하, 이제 우리 칠선문에도 아이들이 태어나기 시작하는 건가? 다음번에는 형수님 차례입니다!"

소후와 도원이 번갈아 가며 환호성을 터뜨렸다.

그러자 금송이 말했다.

"두 분, 너무 부럽죠?"

"……?"

갑작스러운 금송의 질문에 소후와 도원이 멀뚱한 표정으로 금송을 바라봤다.

"조카가 태어난 것도 이렇게 기쁜데, 내 아이를 갖는 행복은 얼마나 크겠어요. 그러니까 두 분도 얼른 장가를 가세요. 제 걱정은 마시고요."

금송이 빙긋 웃으며 말했다.

"그, 그야 뭐… 하고 싶다고 할 수 있나요."

"일단 의지가 있어야 하죠. 의지만 있다면 제가 좋은 혼처를 알아봐 줄 수도 있어요."

"아니 그건 뭐… 흐흠! 아! 그나저나 시월 얼른 들어가 봐라. 아이와 제수씨를 봐야지."

도원이 얼른 말머리를 돌렸다.

그러자 시월이 금송에게 물었다.

"들어가도 될까요?"

"네, 들어가서요. 언니도 얼추 몸을 추스렸을 거예요."

금송의 말에 시월이 허겁지겁 이화검과 아이가 있는 방으로 뛰어갔다.

*　　　*　　　*

시월은 마치 말을 배우지 못한 사람처럼 이화검과 그녀의 곁에 누워 있는 아이를 번갈아 바라볼 뿐 아무런 말도 하지 못했다.

그의 표정을 보면 그 자신이 처음 세상을 마주한 아이 같았다.

"뭐예요?"

말을 잃은 시월을 보다 못해 이화검이 먼저 입을 열었다.

"……."

이화검의 물음에도 시월은 아무 말을 하지 못했다.

"아이가 못생겼어요?"

이화검이 다시 물었다.

그러자 시월이 얼른 고개를 저었다. 물론 여전히 말은 하지 못했다.

"참 나… 이렇게 겁을 먹은 표정은 처음 보네. 앞으로 우리 모자 먹여 살릴 생각을 하니 겁이 나요?"

이화검이 다시 물었다. 그러자 이번에도 시월이 대답 없이 고개만 저었다.

"이봐요, 겁쟁이 무사님! 당신은 이제 아이 아버지라고요. 우리 두 모자를 세상에서 지켜야 할 사람이란 말이에요. 그런데 그렇게 마음이 약해서 우릴 지킬 수 있겠어요?"

이화검이 웃으며 물었다.

그러자 시월이 겨우 입을 열었다.

"어떤 일이 있어도… 당신과 아이는 지킬 거예요. 맹세해요."

시월의 눈에서 말로 표현할 수 없는 진실한 눈빛이 흘러나왔다. 그 눈빛은 약속 그 이상의 것을 내포하고 있어서 이화검도 놀랄 정도였다.

"무슨 약속을 그렇게 무섭게 해요. 아이 울겠어요. 일단 표정부터 풀고 잠깐 나가 있어요. 아직은 아이나 나나 조금 더 쉬어야 해요."

이화검이 다정하게 말했다.

"응, 알았어요."

시월이 마치 자신이 있으면 두 사람에게 큰 해가 될 것처럼 대답하고는 얼른 방을 떠났다. 그러자 그 모습을 지켜보고 있던 금송이 말했다.

"언니, 오늘 내가 본 이 광경은 내 평생 두고두고 시월 오라버니를 놀리는 데 써먹을 이야깃거리가 될 것 같아요. 천하의 연시월 대협이 이렇게 겁을 먹은 모습이라니."

"후후, 그러게 말이에요. 형님! 나중에 우리 같이 많이 놀려 먹어요, 하하!"

이화검이 아이를 낳은 산모답지 않게 호방한 목소리로 웃었다.

*　　　　　*　　　　　*

멀리 황하 중류의 지류가 굽이쳐 흘러나가는 것이 보였다. 대동 인근의 작은 마을, 그 주변 평원에 있는 한 장원, 야트막한 산을 등지고 세워진 장원은 그리 크지는 않지만 오랜 역사를 가진 듯 고풍스러운 장원이었다.

장원은 오랜 세월 평원을 대표해 온 한 가문의 것이었다.

의천무맹 삼십육방문의 한 문파인 평원 오가장, 비록 십대천문이나 십팔장문에 비할 바는 아니지만, 백여 명에 이르는 무인들과 탄탄한 재력을 갖춘 전통 있는 무가였다.

그런데 지난 이 년 사이 오가장은 그 역사에서 보기 드문 풍파를 겪었다.

그 시작은 오가장주 금검 오인이 갑작스러운 병을 얻으며 시작되었다.

금검 오인의 나이는 올해 오십오 세, 일반 사람이라면 노년으로 접어드는 나이여서 건강을 걱정해야 했지만, 무림인에게는 오히려 그 무공이 절정에 이르는 나이였다.

그런 금검 오인이 이름 모를 병에 걸려 이 년 전부터 시름시름 앓기 시작한 것이다.

오가장은 백방으로 사람을 보내 유명한 명의를 불러 모았지만, 누구도 금검 오인의 병을 치료하지 못했다. 오히려 그의 병세는 점점 더 악화되어갔다.

그러자 자연스럽게 금검 오인의 사후의 후계 문제가 물밑에서 거론되기 시작했다.

후계가 문제가 되는 것은 금검 오인이 오직 딸 하나만을 두고 있기 때문이었다.

더군다나 오인의 무남독녀 오초려는 나이 겨우 갓 스물의 어린 여인이었다.

그런 그녀가 오가장의 장주가 되는 일은 결코 쉬운 일이 아니었다. 가뜩이나 마련의 발호로 무림의 각 문파가 각자의 안위를 걱정하는 시대였다.

이럴 때 스무 살의 어린 여인이 문파의 주인이 되는 것은 문도들을 크게 불안하게 만드는 일이었다.

더군다나 금검 오인은 형제도 없었다. 오 씨 일족은 대대로 손이 귀한 집안이어서, 오초려를 지켜줄 가문의 어른조차 없었던 것이다.

그렇게 오가장의 미래에 대한 불안감이 확산되자 자연스럽게 사람들은 오가장의 쌍두마차라는 두 명의 총관에게 눈길을 보내기 시작했다.

일 총관 완안수와 이 총관 적원몽. 두 사람은 오가장주의 양팔이었고, 무력보다 재력이 앞선다는 오가장에서 가문의 상단을 이끄는 두 단주였다.

당연히 어린 오초려보다는 두 사람 중 한 명이 금검 오인의 뒤를 오가장의 주인이 될 거란 소문이 돌기 시작했고, 두 총관 역시 오인의 뒤를 이어 오가장을 차지하기 위한 욕심을 숨기지 않았다.

오가장은 순식간에 세 개의 파벌로 갈라졌다.

오 씨 일족에게 충성을 다하는 자들과 두 총관을 따르는 자들, 그렇게 세 파벌로 나뉜 오가장은 언젠가 한 번은 큰 혈사가 일어나고 말 거라는 위기감 속에서 몇 개월을 보냈다.

그런데 갑자기 그 누구도 생각지 못한 큰 변수가 일어났다.

어느 날 갑자기 찾아온 기괴한 노 의원이 죽어가던 금검 오인을 기적적으로 살려냈던 것이다.

금검 오인은 비록 과거와 같이 뛰어난 무공을 회복할 수는 없었지만, 적어도 당장 죽을 것을 걱정해야 하는 처지에선 벗어났다.

그러자 그의 사후 오가장을 차지하려고 경쟁했던 두 총관이 위기감을 느끼기 시작했다.

금검 오인이 그들을 가만 두지 않을 것이기 때문이었다. 그래서 앉아서 죽임을 당할 수 없다고 생각한 두 총관이, 뒤늦게 힘을 모아 금검 오인을 죽이고 오가장을 차지하려는 순간, 갑자기 또 하나의 변수가 등장했다.

금검 오인의 딸 오초려와 강호 최고의 후기지수라 불리는 월문 신룡 백유검의 혼인, 그건 두 총관이 전혀 예상치도 못했던 변수였다.

비록 가문은 몰락했다고는 해도 십대천문 월문의 소문주 월문신룡 백유검은 그 무공만으로도 엄청난 존재감을 지닌 인물이었다.

그 혼자의 힘만으로도 오가장의 두 총관 세력을 단숨에 제거할 힘을 가진 백유검이었다.

그래서 백유검이 오초려와 혼인한다는 소식이 오가장에 알려진 순간, 두 총관 밑으로 들어갔던 오가장 무인들 거의 대부분이 총관의 곁을 떠나 다시 금검 오인에게 충성을 맹세했다.

그리고 그렇게 갑작스레 고립무원의 처지에 빠진 두 총관은 스스로 자신들의 몸을 결박하고 금검 오인의 앞으로 나가 죄를 빌었다.

하지만 금검 오인은 그들을 용서하지 않았다. 반역을 시도한 자들을 용서할 경우 차후 같은 일이 반복될 수도 있기 때문이었다.

두 총관의 목은 한날한시에 베어졌다.

그로부터 며칠 후에는 백유검과 오초려의 혼인식이 성대하게 열렸다.

그 혼인식이 있던 날, 오가장과 무림의 노련한 무인들은 향후 오가장이 완전히 다른 문파가 될 것이란 걸 직감했다.

그건 오가장이 결국에는 오 씨의 오가장이 아닌 백 씨의 오가 장이 될 것이란 예감이었다.

"축하하네. 임신이네."

오가장주 금검 오인의 딸, 오초려를 진맥한 군자의 공천보가 곁에서 묵묵히 공천보의 진맥을 지켜보고 있던 백유검에게 말했다.

"아! 정말이요?"

공천보는 백유검에게 말했지만, 대답은 진맥을 받던 오초려가 먼저 했다.

"그렇다네. 오 부인, 이제 몸을 조심해야 하네. 내가 약제를 지어줄 테니 거르지 말고 복용하게."

"알겠습니다. 의원님! 아! 아이라니, 이렇게 빨리. 여보, 아버님이 무척 좋아하시겠어요! 얼른 알려드려야겠어요."

오초려가 백유검을 보며 말했다.

그러자 덤덤하던 백유검의 얼굴에 갑자기 희미한 미소가 지어졌다.

"그렇구려. 얼른 가서 장인어른께 이 소식을 전합시다."

"아이, 제 아버님 말고 서방님 아버지 말이에요."

오초려가 눈살을 찌푸렸다.

그러자 공천보가 웃음을 흘렸다.

"하하, 오 부인의 말이 맞네. 이 아이는 월문의 후대를 이을 아이니 백문주께서 무척 기뻐하실 걸세."

"맞아요. 아버님이 늘 아이를 빨리 가지라고 말씀하셨거든요. 여보, 우리 같이 가서 아버님께 말씀드려요."

오초려가 자리에서 일어나며 말했다.

그러자 백유검이 얼른 고개를 저었다.

"아니, 당신은 여기 있어. 군자의께서도 몸조심하라고 하셨잖아. 내가 얼른 가서 알려드릴 테니."

"그래도……."

"괜찮아, 이제부터는 건강에만 신경 써. 그럼 다녀올게."

백유검이 오초려를 주저앉히고는 서둘러 방문을 나섰다.

그런데 돌아선 백유검의 얼굴이 떫은 감을 먹은 것처럼 일그러져 있었다.

제 8장

─

악연(惡緣)

"잘된 일이다."

오초려의 임신 소식에 백문보가 자리에서 벌떡 일어나며 반색했다.

백문보와 월문의 생존자들은 오가장에서 그리 멀지 않은 곳에 작은 장원을 마련해 생활하고 있었다. 물론 장원은 오가장주 금검 오인의 지원으로 마련한 것이다.

군자의 공천보의 제안을 받아들여 오가장 인근에 도착했을 때의 월문은 대부인 홍은이 가져온 패물을 팔아 마련한 금자도 거의 바닥난 상태였다.

그런 그들에게 작아도 문도들이 함께 지낼 수 있는 장원을 마련할 자금이 있을 리 만무했다. 금검 오인의 지원이 없었다면 지금 월문의 문도들은 사방으로 뿔뿔이 흩어져 살아야 했을 것이다.

"그래, 정말 잘 되었다. 이제 오가장에서 네 입지는 걱정할 것이 없겠구나."

백문보 옆에서 대부인 홍은도 맞장구를 쳤다.

"그렇다고 장주가 나에게 오가장의 전권을 맡기지는 않을 겁니다. 오히려… 태어난 아이에게 오가장을 넘기려고 할 겁니다. 나야 어차피 피 한 방울 섞이지 않은 사위일 뿐이니까요. 지금도 그는 날 오가장과 자신을 지키는 호위 무사 이상으로는 생각지 않고 있습니다."

"음… 아무래도 그는 오씨의 혈통을 잇고 싶어할 테니까 그럴 수도 있을 거다. 하지만 너무 서운하게 생각지 말아라. 장주가 널 호위무사 정도로 생각한다는 오해도 버려. 지난번에 만났을 때도 너에 대한 그의 애정이 크게 느껴지더라."

"나도 그렇게 느꼈다. 그는 너에게 많이 의지하고 있어."

대부인 홍은도 백문보의 말을 거들었다.

하지만 백유검의 표정은 좀체 풀리지 않았다.

"그래 봐야 데릴사위일 뿐이죠. 아버님! 어떻게 해서든 월문을 부활시켜야 합니다. 그래야 나도 당당하게 오가장의 후계자 자리를 요구할 수 있습니다. 흩어진 문도들을 모으는 것은 어찌 되었습니까?"

백유검이 신경질적으로 물었다. 아마도 예전에는 거들떠보지도 않았던 삼십육방문 오가장에서 데릴사위로 지내는 것이 무척 자존심이 상하는 모양이었다.

더군다나 혼인을 한 오가장주의 딸 오초려는 박색을 겨우 면한 평범한 외모를 가지고 있었다. 오초려의 외모는 이화검이나 금송과는 비교할 수 없었다. 외모로만 보면 자신이 버리고 온 설우담이 무척 그리울 정도였다.

그런 여인과 살면서도 눈칫밥을 먹어야 하는 데릴사위 신세다. 백유검으로서는 치욕적인 상황이라고 할 수 있었다.

"그게 쉽지가 않구나. 한 번 흩어진 문도를 모으는 것은 여간해선 어려운 일이다. 금자도 많이 필요하고."

백문보가 말꼬리를 흐렸다. 그의 말대로 월문 패망 이후 일 년이 훌쩍 지났지만, 신검산 패전 당시 흩어진 문도들 중 백문보를 찾아온 사람은 손에 꼽을 정도였다.

"이장로께서는 연락이 없으십니까?"

백유검이 다시 물었다. 그들과 이곳 평원까지 동행했던 이장로 마건은 월문이 오가장 근처에 정착한 이후, 패전 이후 소식이 끊긴 일장로 고태와 삼장로 천중한을 찾아 다시 강호를 나갔다. 그런데 그 이후 그조차도 소식이 끊겼다.

"아직 연락이 없구나."

"후… 이장로까지 떠난 것 아닙니까?"

백유검이 추궁하듯 물었다. 그에게선 더 이상 아버지 백문보에 대한 존경심은 찾아볼 수 없었다.

오가장의 데릴사위가 된 이후 그가 겪은 수모들이 모두 아버지 백문보 때문이라는 원망이 생긴 백유검이었다.

"다른 사람은 몰라도 이장로는 날 떠날 사람이 아니다."

백문보가 단호하게 말했다.

"아직도 사람을 믿으십니까?"

백유검이 어이없다는 듯 물었다.

"그는 나와 평생을 함께 한 사람이야."

"일장로와 삼장로도 마찬가지였지요."

"그들과는 다르다. 이장로는 어려서부터 나와 자란 사람이다. 일장로와 삼장로는 강호에서 내가 끌어들인 사람들이고."

백문보가 마건에 대해서만큼은 믿고 싶다는 듯 고개를 저으며 말했다.

"두고 보면 알겠지요. 아무튼 안사람이 아이를 가졌으니 이제 어머님과 아버님도 자주 오가장에 들러주세요. 이유가 생겼으니 비난하는 말들은 없을 겁니다."

"알았다. 그렇게 하마."

대부인 홍은이 부자 사이의 논쟁을 그치게 하려는 듯 얼른 대답했다.

"그리고… 기회를 봐서 얼마간 오가장을 떠나 있을 생각입니다. 그때는 아버님이 나 대신 장인어른을 도와주세요."

"오가장을 떠나? 무슨 일이 있느냐?"

백문보가 놀란 표정으로 물었다.

"이대로 오가장에서 데릴사위 노릇이나 할 수는 없지요. 듣자하니 최근 들어 장성 부근을 중심으로 마련의 마인들과 정파 무림인들 사이에 충돌이 많아지고 있다고 합니다. 그래서 창천검대와 함께 마련의 마졸놈들 사냥이나 좀 하려고 합니다."

"왜 갑자기 그런 일을……?"

백문보가 되물었다. 그러자 백유검이 냉정하게 말했다.

"언제까지 떠나버린 문도들이 다시 돌아오기를 기다릴 수는 없지 않습니까? 마련 놈들과 싸우다 보면 자연스럽게 마련에 원한을 가지고 있는 자 중에 절 따르는 사람들이 나올 겁니다. 그렇게 무리가 만들어지면 그 새 사람들로 월문을 재건하는 것이지요. 자금이 문제지만 어떻게든 그 사람과 장인어른을 설득해서 마련해 보겠습니다."

"음… 오가장주는 신중한 사람인데……"

"아이가 생겼으니 이 정도 부탁은 들어주겠지요. 손이 발이 되도록 싹싹 빌어서라도 반드시 장성 인근에서 활동할 자금을 받아 내겠습니다."

"…알겠다. 그렇게 하자꾸나."

백문보가 시무룩하게 말했다.

세상 어떤 보물보다 자랑스럽게 생각하는 아들이 월문 재건을 위해 데릴사위 노릇을 하는 것도 모자라 금자를 얻기 위해 굴욕을 감내하려는 모습에 자괴감이 드는 모양이었다.

"그럼 가겠습니다. 나오지 마세요."

백유검이 자리를 털고 일어나 훌쩍 백문보의 거처를 나가 버렸다. 그러자 홍은이 백유검을 따라 나갔다. 나오지 말라고 했지만 그래도 아들 배웅을 하지 않을 수 없었던 것이다.

"후우… 오가장과 사돈이 되면 모든 것이 해결될 줄 알았는데, 혼인을 해도 문제가 적지 않구나. 하지만 반드시 이 굴욕을 이겨내고 월문을 재건할 것이다. 그때 날 냉대했던 자들에게 그 굴욕감을 서너 배로 돌려주리라."

백문보가 이를 갈며 중얼거렸다.

*   *   *

아이가 태어난 후에도 시월과 이화검은 한동안 금가장의 별장이 있는 어촌마을 소호에 머물렀다. 갓 태어난 아이가 큰 배를 타고 바다를 여행하는 것이 힘들지 않을까 걱정했기 때문이었다.

금송은 이화검이 아이를 낳은 이후에는 만화도와 별장을 오가며 생활하고 있었다.

하지만 언제까지 금가장의 별장에 머물 수는 없었다. 그래서 시월과 이화검은 아이가 태어난 지 백일이 되면 별장을 떠나 만화도로 돌아가기로 결정했다.

시월 일행이 만화도로 돌아갈 날을 결정하자, 금가장에서는 장로 우사공을 보내 작은 선물과 함께 작별 인사를 전했다. 그런데 우사공이 별장을 다녀간 날 밤, 그 누구도 예상치 못한 일이 벌어졌다.

"사제! 큰일 났다!"

도원이 아이를 돌보느라 잠을 설쳐 새벽에 잠이 든 시월을 해가 뜨기도 전에 다급하게 불렀다.

"무슨 일이죠?"

워낙 다급한 목소리에 놀라 시월과 함께 잠에서 깬 이화검이 아이가 놀랄까 걱정하면서 시월을 바라봤다.

"알아보고 올게요."

시월이 재빨리 자리를 털고 일어나 소리가 나지 않게 조심스럽게 문을 열고 밖으로 나갔다.

"사형, 무슨 일이에요?"

문을 열고 나간 시월이 당황한 기색이 역력한 도원을 보며 물었다. 표정으로 보건대 보통 일이 아닌 것이 분명했다.

"여기!"

도원이 시월의 질문에 대답하는 대신 손에 들고 있던 서찰을 시월에게 내밀었다.

그러자 시월이 얼른 서찰을 받아 읽다가 갑자기 한숨을 푹 쉬었다.

"휴……! 도대체 갑자기 왜?"

시월이 믿기 힘들다는 듯 고개를 들었다.

그러자 도원이 조심스럽게 말했다.

"어제 금가장의 우 장로께서 다녀간 것 때문인 것 같다."

"우 장로님이 왜요?"

시월이 되물었다.

"우 장로께서 북방 무림의 정세에 대해 이야기하셨거든."

"그러니까 그게 왜요?"

"그 이야기 중에 의천무맹에 속한 문파들 일부가 장성 근처에서 북방의 마련 세력과 거래하는 상가를 조사하기 시작했다는 말을 했어. 그리고 그중 일부의 상가는 의천무맹을 위협하는 거래를 했다는 이유로 주살당하기도 했다는 거야. 그런 일이 앞으로 더 일어날 것이고. 그 정도로 마련과 의천무맹과의 갈등이 팽팽해져 있다고 하셨어. 또 그런 정세를 이용해 이 기회에 자신의 명성을 떨치려는 무인들이 장성 인근으로 모여들고 있다고 하더라고. 마인들과의 충돌도 심심찮게 일어나고."

"…그럼 설마 우담 누이가 걱정돼서 떠났다는 거예요?"

"음, 아무래도 연경으로 간 것 같아."

"설마 우담 누이가 위험할까요? 흑상과 거래를 하긴 하겠지만 그래도 기산장의 한 대인이 뒤를 봐주고 있는데. 기산장 뒤에는 관이 있고요."

시월이 되물었다. 그러자 도원이 고개를 저으며 말했다.

"그렇다고 해도 마련과 거래한다는 증거가 잡히면 정파 무인들로서도 공격할 정당한 명분을 갖게 되니까."

"하지만 그렇다 해도 그건 관의 묵인하에 하는 거래잖아요."

"이족과의 거래야 관의 묵인이 있으면 상관없지만 마련과의 거래는 다르지. 그건 관이 아닌 의천무맹의 영역이니까."

"상인이 정사 양도와 거래를 한 것은 어제오늘의 일이 아닌데 왜 새삼스럽게 맹에서 이렇게 민감하게 구는 거죠?"

시월이 이해할 수 없다는 듯 물었다.

"우 장로님의 말로는 신검산 월문 터에 세워지는 만계지마의 마정궁이 엄청난 규모와 속도로 세력을 넓히고 있는 것 같아. 세력이 커지니 필요한 물품도 다양해졌는데 북방에서 구할 수 없는 자재들을 대거 장성 이남에서 구입하고 있다고 하더라고. 그래서 연경 상인들이 지금 큰 대목을 잡았다고 해. 의천무맹 입장에서는 그 꼴은 보기 싫다는 거지."

"겨우 그런 이유로 상인들을⋯⋯."

"또 거래를 하다 보면 마련의 세력들이 거래하는 상인들을 이용해 장성 이남으로 세작들을 침투시킬 수 있으니까. 아마도 의천무맹에서는 그게 두려운 것이 아닐까? 그래서 마련과 거래하는 상인들의 뒤를 조사하는 것일 거야."

도원의 말에 시월이 흥분한 마음을 가라앉히고 차분하게 생각에 빠졌다. 그러다가 다시 한숨을 쉬며 말했다.

"일단 만화도로 돌아가서 대사형과 의논을 해야겠어요. 필요하다면 저도 연경으로 가야 할 것 같아요."

"음, 일단 삼 개월은 기다리는 것도 좋지 않을까? 소후 사형이 서신에 삼 개월 후까지는 돌아오겠다고 했으니까."

"그럼 너무 늦을 거예요. 삼 개월이 지나도 돌아오지 않는다는 것은 결국 무슨 일이 생겼다는 의미니까요."

"듣고 보니 그렇구나. 그런데… 역시 소후 사형은 우담 누이를 잊지 못하고 있었던 걸까?"

도원이 안타까운 표정으로 물었다.

"그러니까 바로 달려갔겠죠."

시월이 대답했다.

"에휴… 예전에 나이 든 사람들이 인연이란 게 무섭다고 할 때는 그 말들이 우습게 들렸는데, 세상을 겪어보니 알겠다. 이놈의 인연이란 것이 참 고약하고 고래힘줄처럼 질겨서 사람을 질리게도 하는구나."

계속 문제가 되는 설우담과 자신들과의 인연에 화가 난다는 듯 도원이 중얼거렸다.

"어쩔 수 없죠. 일단 예정대로 만화도로 돌아가요."

"그러자. 지금으로선 할 수 있는 게 없으니까."

도원이 한숨을 쉬며 대답했다.

*   *   *

"좀 걱정이 돼요."

문득 이화검이 말했다. 아이를 안고 용선을 기다리고 있던 시월이 이화검을 돌아봤다.

"아이 걱정은 말아요. 만화도에서도 잘 자랄 거예요."

"아이 걱정이 아니라 소후 사형이요."

"음……."

이화검의 말에 시월이 침음성을 흘렸다.

"그 정도 소식을 듣고 바로 달려갔다면 드러내지는 않았지만 그동안 얼마나 많은 마음고생을 하셨겠어요."

"그렇겠죠."

"그런데 그런 마음으로 달려가면 평정심을 유지하기 힘들지 않겠어요?"

"나도 그게 걱정이에요. 우담 누이에게 아무 일이 없다 해도 두 사람이 만나면… 어떤 일이 벌어질지 예측이 안 돼요."

"당신이 가봐야 할 것 같아요."

이화검이 말했다.

"그렇긴 한데… 아이를 당신에게만 맡겨두고 떠나기는……."

"후후후, 별걱정을 다하네요. 솔직히 만화도에 도착하는 순간 우린 우리 아들을 다른 사람들에게 빼앗기고 말 거예요. 이 아이의 백부들께서 가만두겠어요?"

"그게… 그렇겠군요."

시월이 머리를 긁적였다.

"대사형께서 이 아이에게 어떤 이름을 준비하셨을까요? 정식으로 아이를 보고 준비한 이름을 말하겠다고 하시니……."

이화검이 궁금하다는 듯 물었다.

"아마, 무인(武人)에게 어울리는 이름이 아닐까요? 대사형은 우리 사형제 중 가장 무인다운 무인이니까."

"흠, 그렇겠네요. 사실 본가의 아버님께 부탁했어도 그런·이름을 지었을 거예요."

"그러고 보니 소식을 전해야 하는데……."

"금가장에서 조만간 요동으로 상선을 보낸다니 그때 소식을 들으실 거예요."

"그러지 말고 아이가 돌이 지나면 한번 가봐요. 깜짝 놀라시게."

시월이 말했다.

"알았어요. 그것도 재밌겠다. 아! 배가 와요!"

이화검이 불쑥 수평선 위에 나타난 용선을 발견하고는 반가운 듯 탄성을 흘렸다.

*   *   *

무종(武宗)!

무광이 내민 두 글자에 시월과 이화검이 놀란 표정을 지었다.

"왜 마음에 안 들어?"

무광이 놀란 표정의 시월에게 물었다.

그러자 시월이 물었다.

"아이에 대한 기대가 너무 크신 것 아닌가요?"

"음, 이름대로 행하라면 부담스러운 이름이기는 하지. 하지만 그 의미를 알고 나면 사제도 내 마음을 이해할 거야. 난 이 아이가 단순히 한 명의 위대한 무림고수가 되는 것을 바라는 것이 아니야. 난, 이 아이가 우리 칠선문 무공의 시작이 되길 바라고 있어."

"칠선문 무공의 시작이요?"

"응, 사실 우리 일곱 사람의 무공의 뿌리는 누가 뭐래도 삼십육 마지. 화노 어르신의 만든 신단으로 그 마공들의 마기를 제어하고 있다고는 해도, 마공의 기운을 완전히 제거한 것은 아니니까. 그래서 어디 가서 자랑스럽게 그 뿌리를 밝힐 수 없는 무공들이잖아."

"그건 그렇죠. 하지만 무공 비결이란 하나의 방편일 뿐, 결국 한 사람의 무공은 무공 비결을 넘어서야 완성된다고 할 수 있습니다. 그런 면에서 우리 일곱 사형제의 무공도 훗날에는 결국 마공의 흔적이 지워지지 않겠습니까?"

"그렇다 해도 과거가 사라지는 것은 아니니까. 어쨌든 그래서 난 칠선문의 후인들이 우리 일곱 사형제를 칠선문 무공의 시작으로 생각지 않기를 바라. 우리 대신 이 아이가 칠선문의 무공의 뿌리가 되길 원한다는 말이야. 이 아이는 우리가 가진 어두운 과거에서 자유로운 아이니까."

"…무슨 뜻인지 알겠습니다. 그런 의미라면… 대사형의 주신 이름 기쁘게 받겠습니다."

시월이 무광에게 깊이 고개를 숙이며 말했다.

"이 아이가 아주버님이 바라는 대로 큰 인물이 될 수 있도록 많이 가르쳐 주세요."

이화검도 공손하게 고개를 숙였다.

그러자 무광이 시월에게 정색하며 말했다.

"이 일은 시월 네가 해야 하는 일이다. 넌 우리 사형제들의 무공을 모두 알고 있다. 또한 일정 수준 이상으로 그 무공들을 모두 수련해 냈지. 그러니 이제 그 무공들을 하나로 묶어 새로운 무공을 만들어야 한다. 그것이 이 아이에 의해 시작될 칠선문의 무공이 될 테니까. 우리들은 무종이 무공을 수련할 때 이런저런 도움을 줄 수는 있지만 무종이 수련할 칠선문만의 무공을 만드는 일은 사제만이 할 수 있어."

"…무공을 만드는 일이 쉽겠습니까?"

시월이 반문했다.

그러자 두 사람의 이야기를 듣고 있던 화노가 말했다.

"시월, 넌 이미 새로운 검법을 만들지 않았느냐?"

"…무형검 말입니까?"

"그래. 무형검은 너희들이 월문에서 배운 무공과는 전혀 다른 새로운 검공이지 않느냐?"

"하지만 그걸 어린애에게 가르칠 수는 없지 않습니까?"

"지금 바로 무형검을 무종에게 가르치라는 말이 아니다. 무형검에 이르는 방법을 체계적으로 생각해 보란 뜻이다. 꼭 마공의 수련이 아니더라도 결과를 알고 있으니 과정을 새로 구성하는 일이 어렵지는 않을 것이다."

"…무슨 말씀인지 알겠습니다. 대사형! 시간이 오래 걸리겠지만 한번 시작해 보겠습니다."

"좋아. 사제라면 충분히 해낼 수 있을 거야. 난 사제의 인내심을 믿는다."

무광이 말을 하면서 이화검의 품에 안긴 갓난아이, 연무종이라는 이름을 가지게 된 시월의 아들에게 시선을 돌렸다.

"무종! 네 이름이 너에게 큰 짐이 될 수도 있겠지만, 널 믿는 이 백부의 마음을 이해해 주렴. 대신 이 백부가 어떤 경우에도 널 지킬 것을 맹세하마."

무광의 말에 아이가 마치 무광의 말을 알아들은 듯 방긋 미소를 지었다.

"어? 웃는다!"

아이가 웃는 것이 신기한지 부리가 소리쳤다.

그러자 무광이 사제들을 돌아보며 말했다.

"사제들! 우리 칠선문에 새로운 시대가 열렸다. 축하할 일이다. 앞으로 삼 일 동안 잔치를 하자!"

"하하하! 알겠습니다. 우리 사형제들이 만난 이후 가장 기쁜 일이 일어났는데 당연히 잔치를 해야죠!"

부리가 호탕하게 소리쳤다.

그러자 금송이 그녀답지 않게 큰 소리로 말했다.

"좋아요. 그럼 잔치 준비는 내가 할 테니… 다른 분들은 음… 내가 부탁하는 일들만 좀 도와주세요! 자, 빨리빨리 움직이죠!"

금송의 말에 환호하던 칠선문 사형제들의 표정이 금세 굳어졌다. 일단 금송이 나서기 시작하면 일이 너무 커져서 잔치를 준비하다가 녹초가 되고 말 것이란 예감 때문이었다.

하지만 그렇다고 대사형 무광의 부인이자 칠선문의 안주인을 자처하는 금송의 말을 거부할 수도 없었다.

"표정들이 왜 그래요? 불만 있어요?"

금송이 사람들이 표정이 굳은 것을 보며 물었다.

그러자 부리가 얼른 고개를 저었다.

"아뇨, 불만이라뇨. 그런 거 절대 없습니다. 자! 그럼 무엇부터 도와드릴까요?"

부리가 아예 소매를 걷어붙이며 앞으로 나섰다.

*   *   *

금송은 강호 제일 재력가의 딸답게 손이 컸다.

그녀의 지시로 준비된 음식들은 칠선문의 문도들이 열흘은 먹고도 남을 만큼 풍족했다.

시월과 이화검이 복귀하면서 가져온 식재료를 거의 삼 분지 일쯤 쓴 것 같은 음식들이 칠선문의 주방에 넘쳐났다.

그렇게 음식을 준비한 후에는 무광의 말처럼 흥겨운 잔치가 삼 일간 이어졌다.

시월의 아들 무종이 태어난 것은 확실히 칠선문의 사제들에게 특별한 의미로 받아들여졌다.

비록 칠선문이라는 문파를 만들기는 했지만, 갑자기 어느 순간 부평초처럼 떠돌 것 같은 불안감이 늘 그들의 마음속에 존재했기 때문이었다.

그런데 무종이 태어나자 칠선문의 사형제들은 이제 그들의 운명이 칠선문과 만화도에 단단히 뿌리 내린 것 같은 느낌을 받고 있었다.

그래서 갓난아이 무종은 태어난 그 자체만으로 칠선문의 사형제들에게 축복과도 같은 존재였다.

그런데 모든 사람이 무종이 태어난 것을 축하하며 흥겨운 잔치를 즐기고 있을 때, 대사형 무광은 간혹 걱정스러운 표정을 지으며 북쪽을 바라보곤 했다.

모든 사형제가 모여 흥겨운 잔치를 하고 있지만, 단 한 명 소후만이 앞날을 예측할 수 없는 강호행을 하고 있기 때문이었다.

그래서 무광은 잔치가 이어지는 동안 초원루로부터 날아오는 전서구를 매번 자신이 직접 맞으러 만화도 정상에 오르곤 했다.

이미 초원루에도 연경 근처 무림과 상계의 소식이 있으면 빠짐없이 전해달라는 말을 전한 후였다.

늦은 오후 무광이 꽃들이 만발한 비탈길을 굳은 표정으로 내려오고 있었다. 그런데 그런 무광 앞에 불쑥 시월이 나타났다.

"어? 웬일이냐? 아이와 같이 있지 않고?"

갑자기 나타난 시월을 보며 무광이 놀란 듯 물었다.

"아이야 밤이 되어야 안아볼 수 있어요. 지금은 사형들이 절대 놓지 않으니까요. 화검조차 낮에는 안아보기 힘든데요."

"하하하, 그렇긴 하지? 하여간 사제들도 참 유난스러워. 그렇게 아이가 좋으면 장가를 가든지."

"그러게 말이에요. 후후."

시월이 가볍게 웃음을 흘렸다.

"아무튼 아이가 있으니까 만화도에 웃음이 그치질 않는구나. 고마운 일이다."

"…무슨 소식이 있나요?"

조금 전 무광의 표정이 좋지 않았던 것이 마음에 걸린 시월이 조심스럽게 물었다.

"음… 장성 부근의 사정이 점점 험악해져 가는 것 같아."

"드디어 충돌이 시작되는 건가요?"

시월이 물었다.

"본격적인 충돌은 아니지만, 크고 작은 일들이 벌어지는 것 같아. 하긴, 이 년이면 참을 만큼 참았다고 봐야겠지."

무광이 말했다.

만계지마가 월문을 무너뜨리고 신검산을 차지한 것이 이 년 전이다.

그 이 년 동안 정사 양도의 무림은 장성 이북과 이남으로 나뉘어 전력을 정비했다.

언젠가는 양쪽이 천하 무림의 주인을 가리는 건곤일척의 큰 싸움을 벌일 것을 양쪽 모두 알고 있었지만, 이 년 동안은 소문이 날 만큼의 충돌은 없었다. 자유분방한 무림인들의 성정을 생각하면 이 년의 침묵은 적지 않은 인내심이 필요한 시간이었다.

그리고 더 이상 참지 못한 일부의 무인들이 장성 부근에서 충돌하기 시작한 것이다.

"사형은 누님을 만났을까요?"

시월이 다시 물었다.

"글쎄, 우담 앞에 모습을 드러냈을지 아니면 모습을 감추고 우담을 살펴보고 있을지 나도 모르겠구나."

무광이 걱정스러운 표정으로 말했다.

"사형은 그런 마음을 가지고 어떻게 지금까지 견뎌왔던 걸까요?"

"아마 우담이 월문 동별당에 있을 때는 두 사람의 인연이 완전히 끝났다는 걸 수긍하고 살았겠지. 하지만 월문이 몰락하면서 우담이 월문을 떠났다는 소식을 듣고 나서는 속에 묻어 두었던 우담에게 대한 감정이 되살아 난 것이 아닐까 싶다. 물론… 내 생각일 뿐이지만."

무광이 말했다.

"제가… 가볼까요?"

시월이 물었다.

"제수씨가 허락할까?"

"이미 이야기해 놓긴 했어요."

"음… 제수씨가 허락한다면 나도 사제에게 부탁하고 싶긴 해. 그리고 만약 기회가 된다면, 두 사람 모두 이곳으로 데려왔으면 한다. 아무리 우담이 거부한다 해도 말이다."

"그건… 장담할 수 없겠는데요."

"알고 있다. 쉽지 않을 거란 걸. 하지만 소후가 이렇게 우담의 소식에 쉽게 흔들릴 정도면… 우담이 강호에 남아 있는 것은 늘 소후에게 불안한 요인이 되는 거니까."

"소후 사형을 위해선 우담 누이가 칠선문으로 오는 게 가장 좋기는 하죠."

"네가 우담을 설득해 보거라. 우담도 이번에 소후의 마음을 알았을 테니 생각이 변할 수도 있다."

"알았어요. 한번 설득해 볼게요."

시월이 고개를 끄덕였다.

"후… 아무튼 제수씨 볼 낯이 없네. 아이가 겨우 백일이 지났는데. 강호에서의 일은 늘 너에게 맡기고 있으니……."

무광이 한숨을 쉬었다.

"화검을 알잖아요. 그런 일로 서운해할 사람이 아니에요."

"그렇긴 하지만… 이번에는 부리와 함께 가. 부리는 워낙 감각이 뛰어나니까 어지러운 상황에선 큰 도움이 될 거야."

"알겠습니다. 그리고 너무 걱정 마세요. 어떻게든 소후 사형을 무사히 데려올 테니까."

"그래, 널 믿는다."

무광이 시월의 등에 손을 얹으며 말했다.

                    *   *   *

시월이 부리와 함께 소후를 찾아 만화도를 떠나려던 시간, 장성 인근에서는 정사 양도의 무인들이 크고 작은 소모전을 벌이고 있었다.

십대천문이나 삼십육마의 후인을 자처하는 마련십천마가 싸움에 관여하는 것은 아니지만, 치열한 싸움이 자신의 명성을 날릴 기회라고 생각하는 정사 양도 무인들의 충돌이 거의 매일 일어나고 있었다.

그런데 그렇게 장성 주변에서 활동을 시작한 무인 중 단연 사람들의 관심을 끄는 인물이 있었다.

월문신룡 백유검, 신검산에서 만계지마 중산에게 대패를 당한 후 한동안 강호에서 사라졌던 월문신룡 백유검이 얼마 전부터 장성 부근에 나타나더니 마인들을 가차 없이 주살하기 시작했던 것이다.

본래 월문이 몰락하기 전부터 마련을 상대로 검을 아끼지 않았던 백유검이지만, 장성 인근에서 활동을 시작한 이후에는 이전과 전혀 다른 의미로 사람들의 관심을 독차지했다.

─마인보다 더 독한 살검을 쓰는 정파의 무인!

그것이 최근 월문신룡 백유검이 얻은 명성이었다.

그는 마련과 조금의 관련이라도 있는 자를 만나면 가차 없이 살검을 뿌렸다. 그의 손에 자비는 없었다.

그가 나타난 이후, 그와 그를 따르는 십여 명의 무인이 벤 사람 수만 수십 명에 이르렀다.

그의 거침없는 살행은 정파 무인들조차 눈살을 찌푸리게 하는 경우가 많았지만, 그럼에도 누구 하나 그를 비난하는 사람은 없었다.

월문의 패배와 몰락은 백유검에게서 많은 것을 빼앗아 갔지만, 적어도 마련과 인연이 있는 자라면 그 누구라도 죽일 수 있는 정당성을 부여했기 때문이었다.

그래서 정파의 무림인들은 다만 그가 살마로 변하지 않기를 마음속으로 바랄 뿐, 백유검의 살행을 제지하지는 못했다.

그렇게 사람들이 자신을 우려의 시선으로 바라보고 있는 것을 아는지 모르는지, 산서 북방의 장성에서 마인 추살을 시작한 백유검은 어느새 연경 북방까지 진출해 있었다.

*　　　　*　　　　*

번쩍!

석양에 검날이 붉게 물들었다.

"큭!"

비명이 터져 나오고 검날은 더 붉은 피로 물들었다.

투툭!

검을 휘두른 자가 두어 번 검을 휘둘러 검신에 묻은 피를 털어 버렸다. 그러고는 자신의 검에 베여 무너지듯 주저앉은 자를 발로 밀었다.

털썩!

발에 밀린 자가 그대로 땅바닥에 쓰러졌다. 그러자 검의 주인이 피를 털어낸 검 끝을 쓰러진 자의 목젖에 가져다 댔다.

"사… 살려주시오."

허벅지와 옆구리에 깊은 검상을 입고 쓰러진 자가 다급히 목숨을 구걸했다. 그러자 검을 겨눈 사내가 물었다.

"내가 누군지 아느냐?"

"…짐작은 하고 있소."

"말해봐라. 내가 누구라고 생각하는지."

검을 든 자가 도도하게 말했다.

"…월문신룡이 아니시오?"

쓰러진 자가 죽음의 두려움에 몸을 바르르 떨며 말했다. 그의 눈동자가 끊임없이 살 기회를 찾아 흔들렸다.

"그래도 제법 눈치가 있구나. 하긴 그러니까 사람 같지 않은 마련 놈들과 거래를 하겠지."

"대협, 살려주시오. 대협께서 최근 장성 인근에서 활동하는 마인들을 추살하고 있다는 것은 알고 있으나 난… 마인이 아니라 상인이오. 상인들은 전쟁이 일어나도 양쪽 모두와 거래한다는 것을 알고 계시지 않소. 내가 마련과 연결된 상인들과 약간의 거래를 했다고 해서 죽어야 한다면… 아마 장성 부근 상인들은 거의 모두 죽어야 할 거요."

쓰러진 자가 억울하다는 듯 말했다. 그러자 월문신룡 백유검이 차가운 안광을 흘리며 말했다.

"물론 그놈들은 모두 찾아서 죽일 테니까 너 혼자 죽는다고 너무 억울해 말라."

"월문신룡… 정말 당신은 혈마가 된 것이오?"

쓰러진 자가 두려운 듯 물었다.

"혈마라… 그렇다. 마련의 마졸들과 그들을 돕는 자들에게는 혈마가 되기로 했다. 안 될 것이 있느냐? 놈들이 우리 월문의 문도들을 죽이고 우리의 터전을 빼앗았는데."

백유검이 마치 눈앞의 중년 사내가 월문을 무너뜨린 마련의 만계지마 중산이라도 되는 듯 물었다.

"아, 아니오. 그런 말이 아니라… 난 마련의 마인도 아니고, 먹고살려고 작은 거래를 하는 상인일 뿐이오. 제발 살려주시오. 우리 같은 장사치들의 사정은 아실 것 아니오?"

"내가 알아본 바에 의하면 넌 그저 그런 작은 상인이 아니다. 다시 한번 거짓말을 늘어놓으면 그 즉시 네놈의 목을 뚫어버리겠다. 장수홍! 알겠느냐?"

"…날 아시오?"

중년 사내가 얼굴을 일그러뜨리며 물었다.

"설마 내가 네 말대로 아무 상인이나 잡아 죽이겠느냐? 흑상 장수홍, 비밀리에 흑사회에 가입되어 있고 주로 염초를 거래하지. 그동안 적지 않은 염초를 장성 이북으로 가져갔고."

"제길……."

중년 사내, 흑상 장수홍이 자신도 모르게 욕설을 내뱉었다. 이 정도로 자신의 정체를 자세히 알고 있다면 오늘 살아남기가 힘들 거란 생각이 들었기 때문이었다.

흑상, 그것도 흑사회에 속한 상인은 무림에서 마련의 인물로 취급된다. 흑사회의 회주가 삼십육마의 일인이자, 마련십천마 중 한 사람인 흑화수 금사이기 때문이었다.

흑사회에 속한 흑상들은 느슨한 상인 연대의 형태를 띠고 있지만, 결국 흑화수 금사의 명을 따를 수밖에 없다.

그러니 그들은 마련으로부터 결코 자유로울 수 없는 상인들이었다.

"이제 네가 죽을 이유는 충분하지?"

백유검이 흑상 장수홍에게 물었다.

그러자 장수홍이 썩은 음식을 먹은 표정을 짓다가 문득 눈빛을 반짝이며 물었다.

"그런데… 곧바로 날 죽이지 않은 것은 혹 내가 살아날 방법이 있다는 뜻이오?"

"…역시 흑상이라 그런지 눈치가 빠르군."

백유검이 감탄했다.

"역시 그렇구려. 그럼 말해주시오. 어떻게 하면 내가 살아남을 수 있는지. 대협이 시키는 것이라면 뭐든 하겠소."

장수홍이 물었다.

"좋아. 일단 내가 묻는 말에 사실대로 대답부터 해줘야겠다. 하겠느냐?"

"그게 무엇이오? 뭐든 물어보시오."

자신에게는 목숨을 걸고 지켜야 할 비밀이 아무것도 없다는 듯 장수홍이 침을 꿀꺽 삼키며 말했다.

"연경을 중심으로 활동하는 대상(大商)이라 부를 만한 상인 중에 만계지마의 마정궁과 큰 거래 하는 자가 있다고 들었다. 듣기에는 관의 비호도 받고 있다던데… 그자가 누군지 아느냐?"

"……!"

백유검이 질문에 장수홍이 놀라 대답하지 않고 백유검을 바라봤다. 그러자 백유검이 검을 들며 말했다.

"대답을 못 하겠다면 죽어야지."

"아! 아니오. 말하겠소."

장수홍이 얼른 손을 내저었다.

"그럼 말해봐라. 네 목숨을 지킬 수 있는 가치를 가진 정보인지 들어보겠다."

백유검이 언제든 장수홍의 목을 벨 수 있다는 태도를 보이며 말했다. 허튼소리는 절대 용서치 않겠다는 뜻이다.

"연경 상인들은 아무리 대상이라 해도 직접 마정궁과 거래하지는 않소. 그들은 우리 흑사회 상인들을 통해 마정궁과 거래를 하오. 직접적으로 마련이나 이족과 거래를 하는 것은 아무래도 관이나 의천무맹에 눈치가 보이니까 말이오."

"그들 중 가장 큰 거래를 하는 자가 누구냐?"

"…아마 기산장의 한 대인일 거요. 그가 하는 거래는 그 규모부터 다른 상인들과 다르니까."

"기산장의 한 대인… 어떤 자냐?"

"나도 그 사람의 개인사는 잘 모르오. 다만 그의 기산장이 고관들의 비호를 받고 있다는 것은 알고 있소. 그래서 기산장은 장성 너머 그 누구와도 못 하는 거래가 없소. 그를 건드리는 것은… 연경의 관부와 싸우는 것과 같으니까 말이오."

"연경의 관부와 싸운다라……."

백유검이 꺼림직한 표정으로 중얼거렸다. 아무리 백유검이라 해도 관부와 척을 지는 것은 위험한 일이었다.

"기산장 말고는 최근 들어 만설장이 흑상들 사이에서 관심을 끌고 있소. 소문으로는 만설장도 기산장의 한 대인과 연관이 있다고 하더구려. 어떤 자들은 경쟁 관계인 것 같다고 말하기도 하오."

"만설장이라… 장주는?"

백유검이 물었다.

"그게 확실치가 않소. 누구는 미모의 여인이라고 하던데 나는 설마 기산장에 버금가는 위험한 거래를 하는 상가를 여인이 이끌거라고는 생각지 않소."

"그들도 관의 비호를 받나?"

백유검이 물었다.

"뭐… 연경에서 장사를 하려면 당연히 관의 고관들의 비호를 받아야 하니까 그럴 것이오. 물론 기산장처럼 고관들을 배후에 두고 있는지는 모르겠소."

당연한 일이라는 듯 장수홍이 말했다.

"좋아. 이제 다른 걸 묻겠다. 흑사회주 흑화수 금사가 자주 장성을 넘어 중원으로 온다는 소문이 있던데 사실이냐?"

"그, 그것이……."

흑상 장수홍이 바로 대답하지 못하고 말을 얼버무렸다.

"뭐야? 흑상 주제에 충성심이라도 있다는 건가?"

백유검이 대답을 망설이는 장수홍을 비웃었다.

"아니오. 충성심이라니. 다만, 워낙 독한 계집이라 잠깐 겁을 먹었을 뿐이오. 흐흐."

흑상 장수홍이 아예 욕설까지 보태며 얼른 고개를 저었다.

"좋아. 그럼 말해봐라. 흑화수가 장성을 넘어오는 경우가 종종 있느냐?"

"아무래도 흑사회의 회주니까 가끔 장성 이남으로 와서 흑상들과 장성 이남 상인들의 거래를 살펴보곤 하오."

"주로 활동하는 곳은 역시 연경인가?"

"그렇소."

"약속된 날이 있느냐? 아니면 따로 연락이 오느냐?"

"정해진 날은 없고 자기가 필요할 때 연락을 하는 편이오."

장수홍이 대답했다.

"음……."

장수홍의 대답에 백유검이 뭔가를 생각하는 듯 잠시 질문을 멈췄다. 그런 백유검을 장수홍이 불안한 표정으로 바라봤다. 백유검이 자신을 죽일지 살려줄지를 고민하는 것처럼 보였기 때문이었다.

그렇게 한참 뭔가를 생각하던 백유검이 다시 입을 열었다.

"네가 해줄 일이 있다."

거절은 있을 수 없다는 듯한 강압적인 요구다.

"…무엇이오?"

장수홍이 불안한 표정으로 물었다.

"나를 흑화수 금사와 만나게 해줘야겠어."

"그, 그건 내가 할 수 없는 일이오. 난 흑화수 금사를 부를 능력이 없소."

장수홍이 얼른 고개를 저었다.

"그건 걱정 마라. 내가 흑화수 금사가 연경에 오게 만들 테니 넌 흑화수가 연경에 와서 흑상들을 소집하면 그때 나에게 장소와 때를 알리면 된다. 어려운 일도 아니지 않느냐?"

"……."

백유검의 요구에 장수홍이 망설이며 대답하지 못했다. 만약 그가 백유검을 도와 흑화수를 함정에 빠뜨렸다는 것이 세상에 알려지면 그는 절대 목숨을 부지할 수 없을 것이다.

아니, 차라리 죽음이 편할 수도 있었다. 흑화수 금사를 따르는 마인들이 배신한 그에게 죽음보다 더한 고통을 가할 것이기 때문이었다.

장수홍으로서는 당연히 망설일 수밖에 없는 제안이었다.

"거절한다면 지금 죽여주마. 묻는 말에 대답했으니 고통 없이 죽여주겠다."

백유검이 다시 검을 장수홍에게 드리웠다. 그러자 장수홍이 얼른 손을 저었다.

"아니, 아니오! 알겠소! 한번 해보겠소."

당장 눈앞에 닥친 죽임을 피하는 것이 급선무라 생각한 장수홍이 다급하게 소리쳤다.

"좋아. 한 번 믿어보마. 하지만 경고하는데 날 배신하면 네가 나와 했던 이 약속을 강호에 널리 알릴 것이다. 그렇게 되면 넌 절대 마련의 무리 속에서 살아가지 못할 것이다. 흑상 노릇도 접어야 할 것이고⋯ 그 이후에 내가 널 찾아갈 것이다. 그리고 네가 상상할 수 없는 고통을 선물해 주겠다. 죽지도 살지도 못하는 상태로 만들어서 말이야."

백유검이 소름 끼치는 협박을 했다.

그 순간, 백유검의 눈빛을 본 장수홍은 깨달았다. 정말 이 빌어먹을 작자가 그런 짓을 하고도 남을 사람이라는 것을. 그리고 그가 두려워하는 흑화수 금사 이상의 악독한 자라는 것을.

"후⋯ 배신할 일은 없을 테니 걱정 마시오. 다만, 흑화수 금사를 만나게 해준 이후에는 날 놓아주시오. 흑상이고 뭐고 다 때려치우고 조용한 곳에서 농사나 짓고 살 테니까."

"약속하지. 넌 이 한 번의 거래만 성사시키면 자유다."

백유검이 고개를 끄떡였다.

"알았소. 제길 한번 해봅시다. 그런데⋯ 어떻게 흑화수 금사를 장성 이남으로 오게 만들겠다는 것이오?"

장수홍이 물었다.

그러자 백유검이 대답했다.

"연경의 대상들이 흑상과 거래를 끊게 만들 것이다."

"⋯설마, 기산장주를 죽이겠다는 것이오?"

장수홍이 놀란 표정으로 물었다.

"그를 죽일지 아니면 다른 자를 죽일지는 모르겠지만 조만간 연경의 대상들은 죽음이 두려워서 감히 흑사회의 흑상들과 거래하지 못하게 될 것이다. 그럼… 흑화수가 반드시 연경으로 오지 않겠나?"

"그… 그야 그렇지만. 그래도 기산장은 조심하시오. 말했지만 기산장의 한 대인은 연경의 고관들과 밀접한 관계가 있는 사람이니까."

"그건 내가 알아서 할 일이지 네가 신경 쓸 일이 아니다. 이제 그만 가보거라. 연락은 내가 따로 하지."

"…알았소. 그런데 설마 밝은 대낮에 날 찾아오는 것은 아니길 바라겠소."

장수홍이 자신과 백유검의 거래가 탄로가 날까 봐 부탁 같은 주의를 줬다.

"후후, 난 쓸모 있는 사람을 쉽게 위험에 빠뜨리지 않는다. 가봐라."

백유검이 완전히 검을 거뒀다.

그러자 장수홍이 쭈뼛쭈뼛 자리에서 일어나더니 부상을 당한 몸을 이끌고 서둘러 장내를 벗어나기 시작했다.

"정말 연경의 대상들을 죽일 생각이십니까?"

장수홍이 떠나자 백유검 곁에 남은 몇 안 되는 창천검대의 무사 서홍이 물었다.

"그래야겠지."

"상계와 척을 지는 것은 매우 위험한 일입니다. 의천무맹에서도 문제로 삼을 수 있습니다."

서홍이 걱정스러운 표정으로 말했다.

"한두 놈만 죽이면 된다. 그럼 나머지 놈들은 알아서 흑상과의 거래를 멈출 것이다. 그리고 의천무맹은 결코 내가 한 일에 대해 시비를 걸지 못할 거야. 왜냐하면 난 월문을 몰락시킨 마련과 거래를 한 놈을 죽이는 것이니까. 무림에서 가문의 복수는 언제나 정당하다! 더군다나 상대가 마련의 사악한 마인들이라면."

백유검이 차가운 미소를 지으며 말했다.

제 9장
—
재회(再會)

　한 대의 마차가 장원을 나섰다. 연경 인근이라지만 외진 곳에
위치한 장원은 날이 저물자 불빛도 별로 없어 어둠 속에 파묻힌
듯 보였다.

　그 장원을 나선 마차 역시 검은색이어서 말발굽 소리가 아니면
마차의 이동을 눈치챌 사람이 많지 않았다.

　마차는 다섯 명의 무인이 말을 타고 호위했다. 장원을 떠난 마
차는 급히 서두르지 않고 천천히 이동하다가 너른 관도에 이르러
서야 그제야 속도를 내기 시작했다.

　두두두!

　두 개의 봉우리가 마주 보고 있는 어두운 산속, 관도를 질주하
던 마차는 인적 없는 산속에 들어서자 서서히 속도를 늦추더니 움
직임을 멈췄다.

사방을 둘러봐도 인가 하나 없는 깊은 산속이다. 비록 관도가 관통하고 있다고 해도 인가가 없는 산중의 밤 풍경은 을씨년스럽기 이를 데 없었다.

마차가 멈추자 마차를 호위하던 자들이 재빨리 주변을 살폈다. 그때 어둠 속에서 불쑥 검은 인영이 튀어나왔다.

"만설장에서 오셨소?"

어둠 속에서 나온 자가 자신의 등장에 검을 뽑으려는 호위 무사들에게 물었다.

"그렇소."

호위 무사가 대답했다.

그러자 이제는 완전한 사람 모습으로 변한 검은 인영이 말했다.

"따라오시오. 대인께서 기다리고 계시오. 그런데… 마차로 이동하기 어려울 것 같은데……."

사내가 검은 마차를 보며 말했다.

그러자 호위 무사가 잠시 마차로 다가가 마차 안의 사람과 이야기를 나누더니 사내에게로 다가왔다.

"마차는 튼튼하오. 산길이어도 상관없소."

반드시 마차를 타고 가겠다는 뜻이다.

그러자 숲에서 나타난 사내가 눈살을 찌푸렸다.

"산길을 어떻게 마차를 타고 간단 말이오?"

그러자 호위 무사가 단호한 태도로 말했다.

"그렇다면 사 대인을 이리로 오라고 하시오. 장주께서 마차에서 내리실 일은 없소."

"그럼 거래가 힘들 것 같은데……."

사내가 거래가 틀어져도 괜찮겠느냐는 듯 물었다.

그러자 호위 무사가 한줄기 미소를 지으며 대답했다.

"본장과 거래하려는 상인들은 줄을 섰소. 본장이 무엇을 할 수 있는지 모두 알고 있기 때문이오. 그래서 사 대인도 거래를 요청한 것 아니오? 그 거래가 틀어져도 본장은 오늘 밤에 밤 나들이를 한 수고 말고는 손해 볼 것이 없소."

호위 무사가 이 거래가 틀어져도 상관없다는 듯 말했다.

그러자 사내가 고개를 저으며 말했다.

"그래도 한 번 거래에 금자 오천 냥, 그 거래를 일 년에 세 번 하겠다는 상대는 찾기 어렵지 않겠소? 이 거래가 성사되면 만설장은 기산장의 그늘에서 벗어날 수 있을 것인데……."

"아무리 열매가 달아도 속을 모르는 늪으로 들어갈 수는 없지 않겠소?"

호위 무사가 단호하게 말했다.

"늪이라… 그 말은 우리 가주님을 믿지 못한다는 거요?"

"현재 장성 일대의 사정을 생각하면 누가 누굴 믿을 수 있단 말이오? 반대로 사 대인께서 우리 장주님을 신뢰했다면 이렇게 깊은 밤에, 인적 하나 없는 산속으로 장주님을 부르셨겠소? 사 대인도 조심하고 있는 것 아니오? 그러니 말씨름 그만하고 사 대인이 오신다면 이곳에서 거래를 하고, 오지 않겠다면 우린 돌아가겠소."

호위 무사가 강경한 태도를 보이자 사내가 잠시 망설이다 입을 열었다.

"알겠소. 그럼 잠시 기다리시오. 내가 가서 가주께 말씀드려보겠소."

"이각이오. 그 안에 사 대인이 오지 않으면 장주께서는 돌아가실 것이오."

"알았으니 기다리기나 하시오."

사내가 대답하고는 한순간에 숲속으로 사라졌다.

사내가 숲으로 사라지자 호위 무사가 마차로 다가가 말했다.

"아무래도 느낌이 좋지 않습니다."

"그렇군요. 확실히 이런 초대에는 응하는 것이 아니었어요. 돌아가요!"

마차 안에서 여인의 목소리가 들렸다.

"기다리지 않고 말입니까?"

"이미 약속 장소를 두 번이나 바꿨어요. 그러다 결국 날 마차에서 내리게 해 숲속으로 끌어들이려 했고요. 함정일 가능성이 커요. 내가 이각이라고 말한 것은 시간을 벌기 위한 구실이었어요. 당장 돌아가요."

마차 안에서 단호한 말이 흘러나왔다.

"알겠습니다! 장원으로 돌아간다! 서둘러라!"

호위 무사의 명에 마차를 모는 자와 말을 탄 호위 무사들이 급히 방향을 돌려 그들이 온 방향으로 달리기 시작했다.

두두두!

마차와 다섯 필의 말이 무서운 속도로 관도를 질주했다. 숲속으로 이어진 관도가 서서히 숲을 벗어나기 시작했다.

평지로 나가기만 하면 안심할 수 있었다. 그곳부터는 인가도 있고, 중간중간 연경으로 이어지는 관도를 지키는 관병들의 주둔지도 있기 때문이었다.

그런데 마차가 막 산을 벗어나려는 순간, 갑자기 세 자루의 창이 날아와 마차 앞에 꽂혔다.

퍼퍼퍽!

히히힝!

마차를 끌던 말이 놀라서 앞발을 들며 비명을 질렀다. 갑작스럽게 달리기를 멈춘 말들 때문에 마차가 비틀거리며 한쪽으로 기울어졌다.

"핫!"

마차가 기울어지자 뒤따르던 호위 무사 중 한 명이 달려와서 마차를 반대 방향으로 밀었다.

쿵!

호위 무사의 공력은 예상외로 대단해서 한쪽으로 기울어지며 들렸던 마차 바퀴가 다시 땅에 바르게 놓였다.

"웬 놈들이냐?"

호위 무사들의 우두머리가 마차를 바로 세우는 사이 앞으로 달려 나간 다른 호위 무사들이 검을 뽑아 들고 창이 날아온 방향을 향해 소리쳤다.

그러자 어둠 속에서 십여 명이 넘어 보이는 무리들이 모습을 드러냈다. 손에 도검을 든 불청객들은 살기를 뿜으며 멈춘 마차 앞으로 다가왔다.

그리고 그중 한 명이 앞으로 나와 마차 안의 인물을 향해 입을 열었다.

"어렵게 만설장주를 초대했는데 흥정도 하지 않고 돌아가신다면 너무 서운한 일 아니겠소?"

달빛에 비친 사내는 중년의 나이로 보였고 구레나룻이 턱까지 자란 험악한 얼굴을 하고 있었다. 한눈에 보아도 상인이라기보다는 무인에 가까운 모습이다.

"정체를 밝혀라!"

호위 무사 중 한 명이 재차 소리쳤다.

"만설장주를 초대한 사람이면 누구겠느냐?"

"사가장의 장주란 말이냐?"

"그렇다. 내가 바로 만설장주를 초대한 사가장주다. 원하는 대로 관도로 내려왔으니 만설장주도 이제 그만 얼굴을 보여야 않겠소?"

사가장주라 자칭한 사내가 호위 무사 뒤쪽의 마차를 보며 말했다.

그러자 호위 무사가 다시 입을 열려는데 마차 안에서 먼저 여인의 목소리가 흘러나왔다.

"사가장에서는 본래 이런 식으로 거래를 하나요?"

차갑고 냉정한 목소리다. 목소리에는 전혀 긴장한 느낌이 없는 목소리다.

"흠… 누구에게나 이런 식으로 대화를 시작하지는 않소. 하지만 거래를 마다하고 도주를 하는 자나 혹은… 감히 정파의 땅에서 마련의 인물들과 거래하는 자들에게는 이것도 오히려 부드러운 대접 아니겠소?"

쑥!

사가장주가 땅에 박힌 창을 뽑아 들며 말했다.

그러자 마차 안에서 다시 여인의 목소리가 흘러나왔다.

"그 말을 듣고 보니 의심이 가는군요. 정말 사가장이란 상가가 있기는 하나요?"

"후후, 물론 장주의 짐작대로 이 세상에 사가장이라는 상가는 없소. 하지만, 삼십육마의 난 전에 사가장이라는 무가는 있었소."

"그 말은 삼십육마의 난 당시에 멸문을 했다는 뜻인가요?"

"역시 소문처럼 눈치가 빠르시구려."

"그럼 대협은 바로 그 사가장의 후예겠군요."

"말이 통하는 상대를 베는 것은 아쉬운 일이지."

사내가 진심으로 아깝다는 듯 말했다.

"거래를 핑계로 절 끌어낸 이유가 단지 날 죽이기 위해서인가요? 아니면 달리 원하는 것이 있나요?"

만설장주가 다시 물었다.

그러자 중년 사내가 잠시 생각에 잠겼다가 입을 열었다.

"처음에는 단번에 당신을 죽일 생각이었소. 만설장이 흑상들을 통해 마련에 막대한 물자를 공급하고 있다는 것을 알고 있었으니까. 나 사중상은 가문을 멸문시킨 마련의 마인들을 돕는 자를 살려둔 적이 없소. 그런데… 그대의 말을 듣다 보니 이번만큼은 내 원칙을 바꿀 마음도 생기는구려."

"원하는 것을 말해보세요."

"음… 그 전에 얼굴을 보아야겠는데?"

스스로 사중상이라 이름을 밝힌 중년 사내가 말했다.

그러자 잠시 침묵 끝에 마차 문이 열리고 수수한 청의를 입은 여인이 모습을 드러냈다.

그런데 모습은 드러냈지만 하얀 면사가 가리고 있어서 그 얼굴은 볼 수 없었다.

"자, 이제 말씀해 보세요. 내게 원하는 것을!"

만설장주가 대담하게 앞으로 나서며 물었다. 그러자 호위 무사 중 우두머리가 재빨리 여인의 곁에 다가섰다.

"역시 배포가 보통이 아니구려. 만설장이 모습을 드러낸 지 채 이 년이 지나지 않아 연경의 거상들과 어깨를 나란히 할 정도로 성장했다더니 장주를 보니 그 이유를 알겠소."

"칭찬이나 듣자고 나온 것은 아니에요."

만설장주가 싸늘하게 말했다.

그러자 사중상이 잠시 여인을 주시한 후 추궁하듯 물었다.

"만설장이 흑상을 통해 마련과 거래한 사실은 인정하오?"

"연경에 있는 모든 상가가 은밀히 여러 흑상들과 거래를 하죠. 그렇게 거래된 물품을 흑상들이 어찌 처리하는지는 관심 없어요. 만약 만설장이 흑상들과 거래를 한 이유로 날 죽이려 한다면… 연경의 모든 상인들을 죽여야 할 거예요."

그녀의 말은 틀리지 않았다. 장성 인근에서 흑상들과 전혀 거래가 없는 상가는 극히 드물었다.

천하제일의 부를 가졌다는 금가장조차도 간혹 흑상들과 거래를 하고 있었다.

"만설장의 경우는 좀 다르다고 알고 있소. 흑상은 그저 명목상의 중개인이고, 사실은 마련과 직접 거래할 품목과 가격을 협상한다고 들었는데 내가 잘못 알고 있는 것이오?"

사중상이 날카롭게 물었다.

"그 역시 큰 상가들에는 비일비재한 일이죠."

부인하지는 않았지만, 그렇다고 잘못도 아니라는 듯 만설장주가 대답했다.

그러자 사중상이 고개를 끄떡였다.

"좋소. 그 말도 맞다고 합시다. 그런데 그 대상(大商)들은 정파 무림인들의 추궁에서 자신들을 지킬 힘이 있소. 그 힘이 무력이든 혹은 명문 대파들과 이어진 끈끈한 인연이든 말이오. 그런데 만설 장에도 그런 힘이 있소?"

사중상의 말은 협박이나 다름없었다. 지금 자신의 손에서 만설 장을 지켜줄 문파나 힘이 있냐는 뜻이었다.

"후우……."

만설장주가 대답을 하는 대신 길게 한숨을 내쉬었다.

그 한숨이 자신을 지킬 힘이 없다는 것을 인정한 것으로 받아 들인 사중상이 가볍게 웃음을 흘렸다.

"후후, 그럴 만한 뒷배가 없는 모양이구려? 그렇다면! 오늘 내가 여기서 만설장주를 벤다 해서 문제가 될 일은 없을 것이오. 그러 니. 장주의 목숨을 두고 흥정을 한번 해봅시다."

"뭘 원하나요?"

만설장주가 물었다.

"난 사가장이 몰락한 이후 수십 년 동안 천하를 떠돌며 사가장 의 재건을 위해 노력했소. 그래서 일정한 세력을 만들기는 했는데, 사가장을 본래의 터전에 재건할 만한 재물이 부족하오. 어떻소? 만설장에서 사가장의 재건을 도와주면 사가장이 만설장의 뒷배가 되어줄 수 있는데……."

사중상이 만설장주에게 물었다.

"…나쁘지 않은 제안이군요. 상가는 무림의 무가들과 깊은 인연을 맺어 두는 게 여러모로 편리하니까. 그래서 얼마나 지원해 드리면 될까요?"

만설장주가 순순히 사중상의 제안을 받아들일 것 같은 태도로 물었다.

그러자 사중상이 만족한 듯 미소를 지으며 대답했다.

"일단 금자 오만 냥이 필요하오. 과거 사가장의 터를 사고 장원을 지으려면 말이오."

"헉! 금자 오만 냥!"

"어디서 말도 되지 않는 소리를……!"

만설장주를 지키던 호위 무사들이 분노를 토해냈다.

금자 오만 냥이면 지난 이 년간 만설장이 벌어들인 금자를 모두 털어내야 가능한 금액이었다.

"결국 사 대협은… 만설장 자체를 원하시는군요?"

만설장주가 차갑게 물었다.

"후후, 한집안이 된다면 그것도 나쁠 건 없소. 듣기로 만설장주께서는 홀몸이라던데, 만설장주가 우리 사가장의 안주인이 되면 더없이 좋은 거래가 될 것이오."

사중상이 진득한 미소를 지으며 말했다.

그러자 만설장주가 고개를 저으며 차갑게 대꾸했다.

"수십 년의 노력을 하고도 왜 사가장이 아직 재건되지 않았는지 알겠군요. 정파라 자처하면서 마음은 탐욕으로 가득 찬 자를 누가 따르겠어요. 더군다나 상대를 설득하는 것이 아니라 협박하고 조롱하는 자는 그 누구와도 거래하기 힘들지요. 사 대협의 그

제안은 못 들은 것으로 하겠어요!"

순간 사중상의 얼굴에서 미소가 사라졌다. 대신 그의 얼굴에
차가운 살기가 나타났다.

"…그렇다면 넌 오늘 죽는다!"

사중상이 마치 정파의 후인이 아니라 죽음의 피를 갈구하는 대
혈마 같은 표정으로 뇌까렸다.

*　　　　*　　　　*

"쓸어버렷!"

사중상이 창을 들어 올리며 수하들에게 명을 내렸다.

그러자 그의 뒤에 서 있던 십여 명의 무인들이 만설장주 일행을
향해 도검을 휘두르며 달려들었다.

"본장을 몰라도 너무 모르는군요."

창!

만설장주가 검을 뽑아 들었다.

그리고 검이 뽑혔다 싶은 순간, 어느새 그녀를 향해 달려들던
사중상 수하의 목이 베어졌다.

팟!

"컥!"

목이 베인 사중상의 수하가 신음을 토하고는 피를 뿌리며 쓰러
졌다.

뒤를 이어 만설장주의 호위 무사와 사중상 수하 무인들이 강렬
하게 격돌했다.

그런데 싸움을 지켜보던 사중상의 표정이 점점 일그러졌다.

자신의 수하들이 겨우 여인 한 명과 다섯 명의 호위 무사를 상대로 오히려 열세에 처했기 때문이었다.

특히 만설장주와 호위 무사들의 우두머리 무인의 무공은 사중상이 생각한 수준을 훨씬 뛰어넘고 있었다.

두 사람의 검이 허공을 가를 때마다 사중상의 수하들이 짚단처럼 길바닥에 쓰러졌다.

"그를 잡아요."

눈부시게 빠르고 날카로운 검법으로 사중상의 수하들을 상대하던 만설장주가 호위 무사의 우두머리에게 소리쳤다.

그러자 명을 받은 중년 검객이 불안한 표정으로 싸움을 지켜보는 사중상을 향해 뛰어들었다.

콰아아!

불문곡직하고 달려드는 중년 무사의 강력한 기세에 밀린 듯 사중상이 일단 이삼 장 뒤로 물러났다. 그러고는 자세를 바로잡자마자 재빨리 자신을 향해 달려드는 중년 무사를 향해 들고 있던 창을 내던졌다.

파앙!

사중상이 던진 창이 날카로운 파공음을 만들어내며 중년 무인을 향해 날아갔다.

그리고 사중상이 마치 창끝에 매달려 가듯 창이 날아가는 궤적을 따라 중년 무인을 향해 달려들었다.

창과 함께 움직이는 사중상의 보법은 자신의 수하들과는 차원이 다른 경지를 보여줬다. 사중상은 다른 자들에 비해 몇 배 위의 고수였다.

중년 무인 역시 그런 사중상의 무공을 경계한 듯 진격을 멈추고 검을 사선으로 들어 올렸다.

번쩍!

쩡!

중년 무인이 강력하게 휘두른 검에 사중상이 던진 창이 잘려 나갔다. 나무로 만든 창대지만 잘리는 순간에는 쇠가 잘려 나가는 것 같은 날카로운 파열음이 터져 나왔다.

순간 창의 뒤를 따라오던 사중상이 살짝 허공으로 도약하며 중년 사내를 향해 벼락처럼 검을 내리그었다.

쿠오!

강력한 진기를 머금은 사중상의 검이 묵직한 검음을 토해냈다. 그러자 중년 무인이 급히 검을 들어 사중상의 검을 막았다.

카캉!

주루룩!

사중상의 검을 막은 중년 무인이 주르륵 뒤로 밀려났다. 그만큼 검에 실린 사중상의 공력은 대단했다.

뒤로 밀리던 중년 무사가 입술을 깨물더니 팽이처럼 몸을 회전시켰다.

팟!

중년 무사를 밀어붙이던 사중상의 검이 상대의 옷깃을 베며 빈 허공으로 뻗어나갔다.

순간 중년 무사가 검과 함께 그를 비껴가던 사중상의 옆구리를 검을 들어 횡으로 베었다.

삭!

"흡!"

사중상이 다급한 음성을 흘리며 몸을 틀었지만, 그의 옆구리 옷자락이 길게 베이는 것은 피할 수 없었다.

다행인 것은 옷을 벤 적의 검이 사중상의 몸에는 깊은 상처를 남기지 않았다는 것, 하지만 사중상은 중년 무사의 무공에 놀란 듯 훌쩍 뒤로 물러났다.

"훌륭한 검법이다. 네 이름이 뭐냐?"

"알 것 없다!"

팟!

사중상의 물음에 중년 사내가 말이 필요 없다는 듯 재차 사중상을 향해 몸을 날렸다.

"놈!"

사중상이 자신을 무시하는 중년 무인의 태도에 화가 난 듯, 날아드는 중년 무사를 향해 거칠게 검을 휘둘렀다.

콰아아!

사중상의 검에서 검의 고수들만이 만들어낼 수 있는 투명한 검기가 일어났다.

검에서 뻗어 나온 검기가 중년 무인의 심장을 향해 파고들었다.

순간 중년 무인이 다시 한번 팽이처럼 몸을 회전시켜 사중상의 검기를 비껴냈다. 그러고는 사중상 옆으로 스쳐 지나가며 검을 낮게 그었다.

쐐액!

중년 무인이 그은 검이 파공음을 일으키며 사중상의 허벅지를 베려 했다. 순간 사중상이 훌쩍 몸을 띄워 올렸다.

"같은 수법에 두 번 당할 것 같으냐?"

사중상이 비웃듯 말하며 중년 무인의 검을 발아래로 흘려보낸 후 검을 들어 마치 창처럼 자신을 스쳐 가는 중년 무인의 등을 향해 찔러 넣었다.

파앗!

사중상의 검에서 뻗어 나온 검기가 중년 무인의 시야가 닿지 않는 등의 사각지대를 파고들었다. 순간 중년 무인이 이번에는 왼쪽으로 몸을 회전시켰다.

삭!

중년 무인이 사중상의 검을 아슬아슬하게 피해냈다.

펄럭!

피했다고는 했지만, 중년 무인의 등 옷자락이 사중상의 검에 잘려 나가 밤바람에 펄럭였다.

"정말 신묘한 신법이구나. 내 검을 세 차례나 피하다니."

사중상이 중년 무인의 정체가 더 궁금해진 듯 공격을 멈추고 중얼거렸다.

하지만 중년 무인은 사중상에게 고민의 시간을 주지 않았다. 그는 잠시의 여유도 주지 않고 다시 사중상을 향해 뛰어들었다.

"놈! 이제 보니 투귀(鬪鬼)로구나!"

사중상이 타오르는 중년 무인의 눈빛을 보며 소리쳤다. 그의 말대로 중년 무인의 눈은 어느새 투기로 벌겋게 달아올라 사중상을 향해 있었다.

본래 이런 눈빛을 가진 자들은 무공에 미쳐 살아가는 자들이다. 정사 양도를 막론하고 싸움 그 자체에서 쾌감을 느끼는 자들인 것이다.

그런 자가 일개 상인의 호위 무사로 있다는 것을 이해하기 어려웠지만 사중상이 그 이유를 물어볼 이유는 없었다.

카카캉!

어느새 눈앞에 닥쳐온 상대의 검을 사중상이 무서운 속도로 검을 휘둘러 막아냈다.

중년 사내는 신묘한 신법을 이용해 사중상 주위를 맴돌며 그의 허점을 노렸다.

사중상에 비해 공력이 약하다는 것을 자인하고 자신의 장점인 보법으로 그 약점을 메워나가는 중년 무인이었다.

사중상 역시 이 특별한 무인에 대해 부쩍 흥미가 생겼다. 하지만 이 싸움은 즐길 수 있는 비무가 아니었다. 생사를 건 싸움이고 자칫하면 그의 목이 떨어져 나갈 판이었다. 그리고 그가 더더욱 이 싸움을 즐길 수 없는 이유가 주변에서 벌어졌다.

"악!"

"컥!"

두어 사람의 비명 소리가 터져 나왔다. 뒤를 이어 사중상의 수하 둘이 만설장주와 그녀의 호위 무사들에 의해 쓰러졌다.

무공에서 만설장주와 호위 무사들의 무공이 사중상의 수하들을 능가하고 있었던 것이다.

그래도 사중상의 수하들은 싸움 초반에는 숫자의 우위를 바탕으로 만설장주 일행을 몰아붙일 수 있었지만, 시간이 흐를수록 만설장주의 날카로운 무공에 하나둘 쓰러지기 시작했다.

"아무래도 이대로는 안 되겠군."

사중상이 쓰러지는 수하들을 보며 얼굴을 굳혔다. 그러고는 훌쩍 중년 무인에게서 멀어지더니 검을 두 손으로 잡아 가슴 앞에 세웠다.

우웅!

사중상의 검에서 무거운 검음이 일어나며 푸른빛의 검기가 검에 서리기 시작했다.

그러자 상대의 기세가 심상찮음을 느낀 중년 무인도 두 다리를 단단히 땅에 박은 채 검을 수평으로 뉘여 사중상을 겨누었다.

"이번에도 내 검을 피할 수 있다면 오늘은 더 이상 귀찮게 하지 않고 물러가마!"

쾅!

사중상이 경고와 함께 오른발로 강하게 땅을 굴렀다. 순간 그의 몸이 중년 무사를 향해 무서운 속도로 다가섰다.

번쩍!

다음 순간 사중상의 검이 허공에서 번쩍였다. 그러자 그의 검에서 시퍼런 검기가 빛살처럼 뻗어 나왔다.

쿠릉!

사중상의 검이 만들어낸 강렬한 검기가 뇌성 같은 굉음을 만들어내며 중년 무인을 향해 떨어졌다.

순간 중년 무인의 눈동자가 흔들리더니 거의 구르듯 옆으로 몸을 날렸다.

쩌적!

중년 사내가 이동한 방향을 따라 뻗어나가는 사중상의 검기에 아름드리나무가 잘려 나갔다.

사중상의 검기는 그러고도 힘이 남아 계속해서 중년 무인을 따라붙었다.

"음!"

중년 무인이 나무들을 이용해 몸을 피하며 반격의 기회를 노렸지만, 사중상의 검은 중년 무인에게 어떤 기회도 내주지 않았다.

조금씩, 조금씩 중년 무인이 움직일 공간을 잡아먹고 들어오던 사중상의 검이 드디어 중년 무인의 한 자 안쪽으로 들어와 그를 위협했다.

이제는 언제라도 사중상의 검이 중년 무인의 숨통을 끊어도 이상할 것이 없는 상황이었다.

만설장주도 중년 무인이 위기에 빠진 것을 알고 있었다. 하지만 동료 여럿이 죽었음에도 거머리처럼 따라붙는 사중상의 수하들을 떨치고 중년 무인을 도우러 갈 수 없었다.

만약 사중상의 손에 중년 무인이 죽는다면 싸움의 전세는 크게 달라질 것이다.

사중상의 무공은 예상보다 훨씬 고강해서, 그 혼자의 힘으로도 만설장주 일행을 제압할 수 있을 것 같아 보였기 때문이었다.

그렇게 상황이 불리하게 돌아가자 갑자기 만설장주가 입술을 깨물더니 어두운 숲을 향해 소리쳤다.

"도와줘!"

만설장주의 말이 채 끝나기도 전에 어둠 속에서 한 대의 화살이 불쑥 튀어나와 사중상을 향해 날아갔다.

쐐액!

달빛 아래서도 검은빛을 흩뿌리는 화살이 살아있는 생명처럼 나무들 사이를 파고 들어가 그대로 사중상의 등에 꽂혀 들어갔다.

"헉?"

갑자기 자신의 등을 파고들려는 화살에 놀란 사중상이 중년 무인에 대한 공격을 포기하고 굵은 나무 뒤로 몸을 날렸다.

픽!

부르르!

아슬아슬하게 사중상을 스치고 지나간 화살이 굵은 나무 기둥을 절반 가까이 파고들어 간 후 부르르 몸을 떨었다.

"웬 놈이냐?"

가까스로 화살을 피한 사중상이 분노로 이글거리는 안광을 토해내며 화살이 날아온 방향을 향해 고함을 질렀다.

그러자 숲속에서 훤칠한 키의 사내가 모습을 드러내더니 터벅터벅 걸음을 옮겨 관도로 올라왔다.

관도로 올라온 사내는 사중상이나 그의 수하들이 전혀 안중에 없는 듯 길 위에 박혀 있는 창이 있는 곳으로 다가갔다.

그리고 창을 하나 쑥 뽑아 들었다.

창을 뽑아 든 사내가 창을 들어 잠시 달빛에 창날을 비춰보았다. 마치 무기를 감정하는 듯한 사내의 행동에도 사중상은 아무런 제지도 하지 못하고 사내가 하는 행동을 지켜볼 뿐이었다.

이상한 일이었다. 이런 불청객이 나타났으면 바로 공격해야 하는데 이상하게 사중상은 사내를 공격할 마음이 생기지 않았다.

어쩌면 그건 사내가 풍기는 이 무겁고 우울한 기운에 사중상의 전의가 얼음 녹듯 사라져 버려서일지도 몰랐다.

사내는 그렇게 사중상을 석상으로 만들어 버리고는 손을 들어 창날에 묻은 흙을 툭툭 털어냈다.

그러고는 너무도 갑작스럽게 땅을 박차고 사중상을 향해 늑대처럼 달려들었다.

*   *   *

"헉!"

사중상이 자신도 모르게 헛바람을 토하며 나무 사이로 몸을 피하며 물러났다.

사중상은 강호를 떠돌면서 이렇게 빠른 움직임을 가진 자를 처음 만나 보았다. 단언컨대 짐작하기 어려울 정도로 절세 무공을 익힌 자이리라 생각됐다.

서걱!

사내가 한 손에 창을 든 채 다른 손으로 검을 꺼내 사중상이 몸을 숨긴 나무를 베었다.

스르륵!

검에 베인 나무의 아래 위가 미끄러지듯 비껴 흐르더니 무성한 가지를 지닌 윗부분이 땅에 무너져 내렸다.

"네놈은 대체?"

무지막지한 공격을 쏟아내는 불청객을 보며 사중상이 당황한 목소리를 흘러냈다.

순간 불청객 사내가 왼손에 들고 있던 창을 그대로 앞으로 내밀어 사중상의 심장에 꽂아 넣었다.

"흡!"

사중상이 다급하게 몸을 들어 창을 피했다. 하지만 심장은 피했지만 어깨를 내주는 것은 어쩔 수 없었다.

퍽!

창날이 거침없이 사중상의 어깨를 뚫고 들어갔다.

"악!"

사중상의 입에서 비명 소리가 터져 나왔다.

그 비명 소리가 얼마나 처절한지 장내의 다른 사람들이 싸움을 멈출 정도였다.

"으으!"

사중상이 공포에 떨면서 신음 소리를 흘렸다.

그의 어깨를 관통한 창은 등 뒤에 있던 아름드리나무에 깊이 박혀 있었다.

사중상은 창에 꿰뚫려 나무에 매달린 신세가 되어 꼼짝없이 불청객 사내의 칼날을 기다릴 수밖에 없었다.

"명색이 정파란 자가 도적처럼 다른 사람의 재물이나 탐내고 있다니 죽어도 억울할 것은 없겠지."

"사, 살려주시오!"

불청객 사내의 차가운 말에 사중상이 본능적으로 목숨을 구걸했다.

"무인의 자존심도 없고… 하긴 정사를 막론하고 자신의 목숨과 명예를 바꿀 인간이 얼마나 있을까. 그럼 어떻게 할까?"

불청객 사내가 검을 들어 사중상의 목을 겨눈 후 소리쳐 물었다. 만설장주에게 묻는 소리 같았다.

그러자 만설장주가 사내의 질문에 대답하는 대신 자신이 상대하던 사중상의 수하들에게 물었다.

"계속 싸울 건가요?"

만설장주의 질문에 지금까지 살아남은 여섯 명의 무인들이 재빨리 검을 내려놨다.

"아니오. 장주가 패했는데 우리가 싸울 이유는 없소. 보내준다면 조용히 물러나겠소."

"…당신들을 어찌할지는 잠시 후에 결정하죠. 일단 저 사람과 이야기를 나눠봐야겠어요."

만설장주가 사중상의 수하들에게 말을 하고 사중상과 불청객 사내를 향해 다가왔다.

"살려줄 거야? 후환이 될 수도 있어."

불청객 사내가 만설장주에게 말했다. 그러고 보니 사내도 얼굴을 검은 천으로 가리고 있었다.

"내가 알아서 할게. 그만 물러나 있어."

만설장주가 말했다.

"…세 번째다."

사내가 말했다.

"알고 있어."

만설장주가 짜증 난다는 듯 대답했다.

"주변에 다른 사람은 없어. 그러니까 안심해도 돼."

사내가 다시 말했다.

"알았어."

만설장주가 고개를 끄떡였다.

그러자 사내가 사중상을 보며 말했다.

"무엇이든 만설장주가 묻는 말에 제대로 대답하시오. 내가 아는 한 만설장주는 세상에서 가장 독한 사람이니까."

팟!

경고 같은 충고를 남긴 사내가 한순간에 땅을 차고 허공으로 치솟았다. 그리고 밤새처럼 검은 옷자락을 휘날리며 순식간에 어둠 속으로 사라졌다.

"괜찮아요?"

사내가 사라지자 만설장주가 사중상에게 말을 걸기 전 먼저 자신의 호위 무사인 중년 사내에게 물었다.

"다친 곳은 없습니다."

사내가 대답했다.

"수고하셨어요."

"아닙니다. 겨우 이런 자를 상대해내지 못하다니 장주 뵙기에 부끄럽군요."

"그런 말씀 마세요. 궁 대협 덕분에 제가 지금까지 살아남았는데. 일단 이 자와 이야기를 좀 해봐야겠어요."

"그러시죠."

궁 대협이라 불린 중년 무사가 고개를 끄떡였다.

그러자 만설장주가 여전히 창에 꽂혀 나무에 매달려 있는 사중상에게 시선을 돌렸다.

"배후가 누구죠?"

"……"

만설장주의 질문에 사중상이 당황한 듯 침묵을 지켰다.

"배후가 없다느니, 혼자 한 일이라느니 하는 말은 하지 말아요. 당신 정도의 실력과 배포로는 절대 본장을 홀로 도모할 수 없으니까. 데리고 온 수하도 몇 안 되고… 누구죠?"

만설장주가 미리 허튼소리를 하지 말라는 경고를 했다.

그러자 사중상이 잠시 망설이다 입을 열었다.

"말할 수 없소."

"당신이 죽어도요?"

"…말하면 그가 날 죽일 것이오."

"말하지 않아도 죽죠. 그것도 지금 즉시!"

만설장주가 검을 들어 사중상의 목에 겨누었다. 그러자 사중상이 부르르 몸을 떨었다.

"조금이라도 더 살아 있는 시간을 버는 것이 살아날 확률이 높지 않을까요?"

검을 밀어 사중상의 목에 박아 넣으며 만설장주가 말했다. 만설장주는 반항도 하지 못하는 사중상의 목을 찌르면서도 전혀 망설임이 없었다.

앞서 불청객 사내가 말한 것처럼 만설장주의 독심이 고스란히 드러나는 모습이었다.

그러자 결국 사중상이 굴복했다.

"아, 알았소. 말하겠소!"

"이렇게 쉽게 굴복할 것을 왜 처음부터 승낙하지 않나요? 사람 피곤하게. 당신에게도 이건 좋은 거래예요. 목숨만큼 소중한 것은 없으니까."

만설장주가 사중상의 목에서 검을 거두며 말했다.

"후우……."

검이 사라지자 사중상이 길게 한숨을 내쉬었다.

"말해봐요. 이 일을 사주한 자가 누구죠?"

만설장주가 여유를 주지 않고 물었다.

"그게 그러니까. 이 일은……."

사중상이 배후의 인물을 말하려는 순간, 갑자기 두 사람의 머리 위쪽 무성한 나뭇가지 속에서 다급한 경고성이 터져 나왔다.

"피햇!"

번쩍!

쩡!

허공에서 내리꽂힌 검기가 만설장주의 등을 파고들려던 화살을 쳐냈다.

"흡!"

만설장주가 놀라서 재빨리 나무 뒤로 몸을 숨겼다. 그러자 만설장주가 피한 공간으로 다시 세 대의 검은 화살이 날아들었다. 그리고 그대로 창에 꽂혀 움직이지 못하는 사중상의 가슴을 뚫고 들어갔다.

"컥!"

사중상의 입에서 억눌린 신음 소리가 흘러나오더니 그대로 머리를 떨궜다. 한순간에 절명한 것이다.

"웬 놈이냐?"

만설장의 무인들이 재빨리 마차 뒤로 몸을 숨기면서 화살이 날아온 방향을 향해 소리쳤다.

하지만 화살이 날아온 길 건너편 숲에서는 아무런 인기척이 느껴지지 않았다. 그렇다고 만설장의 호위 무사들이 함부로 흉수를 찾으러 숲으로 들어갈 수도 없었다.

사중상을 죽인 자의 활 솜씨라면 그들도 목숨을 장담할 수 없기 때문이었다.

그렇게 한동안 팽팽한 긴장감 속에 침묵이 이어졌다. 그 누구도 함부로 몸을 움직이지 않았다. 그런데 갑자기 침묵을 깨는 소리가 건너편 숲에서 들려왔다.

"이제 괜찮아! 이미 이곳을 떠난 것 같아."

어느새 건너편 숲으로 이동해 흉수를 찾던 검은 면사의 사내가 숲을 벗어나 관도로 올라서며 말했다.

만설장주를 향해 날아온 화살을 검기로 쳐낸 사람도 그였다.

"누군지는 봤어?"

나무 뒤에서 모습을 드러내며 만설장주가 물었다.

"아니, 보통 빠른 자가 아니야. 애초에 목적이 저자의 입을 막고 싶었던 것뿐인지 화살을 쏘고는 바로 떠난 것 같아."

검은 면사의 사내가 말했다.

"걱정이야. 요즘 들어 만설장을 노리는 자들이 점점 많아지고 있어서……."

"그러니까. 이따위 장사는 그만 집어치우라니까."

"그 이야기는 그만하기로 했잖아?"

만설장주가 짜증을 냈다.

"아! 알았어. 그 이야기는 그만하지. 아무튼 이제 일곱 번 남았다."

"흥, 네 마음대로 한 약속, 난 상관 안 해!"

"약속한 열 번이 끝나면 나도 네 뜻과 상관없이 내 마음대로 할 거란 뜻이니까 네 약속은 없어도 돼."

"헛소리 그만하고 그만 돌아가. 다들 걱정하고 있을 거야."

"글쎄… 아마 대사형도 이해하실 거야. 우리 사형제가 생사를 함께할 수는 있지만, 각자의 삶을 대신 살아줄 수는 없다는 걸. 이게 내 운명이라면 내가 그 운명대로 살아가는 걸 이해해 주실 거란 거야."

"…확실히 변했어. 예전에는 내 말이라면 뭐든 들었었는데."

"우리 나이가 이제 곧 서른이야. 변하는 게 당연하지. 더군다나 지난 세월, 난 일 년을 십 년처럼 산 사람이고. 아무튼 그만 돌아가자. 또 무슨 일이 있을지 모르니까. 배후가 있는 것은 확실해 보이고."

검은 면사의 사내가 화살에 맞아 죽은 사중상을 보며 말했다.

"알았어. 궁 대협님 그만 돌아가요."

만설장주가 호위 무사들의 우두머리를 보며 말했다.

그러자 궁 대협이라 불린 중년 무사가 되물었다.

"저자들은 어찌할까요?"

그의 손이 한쪽에서 불안에 떨고 있는 사중상의 수하들을 가리키고 있었다.

"그냥 보내줘요. 우두머리가 죽었으니 다시 볼 일은 없겠죠. 또 흉수가 저들을 그대로 두고 떠난 것은 그들이 배후의 인물을 모른다는 뜻이니까요."

만설장주가 대답했다.

그러자 중년 무인이 고개를 숙여 보이고는 마차 쪽으로 가며 소리쳤다.

"운 좋은 줄 알아라. 장주께서 떠나도 좋다고 허락하셨다. 다시는 만설장의 일에 관여할 생각 말아라!"

중년 무사의 경고에 사중상의 수하들이 주춤거리다가 고개를 숙여 보이고는 급하게 어두운 숲속을 달려가려 했다.

그러자 궁 대협이라 불린 중년 무사가 버럭 소리를 질렀다.

"이놈들! 아무리 죽었다지만 그래도 너희들의 주인을 놓고 간단 말이냐? 당장 와서 시신을 가져가라!"

중년 무사의 호통에 숲으로 들어가던 사중상의 수하들이 잠시 머뭇거리다가 그중 두 명이 재빨리 달려와 나무에 박혀 있는 사중상의 시신을 수습했다.

그러고는 사중상의 시신을 짐짝처럼 어깨에 둘러메고 다시 어두운 숲으로 달려갔다.

"무인이라는 놈들이 하는 짓이라고는… 장주님, 이제 마차에 오르시지요."

중년 무사가 혀를 차고는 만설장주에게 말했다.

그러자 만설장주가 검은 면사의 사내에게 말했다.

"같이 타고 가. 어차피 더 이상 몸을 숨길 이유는 없으니까."

"그럴까? 그럼 그러지, 뭐."

검은 면사의 사내가 순순히 승낙하고는 망설이지 않고 마차 안으로 들어갔다.

"출발한다!"

검은 면사의 사내와 만설장주가 마차 안으로 들어가고 마차 밖에서 궁 대협이라 불린 중년 무사의 목소리가 들리자 마차가 서서히 출발하기 시작했다.

"답답하군."

마차가 출발하자 검은 면사로 얼굴을 가리고 있던 사내가 얼굴에서 면사를 걷어냈다.

그러자 마차의 창을 통해 들어오는 달빛에 아름다운 청년의 얼굴이 드러났다. 소후였다. 만화도를 떠난 소후가 연경 만설장에 머물고 있었던 것이다.

소후가 얼굴을 드러내자 맞은편에 앉아 있던 만설장주도 흰색 면사를 풀어냈다. 그러자 소후만큼이나 아름다운 설우담의 얼굴이 모습을 드러냈다.

그렇게 두 사람은 한 마차를 타고 한바탕 싸움이 벌어졌던 연경 인근의 산속을 벗어나 만설장으로 향했다.

제 10장

—

인연(因緣)의 수렁

"차나 한잔하던지."

이미 자정이 넘은 시간, 만설장으로 돌아온 설우담이 자신의 거처로 들어가려는 소후에게 말했다.

"지금?"

"잠도 오지 않을 것 같고……."

"…그러지. 뭐."

소후가 어깨를 으쓱하고는 앞서서 설우담의 거처로 발걸음을 옮겼다.

그러자 설우담이 그녀와 함께 오늘 밤 격전을 치른 궁 씨 성의 중년 무인과 다른 호위 무사들을 보며 말했다.

"오늘 너무 수고들 하셨어요. 제가 괜히 위험한 거래에 응하는 바람에 여러분을 위험에 빠뜨렸군요. 사과드려요."

"그런 말 마십시오. 오히려 저희들이 장주님을 제대로 보호하지 못한 것 같아 죄송합니다."

"그런 생각 마세요. 모두 목숨을 걸고 절 위해 싸워주셨는데. 이 고마움은 잊지 않을게요. 오늘은 푹 쉬세요. 장원 경계는 다른 사람에게 맡기시고."

"알겠습니다. 그러잖아도 조금 피곤하긴 하군요. 술 한잔 마시고 쉬겠습니다."

"그럼 내일 뵐게요."

"편히 쉬십시오."

호위 무사들이 일제히 설우담에게 포권을 하였다.

설우담도 호위 무사들에게 고개를 숙여 보인 후 소후를 따라 자신의 거처로 향했다.

"끙!"

설우담이 거처로 들어가자 궁 씨 성을 가진 중년 무사가 신음 소리를 내며 어깨를 들썩였다.

"형님! 어디 다치셨습니까?"

다른 호위 무사들이 놀란 얼굴로 중년 무사 곁으로 다가섰다. 그들 눈에 걱정하는 기색이 역력하다.

"심각한 건 아닐세. 그자에게 밀려 나무에 부딪혔는데 그때 어깨가 약간 틀어진 것 같아. 하루 이틀 지나면 괜찮아질 걸세. 그나저나 다들 정말 괜찮은 건가?"

궁 씨 성의 무사가 다른 네 명의 호위 무사들을 보며 물었다. 호위 무사들은 그가 걱정하지 않을 수 없을 만큼 온몸에 혈흔이 낭자했다.

"뭐, 여기저기 베인 곳이 있긴 하지만 큰 부상은 아닙니다."

"모두 수고들 했네. 이런 싸움… 오랜만이지?"

"그렇지요. 위험한 싸움이었습니다."

호위 무사 중 한 명이 뒤늦게 안도의 숨을 내쉬며 말했다.

"그러게 말일세. 그래서 앞으로가 걱정이야. 사중상 같은 자들이 계속 나타날 것 같은데……."

"이쯤 되면 사람을 더 모아야 하는 것 아닐까요? 거래 규모도 점점 커지고 있는데……."

"그래야 할 것 같은데 장주님의 생각을 모르겠군. 이 정도에서 만족하실지 아니면 만설장을 정말 강호 제일의 대상(大商)으로 키우시려는 건지……."

궁 씨 성의 무사가 고개를 갸웃하며 중얼거렸다.

"야심이 크신 분 아닙니까?"

"그렇기는 한데… 가끔 상가를 키우는 일에 별 흥미가 없는 것처럼 보이기도 해서 말이야. 특히… 그가 온 후에는 더더욱."

"소 대협 말이십니까?"

"음."

궁 씨 성의 무사가 고개를 끄떡였다.

"대체 두 분은 어떤 사이인 겁니까?"

"나도 모르겠네. 어떤 때를 보면 피를 나눈 남매 같다가도 또 어떤 때를 보면 서로 서릿발이 날리는 듯 냉랭해서 철천지원수 같기도 하고 말이야. 도대체 어떤 사이인지……."

"그래도 소 대협이 장주를 찾아온 것은 큰 행운인 것 같습니다. 오늘 일도 그렇고."

다른 호위 무사가 말했다.

"맞아. 그는 우리 같은 사람 수십 명을 대신할 수 있는 사람이지. 하지만, 언제까지 장주 옆에 머물 것 같지 않아. 하는 말을 들어보면 장주의 일을 열 번 도와주기로 약속을 한 것 같은데. 그 이후의 일을 잘 모르겠단 말이야."

"어디로 가자는 것 같던데요?"

"그래? 어디로?"

"그건 잘 모르겠습니다."

"…그것참, 오랜 세월 강호를 떠돌다 정착할 만한 곳을 찾았다고 생각했는데, 장주가 떠나면 그땐 또 어디로 간다?"

궁 씨 성의 무인이 우울한 표정으로 중얼거렸다.

"장주를 따라가면 되죠."

"…그런가? 하하! 그렇군, 장원을 떠난다고 장주와 헤어지는 것은 아니니까."

"형님은 그렇게 장주님이 좋으세요?"

"유랑 무사라 손가락질받던 나, 궁천의 능력을 처음으로 인정해 주신 분이니까."

"에이, 그 전부터 이미 형님은 강호에서 명성이 쟁쟁하지 않았습니까?"

"후후, 낭인 무사의 명성이 대단해 봐야 얼마나 대단하겠나. 정파 사람들에게 칼로 밥을 빌어먹는 무림의 거지란 소리나 듣고 살았는데. 아무튼 앞으로 조금 더 조심들 하자고. 사람을 더 모으는 것은 내가 장주께 말씀드려 보지."

"알겠습니다."

"좋아. 그럼 들어가서 한잔하고 쉬세. 몸을 썼더니 술기운이 있어야 편히 잘 것 같군."

"그래야죠. 한잔 안 할 수 없는 밤입니다!"

스스로 궁천이라 이름을 밝힌 중년 무사의 말에 다른 호위 무사들이 호탕하게 대답하며 자신들의 거처로 향했다.

*　　　*　　　*

"마셔!"

그윽한 향이 올라오는 뜨거운 차를 소후 앞에 밀어놓으며 설우담이 말했다.

"흠… 차보다 술 한잔하고 싶은데."

"늦었어."

"그게 무슨 상관이라고."

"실수할지도 모르잖아."

설우담이 담담하게 말했다.

"누가? 내가?"

설마 그럴 리야 있겠냐는 듯 소후가 되물었다.

"아니, 내가."

"……"

설우담의 망설임 없는 대답에 소후가 멀뚱하게 설우담을 바라봤다.

"뭘 그렇게 놀라? 내가 얼마나 대책 없는 여자인지 누구보다 네가 잘 알잖아. 앞뒤 생각하지 않고 일을 벌이는 게 내 특

기인데."

"농담 말고."

"농담 같아? 아니 농담이고 뭐고 내 말이 그렇게 놀랄 일이야? 처음도 아닌데."

설우담이 찻잔을 들며 거침없이 말했다.

"그런 생각이면 나랑 같이 칠선문으로 가던지. 가서 같이 살면 되지."

"그런 말이 아니잖아. 이렇게 고된 일을 겪은 날은 하룻밤 옛 연인의 품에 안기지 못할까, 뭐 그런 말이지."

"참… 사악하다. 설우담!"

소후가 화가 난 듯 설우담을 노려보며 말했다.

"뭘 사악하기까지 할까. 예전 우리가 함께할 때는 만나면 항상 하던 일인데 새삼스럽게."

"젠장 그게 벌써 십수 년 전이야! 그리고 넌……."

말을 하다 말고 소후가 입을 닫았다.

"호오! 내가 이제는 다른 남자의 여자란 말이지? 그런데 그런 나한테 왜 자꾸 칠선문으로 가서 같이 살재? 하룻밤 안을 용기도 없으면서."

"그게 같냐?"

소후가 더 이상 참기 힘들다는 듯 자리에서 일어나며 소리쳤다.

"아아! 알았어, 그만할게. 앉아. 사내가 뭐 그렇게 참을성이 없어, 농담도 받아주지 못하고."

"젠장, 그게 할 농담이냐?"

"알았어, 알았으니까. 그만 앉아."

설우담의 말에 소후가 눈살을 찌푸리며 다시 자리에 앉았다.

"그나저나 사람을 좀 더 모아야겠어."

문득 설우담이 말했다.

"그래 보이긴 하더라. 요즘 들어 장성 인근 상인들에 대한 정파 무림인들의 공격이 무척 잦은 것 같아. 핑계야 흑사회 상인들과 거래 때문이라고 하지만, 상인들이 그렇게 해왔던 게 하루 이틀 있었던 것도 아니고… 아무래도 그런 식으로 마련과의 싸움을 시작하려는 게 아닌가 싶어."

"내 생각은 조금 다른데."

"어떻게?"

"상인들을 공격하는 정파 무림인들의 진짜 목적은 마련과의 싸움을 시작하려는 것이 아니라 그걸 핑계로 자신들의 세력을 키워보려는 것일 거야. 상인들의 재물을 빼앗기에는 그보다 더 좋은 명분이 없으니까. 그리고 그중 가장 포악스럽게 나서고 있는 사람이 그 사람이지."

설우담이 씁쓸하게 미소를 지으며 말했다.

"소문주에 대한 소문은 나도 들었어. 마련과 연관된 사람들은 무인이든 상인이든 살려두는 법이 없다고 하더군."

"참… 어리석은 사람이야. 그런 독한 행동이 자신의 명성을 점점 갉아먹고 있는 줄도 모르고……."

설우담이 혀를 찼다.

"걱정하는 거야? 역시 여전히 미련이 남아 있구나."

"걱정하는 건 맞는데, 그 사람에 대한 미련 때문은 아니야. 이미 새 부인과 혼인해서 잘 사는 사람에게 무슨 미련이 있겠니. 또 애초에 미련 가질 만큼 정이 있었던 것도 아니고."

"그럼 뭐가 걱정인데?"

"그에 대한 미련은 없지만, 월문에 대한 미련이 있지."

"…여전히 월문이 재기할 수 있다고 생각해?"

소후가 물었다.

"어렵지. 특히 지금처럼 그 사람이 살검을 휘두르며 날뛰면. 그 독함 때문에 정파인들에게도 배척되는 순간 월문은… 절대 재기하지 못하지."

"그러니까. 불가능한 일에 왜 미련을 두냐고?"

"그런데 이런 생각을 해. 내가 그를 도우면 가능하지 않을까? 내가 그를 통제할 수 있다면 다시 한번 월문이 무림의 존경을 받는 문파가 될 수 있지 않을까? 그런 생각."

"미안한데 과거에도 월문이 무림의 존경을 받았던 시절은 없었어. 다만 두려움을 줬을 뿐이지."

"…뭐. 어쨌든."

설우담이 어깨를 으쓱하며 대답했다.

"그러려면 넌 다시 그의 부인이 되어야 해. 그것도 과거처럼 동별당 마님이 아니라 완벽한 그의 정실부인이 되어야 하는데… 그가 그 자리를 내어줄까? 이미 오가장의 데릴사위가 되었는데."

"…흠, 사실 그래서 걱정이야. 처음 계획은 연경의 대상(大商)이 되어서 월문을 재건할 만한 재력을 모은 후 그와 문주를 내 앞에 무릎 꿇리는 것이었거든. 그런데 그새를 못 참고 다른 계집 품으로 들어갔지. 참 인내심도 없어. 하지만 오가장의 재력만으로는 결코 월문을 재건할 수 없어."

"오가장이 너보다 수십 배 부자야."

소후가 차갑게 말했다.

"수십 배까지야. 기껏해야 몇 배 정도지."

"아무튼!"

"그런데 유검이 오가장의 그 재물을 월문 재건에 얼마나 쓸 수 있을까? 오가장주가 그 재물을 모두 그 사람에게 내어줄 것 같아?"

"그야……"

"십 분지 일도 쓸 수 없어. 당장 지금도 월문은 오가장에게서 겨우 잠자리나 할 수 있는 작은 장원 하나밖에 얻어내지 못했잖아. 듣기로는 장원이 너무 협소해서 따로 거처를 구하는 문도도 있다고 하더라고."

"…그동안 그들에 대해 한순간도 시선을 떼지 않았구나. 하……!"

소후가 막막하다는 듯 한숨을 내쉬었다.

"…내가 욕심 많은 여자란 거 이미 알고 있잖아. 더군다나 이미 월문의 사람이었기에 다른 길을 찾기도 어려워. 그러니 당연히 그들을 주시할 수밖에."

"좋아. 그래서 이제 어쩔 건데. 백유검은 스스로 자기 명성을 갉아먹는 줄도 모르고 미쳐 날뛰고 있고, 오가장에는 그의 부인이 버티고 있는데. 네가 모은 금자를 싸 들고 그를 찾아갈 거야?"

소후가 따지듯 물었다.

"내가 그를 먼저 찾아갈 일은 없어."

설우담이 단호하게 말했다.

"그 말은 그가 찾아오면 결국 다시 그와 살겠다는 거네?"

"무조건은 아니고……."

"그렇다면 이제라도 내가 얼른 널 떠나는 게 널 돕는 건지도 모르겠구나."

소후가 우울한 표정으로 말했다.

"왜? 그 사람이 널 볼까 봐?"

"아니, 네가 그들이 욕심낼 만한 재물을 모으는 걸 돕고 싶지 않아서. 내 생각에 월문은 절대 네 인생에 도움 될 일이 없을 것 같거든. 오히려 널 파멸로 이끌 것 같아."

"네가 없어도 만설장의 상행은 계속돼."

"하지만 지금처럼 대담할 수는 없겠지. 그렇게 되면 네 목숨이 너무 위험해질 테니까. 지금도 마련과 거래하는 널 노리는 정파 무림인이 적지 않은데."

"기산장이 만설장 뒤에 있다는 걸 아는 이상 누구도 함부로 날 죽일 수 없어."

"훗, 그럼 오늘 일은?"

"그거야……."

설우담이 말꼬리를 흐렸다. 오늘 그녀는 자신의 목숨을 노리는 사중상에게 거의 죽을 뻔했기 때문이었다.

"그리고 기산장 한 대인을 너무 믿지 마. 널 배신할 사람은 아니지만, 그렇다고 자신의 목숨과 가업까지 포기하면서 널 지킬 사람도 아니니까. 자신이 위험하다 느끼면 절대 만설장 일에 나서지 않을 거야."

"…그야, 그분도 상인이니까. 나라도 당연히 그래."

설우담이 서운한 일이 아니라는 듯 말했다.

"그래서! 내가 떠나는 게 낫지 않을까 생각한다 이거지."

"네가 떠나도 난 이 일을 멈출 생각이 없어. 설혹 내가 죽어도!"

설우담이 단호하게 말했다.

그러자 소후가 피식 실소를 흘리며 자리에서 일어났다.

"훗! 알아! 그래서 안 떠나는 거야. 네 고집을 아니까. 그런데 정말 열 번이야. 이제 일곱 번 남았고."

"흥, 네가 일방적으로 정한 약속 따위 관심 없어!"

"그러든지 말든지. 널 위해 열 번 검을 뽑고 나면 그때는 나도 내 마음대로 할 거니까. 간다! 푹 쉬어!"

소후가 손을 흔들어 보이고 설우담의 거처를 나갔다.

그러자 설우담이 한숨을 쉬며 중얼거렸다.

"열 번이 지나도 난 널 따라가지 않아. 그러니까 그냥… 오늘 같은 날 함께 있어 주면 좋잖아. 어차피 얼마 후 다시 헤어져야 하는데."

＊　　　　＊　　　　＊

"제삼의 인물?"

백유검이 눈살을 찌푸렸다.

"그렇습니다."

굴강한 체구에 무표정한 얼굴을 지닌 중년 사내가 대답했다.

"얼마나 대단하길래 다 잡은 만설장주를 놓쳤단 말이오?"

백유검이 중년 사내에게 물었다.

"놀라운 무공을 가지고 있었습니다. 사중상 같은 자는 열이 있어도 상대하기 어려운 인물이었습니다."

"음… 조사가 잘못된 것인가?"

"장수홍을 불러올까요?"

중년 사내가 물었다.

"그렇게 하시오. 그자가 날 속인 거라면 살려둘 필요가 없으니까."

"알겠습니다. 바로 데려오겠습니다."

중년 사내가 백유검에게 고개를 숙여 보이고 서둘러 백유검의 처소를 나갔다.

"어떻게 생각하나?"

사내가 나가자 백유검이 창천검대의 대주 서홍에게 물었다.

"범 대협이 허언을 할 사람은 아닙니다."

"그렇지? 하긴 오가장에서 진정한 무인이랄 수 있는 사람은 그와 포중검 뿐이니까. 다른 자들은 무인이라기보단 장사치에 가깝지. 특히 범교 저 사람의 궁술은 무림 일절이라 불러도 손색이 없어서 오가장이라는 진흙 속에 숨어 있던 진주라고 할 수 있지."

백유검이 고개를 끄떡였다.

"만설장을 도모하는 일은 조금 미루는 것이 어떻는지요?"

서홍이 다시 말했다.

"왜?"

"아무래도 그런 고수가 숨어 있다면 또 다른 강자들이 있을 수도 있지 않습니까? 더군다나 한번 공격을 당했으니 기산장을 통해 관을 움직일 수도 있을 것 같습니다만……"

"그래서 더욱 만설장을 제압해야 해. 여기서 물러나면 연경의 상인들이 날 두려워하겠나?"

"그렇긴 합니다만……"

서홍이 말꼬리를 흐렸다. 그는 이미 백유검이 만설장을 반드시 손에 넣겠다고 결심을 했다는 것을 알아챘다. 이런 상황에서 더이상의 반대는 백유검의 분노를 부를 뿐이다.

그때 문밖에서 범교라 불린 중년 무사의 목소리가 들렸다.

"들어가시오!"

쿵!

문이 거칠게 열리면서 상인 장수홍이 오가장의 무인 범교에게 밀려 넘어질 듯 백유검의 거처로 들어왔다.

실내로 들어온 장수홍이 자신을 뚫어지게 바라보고 있는 백유검을 발견하고는 기듯이 백유검 앞으로 다가갔다.

"대협… 무슨 일로?"

"말이 틀리던걸?"

"그게 무슨……?"

"만설장을 공격했던 내 사람이 죽었다. 만설장에 숨은 고수가 있었어, 몰랐나?"

"독고검 궁천 말고 말입니까?"

"그래. 궁천과는 비교할 수 없는 고수가 있었다고 하는군."

"그, 그럴 리가 없는데. 분명 만설장 무사들의 우두머리는 독고

검 궁천인데……."

장수홍이 곤혹스러운 표정으로 중얼거렸다. 그의 반응을 보면 거짓말을 하는 것 같지는 않았다.

"날 속이면 어떻게 되는지 알지?"

"물론입니다. 제가 어찌 감히 대협을 속이겠습니까? 살려주신 것만도 감지덕지한대."

"좋아. 그럼 이번 일은 정말 몰랐던 것으로 생각하지. 대신, 한 가지 일을 해줘야겠다."

"무슨……?"

"기습을 당했으니 만설장주를 다시 장원에서 불러내기가 쉽지 않을 거야. 그러니 그 기회를 당신이 만들어봐."

"제, 제가요?"

"당신을 살려준 조건을 기억해. 만일 이대로 흑화수가 오지 않으면 내가 당신을 살려둘 이유가 있나?"

장수홍이 백유검의 손에서 목숨을 건진 이유는 흑화수가 장성 이남으로 건너와 흑상들을 소집할 때, 소집 위치를 알려주기로 약속해서였다. 백유검은 그를 위해 만설장을 무너뜨려 흑화수를 장성 이남으로 불러들이겠다고 약속했었다. 그런데 이제 와서 되려 흑화수가 오지 않는다며 적반하장을 부리며 장수홍을 협박하고 있었다.

"그, 그렇지만 그게……."

평소 만설장과 어떤 거래도 없었던 장수홍이다. 아니 거래는커녕 외려 경쟁 관계라고 해야 좋을 것이다. 그런데 만설장주를 어떻게 불러낸단 말인가.

더군다나 그는 지금까지 만설장주의 얼굴을 본 적도 없었다.

"새로운 거래를 제안하든 아니면 만설장주가 나올 만한 만설장의 중요한 거래일과 날짜를 알아오든 어떻게든 방법은 당신이 알아서 하고."

백유검이 냉정하게 말했다.

"그, 그것이……."

여전히 어려운 일이라는 듯 장수홍이 말꼬리를 흐렸다.

그러자 백유검이 최후통첩을 하듯 말했다.

"보름이다. 그 안에 내가 만설장주를 만날 수 없다면 그땐 그대의 역할도 끝이다."

"……."

백유검의 단호한 말에 장수홍이 할 말을 잃은 듯 백유검을 바라봤다.

"불가능하다고 생각하면 지금 일을 끝내도 좋다. 목숨을 내놓고 편히 쉬는 것도 좋지. 난 조금 무리하더라도 만설장으로 직접 그녀를 만나러 가면 그뿐이니까. 아니, 그 방법이 오히려 좋겠나?"

백유검이 고개를 갸웃했다.

그러자 장수홍이 얼른 고개를 저으며 대답했다.

"아니, 아닙니다. 보름 안에 제가 어떻게든 기회를 만들어보겠습니다."

"반드시 인적이 없는 곳이어야 한다."

"…알겠습니다."

"좋아. 그만 가봐."

"……."

백유검의 축객령에 장수홍이 빠져나갈 수 없는 그물에 걸린 사냥감 같은 표정을 지으며 말없이 백유검에게 고개를 숙여 보인 후 백유검의 거처를 벗어났다.

"그가 이 일을 해낼 수 있겠습니까?"

장수홍이 나가자 오가장의 고수였다가 지금은 백유검의 일을 돕고 있는 중년 무사 범교가 물었다.

백유검은 평소 무뚝뚝한 그의 태도를 못마땅해했지만, 그의 무공은 크게 신뢰하고 있었다.

"모르겠소. 다만 마지막 기회는 줘야 할 것 같아서. 또 이미 말했지만, 내가 직접 만설장의 장원으로 들어가 일을 끝내는 것은 아무래도… 보는 눈들이 많으니까."

아무리 백유검이라 해도 직접 만설장으로 가서 만설장주를 죽이거나 제압하는 일은 세간의 눈치가 보이는 모양이었다.

더군다나 연경은 세상 어느 곳보다 관의 통제가 강한 곳이었다. 이런 곳에서 관부와 적지 않은 거래를 하는 만설장을 공격했다가는 오히려 백유검이 곤경에 빠질 수도 있었다.

"그럼에도 그가 해내지 못하면 결국 만설장에 가시겠군요?"

"그래야지 않겠소? 지금까지 알아본 바에 의하면 연경의 대상 중 그나마 가장 뿌리가 약한 곳이 만설장이니까. 만설장주와 이야기가 잘 되면… 오가장도 연경의 상계에 자연스럽게 진출할 수 있을 것이오."

자신이 하는 일이 오가장에도 이득이 되는 일이라는 것을 백유검이 강조했다. 그로서는 온전히 자신의 사람이 아닌 오가장 무인들이 협력이 반드시 필요하기 때문이었다.

"알고 있습니다. 이 일이 잘되면 월문의 부활은 물론 오가장도 삼십육방문의 신세에서 벗어날 수 있다는 것을 말입니다. 그래서 장주님도 기대가 크시지요. 다만 저로서는 연경이라는 이 땅이 조금 부담스럽습니다."

"알고 있소. 나 역시 그래서 조심하는 것이오. 만약 연경이 아니었다면 벌써 만설장주는 내 앞에 무릎 꿇렸을 것이오."

백유검이 대답했다.

"알겠습니다. 저를 비롯한 오가장의 무인들은 대협을 남이라 생각지 않고 따르고 있다는 것만 믿어주십시오."

"고맙소. 내가 믿는 것은 오직 범 대협뿐이오."

"그리고 오가장에 계신 아가씨께서 서찰을 전해왔습니다. 아마도 안부를 묻는 서찰인 듯합니다."

범교가 품속에서 한 장의 서찰을 꺼내 백유검에게 건넸다.

"음… 아이는 괜찮은지 모르겠군."

백유검이 범교에게서 서찰을 건네받아 펼쳐 읽기 시작했다.

그러다가 한순간 얼굴이 굳어졌다.

"간교한 것들……."

서찰을 읽던 백유검이 욕설을 내뱉었다.

"무슨… 일이 있습니까?"

범교가 걱정스러운 표정으로 물었다.

"맹에서 사람이 나왔다고 하오."

"맹에서 말입니까? 그럼 의천단 사람들이겠군요."

"그렇소. 마련과의 싸움에 대비해 오가장에서 내놓을 수 있는 전력을 알아갔다고 하오."

"…이상한 일이군요. 지금까진 없었던 일인데."

범교가 고개를 갸웃했다.

그의 말대로 의천무맹은 느슨한 연맹 형태를 이루는 세력이다. 강호 최대 세력이라고는 하지만 각 문파의 독립성이 철저하게 보장되는 의천무맹이었다.

그래서 사람과 물자가 필요할 경우 십대천문 수장들이 정중하게 각파에 지원을 요청하지, 미리 각파의 전력과 재력을 알아보는 일은 지금껏 없는 일이었다.

"아마 월문과 오가장이 사돈이 된 이후 오가장의 전력이 어찌 변했나 그걸 알아보기 위한 일일 것이오. 또한 월문의 부활을 경계하기 위함이기도 하고……."

백유검이 분노를 삭이며 말했다.

"…파렴치한 일이군요. 월문이 마련과 싸울 때는 그토록 몸을 사리던 자들이……."

싹싹하지는 않아도 단호한 무인의 성정을 가진 범교가 경멸하듯 말했다.

"그자들에게 보여주기 위해서라도 반드시 이번 일을 성공시킬 것이오. 연경 대상들을 내 앞에 굴복시킬 것이고, 그를 통해 월문의 재건과 오가장의 성장을 동시에 이룰 것이오. 일 년… 그 안에 강호는 월문이 다시 무림에 돌아왔음을 알게 될 것이오."

백유검이 이글거리는 눈빛으로 말했다.

*   *   *

"왜 바로 찾아가지 않는 거냐? 어제는 하루 쉬고 가려나 했는데 오늘도 이러고 있는 걸 보면 다른 생각이 있는 것 같은데……."

늦은 밤에도 불이 꺼지지 않은 연경의 화려한 시가지를 걸으며 부리가 시월에게 물었다.

두 사람이 연경에 도착한 것이 이틀 전, 그런데 시월은 설우담의 만설장으로 바로 가지 않고 연경 성내 객잔에 방을 빌려 머물고 있었다.

"어떤 상황인지 조금 더 알아보려고요."

시월이 말했다.

"무슨 상황?"

"사형과 설 누님이요."

"…그 말은 두 사람이 다시 합칠 수도 있다는 말이냐?"

"…어쩌면요."

"에이 그게 쉽겠냐? 이미 다른 사람 아내가 된 사람인데."

부리가 고개를 저었다.

"예전에야 저도 어림없다 생각했지만 지금은 생각이 달라졌어요. 소후 사형이 홀로 만화도를 떠나 연경으로 달려올 정도라면……."

"소후의 문제가 아니라 우담이 그렇게 하지 못할 거란 거지. 우담을 알잖아. 자존심이 얼마나 센데……."

부리가 고개를 저었다.

"남녀 사이의 일은 모르는 거니까요."

"음… 그래서 네 말은 당장 급한 일이 없다면 두 사람에게 시

인연(因緣)의 수렁 309

간을 주자는 말이지?"

"예, 사형!"

시월이 대답했다.

"뭐 반대할 일은 아니다만, 그럼 우린 그 사이에 뭘 하고 지내지? 마냥 연경에 머물 수도 없는 일이고."

"일단 만설장 주변에서 무슨 일이 일어나는지 알아봐야죠. 위험한 상황이면 기다릴 수 없고, 그렇지 않다면 얼마간 지켜봐요."

"알았어. 그렇게 하지 뭐. 사실 난 연경 구경하는 것만으로도 여러 날 걸릴 것 같은데. 나야 즐거운 일이지. 히힛!"

"항주에서도 충분히 즐기셨다면서요?"

"에이, 거기선 대사형이 있어서 마음껏 놀지 못했어. 틈만 나면 무공 대련을 하셨으니까."

"하긴 대사형은 어디서든 수련을 소홀히 하는 분이 아니죠. 하지만 여기서도 마냥 놀 수만은 없어요. 일단 만설장 상황이 어떤지 조심해서 알아봐야 하니까요."

"그렇긴 하지만, 일단 오늘은 술 좀 마시자. 사실 주루만큼 소식 듣기 좋은 곳도 없으니까. 가자!"

부리가 앞서 걷기 시작했다.

"기녀가 있는 곳은 안 돼요!"

시월이 얼른 소리쳤다.

"하여간 이놈의 자식은 제수씨에게 꽉 잡혀서… 쯔쯔! 이 불쌍한 막내 사제가 언제 인생의 재미를 알게 될꼬……."

부리가 시월을 잡아끌며 혀를 찼다.

'빌어먹을! 빌어먹을! 젠장…….'

상인 장수홍이 속으로 욕설을 쏟아내면서 면사로 얼굴을 가린 만설장주 설우담 앞에 앉았다.

하얀 면사에 가려진 만설장주가 날카로운 시선으로 자신의 속내를 뚫어보는 것 같아서 차마 설우담을 정면으로 바라보지 못하는 장수홍이다.

"어디 불편하신가요?"

설우담이 자신의 시선을 회피하는 장수홍에게 물었다. 누구라도 의심할 수밖에 없는 장수홍의 행동이었다.

하지만 장수홍 역시 노련한 상인이어서 이럴 때 자신이 해야 할 말 정도는 이미 준비해 두고 있었다.

"아닙니다. 다만 장주께서 평소에도 면사로 얼굴을 가리시고 다닌다기에 다른 사람의 시선을 받는 것을 불편해하시는 것 같아 차마 장주를 바로 마주 보기가……."

"그렇군요. 하지만 그래도 거래인데 마주 보고 해야지 않겠습니까?"

설우담이 물었다.

"그, 그렇다면야 뭐……."

장수홍이 자세를 바로 하면서 짧게 숨을 고른 후 설우담을 정면으로 바라봤다.

순간 면사를 뚫고 나온 날카로운 안광이 장수홍의 얼굴에 닿았다.

'후… 그래도 그 인간보다는!'

아마 월문신룡 백유검을 만나기 전이었다면 설우담의 날카로운 안광에 평정심을 잃었을 장수홍이다. 하지만 백유검의 칼날 아래서 살아난 장수홍에게 설우담의 안광 정도는 충분히 견딜 만했다.

"무슨 제안을 하러 오셨나요? 장 대인께서 직접 오셨다는 것은 제법 큰 거래를 하러 오신 것 같은데……"

"그래 봐야 변방의 일개 상인에 불과하지요. 연경에서 관부와 장성 남북을 오가며 단숨에 대상의 지위에 오른 장주님만 하겠습니까?"

"그렇다 해도 오랜 세월 장성 부근에서 기반을 닦으신 장 대인에 비할 수는 없겠지요."

"뭐… 그래 봐야."

장수홍이 말꼬리를 흐렸다.

솔직히 만설장에 들어온 후 그는 단시간에 이런 상가를 이뤄낸 만설장주에 대해 감탄과 질투심을 함께 느끼고 있었다.

그가 상계에 투신한 지 이십여 년, 하지만 장성 부근에 있는 그의 장원은 만설장에 비할 수가 없었다.

"이제 제게 온 목적을 말씀해 주시지요?"

설우담이 재차 장수홍의 말을 재촉했다. 그녀로서는 가치 있는 거래가 아니라면 장수홍과 시간 낭비를 하고 있을 생각이 없었다.

"…이걸 좀 보시겠습니까?"

탁!

설우담의 재촉에 장수홍이 검은 주머니를 서탁 위에 올렸다. 검은 주머니에서 돌이 들어 있는 듯한 소리가 났다.

설우담이 살짝 머뭇하다 장수홍이 올려놓은 검은 주머니를 자신 앞으로 당겨와 입구를 열었다.

"이건……?"

"자세히 보시죠."

장수홍이 한결 자신감을 찾은 표정으로 재차 권했다.

그러자 설우담이 검은 주머니에서 주먹만 한 돌덩이를 꺼내 들었다. 중간중간 눈부시게 반짝이는 이석들이 섞여 있다.

"금광석(金鑛石)이군요."

"그렇습니다."

"이걸 왜……?"

설우담이 장수홍을 보며 물었다.

"당연히 자랑하려고 가져온 것은 아니지요. 제가 이런 금광석이 다량으로 묻혀 있는 금맥을 발견했습니다. 보시다시피 금의 함유량이 보통이 아니지요. 그런데 아시다시피 금맥을 발견했다고 함부로 금광석을 캐낼 수는 없지 않습니까? 더군다나 그 금맥을 발견한 곳이 장성 인근이라면……."

장수홍이 이 정도면 다 알아들었을 거란 듯 말꼬리를 흐리며 설우담을 바라봤다.

"금광석을 채굴할 광산을 만들 수 있는 막대한 재력, 관의 허가를 받아낼 수 있는 인맥, 타인으로부터 금광을 지킬 수 있는 무력… 이것들이 필요한 일이지요."

설우담이 바로 대답했다.

"역시 현명하시군요. 그럼 제가 만설장을 찾아온 이유가 설명 되겠습니까?"

장수홍이 물었다.

"이유는 설명이 되는데 한 가지 의문은 남는군요."

"말하십시오. 나로선… 어떻게든 이 일을 성사시켜야 하니 뭐든 대답해 드리지요."

"왜 만설장이고, 왜 저일까요? 장 대인께서 손을 잡으려는 사람이. 연경에는 만설장보다 큰 대상들이 여럿 있는데."

설우담의 질문은 어찌 보면 당연한 것이었다. 이런 금맥이라면 더 큰 상가나 대 권력가를 찾아가도 장수홍이 원하는 것을 얻을 수 있을 것이다.

그런데 왜 옷깃 한 번 스친 인연이 없는 설우담을 찾아온 것인가. 그 의문이 가장 먼저 들 수밖에 없었다.

하지만 이 또한 장수홍이 예상한 질문이었다.

"호랑이는 사냥감을 나누지 않고, 작은 새는 큰 새에게 잡아먹히지요."

장수홍이 차분하게 대답했다.

"그래서 잡아먹히지 않을 만큼의 적당한 크기의 협력자를 원한다?"

"그렇습니다."

"하지만 거대한 금광을 만들기에는 저 역시 힘에 부친다는 것을 알고 있을 텐데요?"

설우담이 되물었다.

"하지만 장주께서는 부족한 힘을 보충할 남다른 인맥을 가지고 계신 것으로 알고 있습니다만."

"기산장을 말하는 건가요?"

"그렇습니다. 기산장이라면 이 모든 일을 지원할 충분한 대상가지요. 그런데 제가 기산장을 바로 찾아가면 한 대인이라도 욕심을 내지 않겠습니까? 그런데 만설장이 저와 함께한다면 한 대인께서도 얼마간의 이득으로 만족하지 않으실까요?"

장수홍이 확신하듯 물었다. 그러자 설우담이 장수홍을 깊은 눈으로 바라보다가 입을 열었다.

"…지금까지 왜 장 대인께서 변방의 상인으로 머물러 있었는지 의문이군요."

설우담은 장수홍의 지모와 언변에 감탄한 듯했다.

"사람의 운이란 것도 때가 맞아야 하는 일이니까요."

장수홍이 대답했다.

하지만 사실 그를 이토록 주도면밀한 사람으로 만든 것은 월문신룡 백유검이었다.

그의 요구를 만족시키지 못하면 그에게 죽을 거라는 공포감이 장수홍 일생에 가장 많은 고민과 생각을 하게 만들었던 것이다. 그리고 그 결과 만설장주를 설득할 계책을 만들어낸 장수홍이었다.

"좋아요. 저로서도 큰 기회이니 장 대인의 제안을 받아들이겠어요. 하지만 한 가지 조건이 있군요."

"말씀하시지요."

장수홍이 반색하며 말했다. 그 어떤 조건이라도 들어주겠다는 듯이.

"전 제 눈으로 보지 않은 것을 믿지 못하는 편이에요. 그래서 이 금광석이 나왔다는 금맥을 내 눈으로 확인했으면 합니다만……."

"그것은……."

장수홍이 속마음과 달리 곤란한 표정으로 말꼬리를 흐렸다.

"안 되나요?"

금맥의 위치를 알려주는 것은 서로 간의 신뢰가 완전히 구축된 이후에나 가능한 일이라는 것을 알고 있지만 설우담은 먼저 금맥의 존재를 자기 눈으로 확인하고 싶었다.

만약 장수홍의 제안을 받아들일 경우, 지난 이 년여 동안 위험한 거래를 하면서 모은 모든 재력을 쏟아부어야 하기 때문이었다.

그건 곧 실패하면 그녀가 빈손이 된다는 것을 의미한다. 그러니 그런 위험을 감수하려면 그녀 역시 금맥에 대한 확인이 반드시 필요했다.

"연경도 그렇지만 지금 장성 부근의 정세가 위험하다는 것을 잘 아실 겁니다."

잠시 고민하던 장수홍이 입을 열었다.

"물론 알고 있어요. 하지만 저도 제 모든 것을 걸어야 하기 때문에 확인하지 않을 수 없군요."

"…알겠습니다. 사실 금맥이 있다는 말 한마디로 수만금을 내놓을 사람은 없겠지요. 대신 장주의 안위는 스스로 책임지셔야 합니다. 장주의 안위를 책임지기에는… 부끄럽지만 저의 상가가 너무 힘이 약하군요."

"그건 걱정 마세요. 제 몸은 제가 지킬 수 있으니까."

"알겠습니다. 그럼 언제 출발하시겠습니까?"

"사람들의 눈을 피해야 하니 내일 밤 다시 만나지요."

"좋습니다. 그럼 그렇게 준비하지요."

$$* \quad * \quad *$$

흐린 달빛이 숲에 약간의 빛을 만들어냈다. 축축한 밤의 공기가
을씨년스럽다.

이런 날은 따뜻한 방 안에 들어앉아 가족들과 담소를 나누거나
뜨거운 차를 마시는 것이 보통이지만 시월과 부리는 그럴 팔자가
되지 못했다.

"어때요?"

시월이 앞서가는 부리에게 물었다.

"거의 따라 잡았어."

부리가 대답했다.

그의 시선은 낙엽이 쌓인 축축한 숲의 바닥에 닿아 있었다.
그 바닥에서 부리는 분주하게 누군가의 흔적을 찾고 있는 듯했
다.

"제가 실수를 해서 사형이 고생하시네요."

시월이 미안한 표정으로 말했다.

그러자 부리가 얼른 고개를 저었다.

"그게 무슨 소리야? 사제가 무슨 실수를 했다고."

"애초에 성내 객잔에 드는 것이 아니었어요. 만설장과 가까운

곳에 숙소를 잡았으면 설 누님이 한밤중에 움직이는 것을 모를 리 없었을 거예요."

"그건 모르는 일이지. 깊은 밤중에 어둠을 틈타 사람들 몰래 움직인 것을 어찌 알겠어. 우담이 움직일 때 우리가 잠들어 있었을 수도 있고, 저녁을 먹고 있었을 수도 있⋯ 하루 종일 만설장만 주시하고 있지 않으면 알 수 없는 일이었어."

"그래도요."

시월이 계속 후회하는 표정을 지었다.

"너무 걱정 마. 이제 다 따라잡았으니까. 한 시진 안으로 찾을 수 있을 거야."

부리가 시월을 위로했다.

"사형이 함께 있어서 다행이에요. 저 혼자였다면 절대 설 누님의 흔적을 찾지 못했을 텐데⋯⋯."

"밤에 움직이기는 했지만, 딱히 추적자를 걱정한 것 같지는 않아. 흔적이 많이 남아 있는 것을 보면. 또 우담의 뒤를 쫓는 자들의 흔적도 없고. 아마 무슨 중요한 거래가 있는 거겠지. 이렇게 사람들 눈에 띄지 않으려 한 것을 보면."

부리가 시월을 안심시키려는 듯 말했다.

"그래도 이상한 일이긴 하죠. 만설장을 떠난 지 삼 일이나 되었는데 아직도 이동하고 있다니. 아무리 중요한 거래라도 말이죠."

"그건 그래. 연경에서 이렇게나 멀리 벗어나는 것은 확실히 이상한 일이긴 하지."

부리도 고개를 끄떡였다.

"소후 사형도 같이 있을까요?"

"아마 그렇겠지. 이렇게 위험한 길에 소후가 따라오지 않았을 리 없을 거야. 망할 녀석!"

부리는 소후 이야기가 나오자 화가 난 표정으로 변했다.

그는 여전히 소후가 설우담을 찾아온 것을 못마땅해하고 있었다. 설우담에 대한 애정이 부리도 없는 것은 아니었다. 하지만 소후가 여전히 설우담에게 미련을 가지고 있는 것은 이해하기 어려웠다.

하지만 부리도 나이를 먹어서 남녀 간의 감정이 마음먹은 대로 정리되지 않는다는 것도 알고 있었다. 그래서 더욱 이 상황이 답답한 부리였다.

"소후 사형이 함께 있다면 별일 없겠지만, 그래도 왠지 불안하네요."

"그렇지? 역시 뭔가 좀 불안하긴 하지? 느낌이 좋지 않아."

"상인 간의 거래를 이런 산중에서 한다는 것 자체가 이상하잖아요."

시월이 우거진 숲을 둘러보며 말했다.

"하여간 우담이 하는 일은 왜 매번 이렇게 불안불안한 건지 모르겠다. 만나면 다 때려치우고 만화도로 끌고 가야겠어."

부리가 단호한 표정으로 말했다.

"그게 어디 마음대로 돼요? 우리 형제 중에서 우담 누이가 가장 고집이 센데."

"그렇다고 해도 이번에는 무슨 수를 쓰든 데려갈 거야. 그땐 사제도 좀 도와줘. 사제까지 나서서 설득하면 우담도 억지로라도 따라갈 거야."

"…알았어요."

"좋아, 이제 단번에 따라잡을 테니까. 달려보자!"

"예, 사형!"

시월이 대답하자 부리가 이미 살펴두었던 방향으로 몸을 날렸다. 그 뒤를 따라 시월 역시 어두운 숲을 달리기 시작했다.

『칠마선문』 8권에 계속…